imaginist

想象另一种可能

理
想
国
imaginist

救命啊

Can You Hear Me?

An NHS Paramedic's Encounters
with Life and Death

Jake Jones

［英］杰克·琼斯——著

高天羽——译

北京日报出版社

CAN YOU HEAR ME?: An NHS Paramedic's Encounters with Life and Death
by Jake Jones
Copyright © Jake Jones 2020
This edition arranged with Intercontinental Literary Agency Ltd. (ILA)
through Big Apple Agency, Inc., Labuan, Malaysia.
Simplified Chinese edition copyright:
2022 Beijing Imaginist Time Culture Co., Ltd.
All rights reserved.

北京出版外国图书合同登记号：01-2022-3962

图书在版编目（CIP）数据

救命啊：急救员的 28 场笑泪尖峰时刻 /（英）杰克·琼斯著；
高天羽译. — 北京：北京日报出版社，2022.9
ISBN 978-7-5477-4352-2

Ⅰ.①救… Ⅱ.①杰… ②高… Ⅲ.①故事－作品集－英国－
现代 Ⅳ.① I561.45

中国版本图书馆 CIP 数据核字 (2022) 第 123198 号

责任编辑：卢丹丹
特约编辑：EG
装帧设计：吴伟光、陈威伸
内文制作：EG

出版发行　北京日报出版社
地　　址：北京市东城区东单三条8-16号东方广场东配楼四层
邮　　编：100005
电　　话：发行部：（010）65255876
　　　　　总编室：（010）65252135
印　　刷：肥城新华印刷有限公司
经　　销：各地新华书店
版　　次：2022年9月第1版
　　　　　2022年9月第1次印刷
开　　本：1230毫米×880毫米　1/32
印　　张：10.875
字　　数：225千字
定　　价：56.00元

目 录

序 章

救护车驶至半途，塞缪尔抬起一条腿，把靴子伸出了车窗。

这是一个潮湿的下午，道路黏糊糊的，满是敌意，所以当我们的司机在车流中穿行时，她弄出了许多声响。然而救护车的闪光和警笛在城市的这个角落已是家常便饭，根本没有人多看我们一眼。除非他们能看见从车窗伸出的那只脚。

后车厢里除了塞缪尔，还有两名急救人员和一名警官。我们已经顾不上他伸在外面的那只脚，因为我们正忙着将他的其余部分按在床上。他浑身紧绷，不停扭动，双手乱抓，口内呻吟，仿佛是一条被拽出水的鱼，或一根甩动的电缆。

"没问题，朋友。你非常安全。"

我们正要送他去修复他的心脏。刚才出发的时候他还很平静，只是有些木僵。但现在，他的大脑意识到自己上了什么东西的当，于是他开始又踢又打，翻来滚去，脸都摔到了地板上，俨然要让胳膊大腿一根根地爬出这辆行驶中的车子。

　　救护车的滑动舷窗太小，又在床上方的高处，要伸一只脚出去，得是一个全盛状态的男子才行。

　　更惊人的是，这位塞缪尔，15 分钟前还是个死人。

I

大门一开，那股子气味就出来了：又酸又甜，陈腐不堪。它从走廊中一路涌来，寻找着外面的世界。它使人鼻孔灼热，像是某种粉末钻进了喉咙深处。

小口呼吸，小口呼吸。

74 岁女性，瘫倒，神志不清

患者从来都是神志不清的。这是电话分诊的一句滥调。即便是患者自己打的电话，调度也总说他们神志不清。

我们走近那套公寓。门廊前苍蝇飞舞。气味更浓郁了，它弥散开来，将我们包裹。这气味有层次，有质地。它是一团确乎存在、扎扎实实的东西，是一片力场，一种化学武器。

最底层是被陈年香烟沤透了的刺鼻气味。墙壁吃进去的多年烟熏现在都化作黄雾渗了出来，仿佛整栋建筑都得了肺气肿。

在这之外，还有一道湿腻的潜流，那是汗水干结后发出的黄油似的腐臭。汗水在未清洗的松弛皮囊上积累了数周，直到皮肤红肿。更强烈的则是那股子尿液发酵的恶臭，那是不住翻腾的自酿啤酒，糖度极高，酸得像醋，正恶毒地乜斜着我们。最后是最刺鼻的部分，那是消化紊乱的病态果实，一股酸臭的腐烂，浓烈得几乎能尝出味道：腹泻的气味。

这些气味，闻过就再也忘不掉。

"有人吗？"

"进来吧，伙计们，谢谢你们能来。"

一只秃头从过道上方探出。早起的不止我们。

"我是她楼上的邻居。她情况很糟。"

我们拾级走进公寓。地毯都磨得厉害，皱起来，露出下面的混凝土。垃圾散落一地：揉皱的市政信函，一块块剩比萨，食品包装，还有餐巾纸。墙上的黄色墙纸沿拼合处剥落开来，四壁与天花板相接的地方到处都是蛛网，上面还挂着成团的厚厚灰尘。烟雾报警器也在"嘀——"地响着，提醒人：我该换电池了！每隔40秒钟就"嘀"一声。

"这位女士叫什么？"

"玛格丽特，佩姬·玛格丽特。"

客厅唯有一只光秃秃的灯泡，更强的光线则来自那台巨大的电视机。它雄踞在房间中央，仿佛一位临朝的君王。屏幕中倾倒出一幕幕五光十色的生活画面，那是佩姬原本可能拥有的生活。电视的音量调得很低，只有连续、单调的嗡嗡声。

撕破的窗帘已坠到了上窗框以下——窗帘杆已经不堪重负。墙壁上毫无装饰，没有黑白的结婚照，也没有孙辈们身穿校服的照片。室内的地毯已经"看"不出来，要踩上去才能感到它的存在：一走进房间，我们的鞋就被地毯粘住，就像穿着人字拖走在潮湿的沙滩上。

佩姬没有多少家具。一张饰面小桌上沾满了咖啡杯底的圈印，上面摆着一只玻璃烟缸，烟缸里的烟蒂、烟丝都冒了出来，桌上还有小橘子和其他水果的腐烂残骸。马克杯只只都结着污垢。地板上还丢着其他食物残渣：酸奶罐里长出蓝纹奶酪，油腻的包装纸留宿着苍蝇和它们的蛆宝宝。

那张沙发也像一辆抛了锚的灵车，显出向内垮塌的迹象，面料也磨光了，海绵透过面料挤了出来，沙发原本的颜色早就没人记得了。沙发座周围伸手可及的地方摆了五六个冰激凌桶，解说着那一阵阵恶臭的来源：看起来每一个里面都盛满了尿液。

沙发中央，有人正四肢摊开瘫坐着，眼睛却还倔强地盯着前面，她就是佩姬。

"早上好，佩姬，我看你可能需要我们帮忙。"

每一项职业都有自己的神话。我这份工作也自有它激动人心的闪光，但你可别被它晃花了眼。有闪光的地方，未必就是迪斯科舞厅。

我们这行听起来可能像一场冒险：有一些些骇人，还有一点点精彩。在车流中疾驰，面对无法预知的状况，有人在公共场所受伤，还有人流血。一丝隐隐约约的危险气息。一场令人兴奋的小小出格。

被别人问我们做哪一行时，你就明白我的意思了。在你说出"院前急救医士"（paramedic）这几个字时，对方会双眉微挑，脑袋略略侧向右边。

"哇哦，厉害！"

于是，在这一刻、这极短暂的一刻，你好像变得有趣了一些。

"我是绝干不了你这个的……"

人家当然不会以为你肾上腺素持续狂喷。但是生命危险撞上医学干预总是令人心痒难搔，尤其当它在现实世界中发生、可以用本地的细节增加一点风味的时候。

你能猜出对方接着会问什么。对于那些我们永远不必见面的人身上发生的糟糕事情，人人都有一种自知理亏的病态痴迷。所以接下来的问题当然是：

"你见过的最坏情况是什么样的？"

有人这样问你时，他们希望听到的是一部大减价的恐怖电影。比如有个男的被台锯锯掉了手，或是一个女孩被一支钢笔扎进了眼球。总之越血腥越好，最好再来一大摊红色的那什么。压成肉酱的四肢广受欢迎，内脏露出体外也会激起各种各样恐惧的低呼。

而他们不想听你说，有一名 34 岁的两孩妈妈住在二楼，却得了运动神经元疾病，她在机械病床上和丈夫一起对孩子演戏，好让他们过得尽量正常；又比如某位老太太以为她的丈夫是入侵者，抢起拐杖殴打老伴，而老伴只能一边抓住她的手腕，一边把脸上的泪水抹在自己熨得整整齐齐的衬衫肩膀上。这些并不是听众想要的"最坏的情况"。它们有一点太平凡，有一点太悲惨，也有一点太现实了。枪击是别处的事，只在屏幕上、新闻里、在荒郊野外发生。而痴呆却可能是你妈妈的事。

还有一些事是他们绝对不想听的，比如你不得不将一名妇女从她自己的排泄物中抱起。

佩姬的样子，仿佛一本绝版 20 年的童话故事中的一个邪恶女巫。她的头发像一条粗麻绳，里面夹着几缕姜黄色。她的皮肤像是被太阳晒干的燕麦粥。她脸上的肉下垂得厉害，松垮垮的，堆成深深的褶皱，褶皱里嵌着那一对倔强的眼珠。

"我不要你们帮忙。"

"为什么啊，佩姬？"

"我不要你们帮忙。"

她反复咕哝着这一句话，就像在背诵别人要她必须牢记的一条信息，只是她已经不知道这条信息来自何人，又要说给谁听了。即便她曾经是一个邪恶的女巫，现在她的所有邪恶计划也早已经泡汤了。不过单凭这副外表，她还是能把一个在森林中迷路并走进她小屋的孩子吓到。

"我看你没有别的选择，佩姬……我们不能把你就这么丢在这儿……还是让我们帮你吧？"

带着戒备，她伸手抓起她的好友——那只遥控器，调高了电视机音量。接着她的胳膊又落回了大腿上，爪子似的指甲全是黑的。

我们转头问那位邻居。

"请问到底怎么了？"

"我刚才正要去上班，我也是上早班的，跟你们一样。这时我听见她在呼救。门也开着。进来前我不知道里面是什么情况。进来就看到了佩姬。"

"她这样大概有多久了？我是说……最近有人照料她吗？"

"我之前只见过她一次。是两个月前了。在大门外面。那时她不是这样子，还走路呢。她家里我是没进来过。"

很明显，佩姬被困住了。一开始多半只是疲劳或者虚弱，或许是生了什么病，又或许是疏于自我看护，总之她没有照顾好身体的需求。结果，她就把自己的世界缩小到了伸手可及的范围：吃进去的东西，排出来的东西，还有能让她分心的娱乐活动。但是拖到现在，那些丑橘和酸奶都已经吃完，尿桶也装满了，于是她陷在了自己这摊湿漉漉的混合秽物之中。

"你能从沙发上起来吗，佩姬？能站起来走到卫生间吗？"

"能。"

"能走给我们看看吗？"

"不行。"

"为什么不行？"

"我在看着呢。"

"你在看什么，佩姬？"

没有回答。

"你还有东西吃吗？"

没有回答。

"今天是礼拜几，佩姬？"

没有回答。

"你有家人吗，佩姬？"

没有回答。

"附近有朋友吗？"

没有回答。

"你有看护人吗，佩姬？有人照顾你吗？"

没有回答。

嘀——又是烟雾警报器。

"佩姬？"

"别来管我。"

"要是我们不管你，你觉得你会怎么样？"

这一刻是佩姬的生死关头。她已经生理崩溃，处境也糟糕至极，成了一只没有过去、没有背景也没有个性的动物。她已经完全丧失了防护力，必须完全依赖他人。

如果留在原地，她十有八九会死。死亡不会直截了当地降临。起初她会渐渐衰弱。她呼吸还不困难，心脏也不会马上停止。但她的双腿已经失去了最基本的功能，无法再带着她远离危险。这样下去她会感染，情况会急转直下。简单地说，她已经掉进了一个坑里，自己爬不上来。得有人拉她一把才行。

不会再有人来了。这是她唯一的机会。刚才是她自己向虚空中呼救，现在救援者来了。来的这一对人长相滑稽，但愿意帮忙，也帮得上忙。她有机会被送往安全的场所，在那儿被清洗干净并重获新生。但令人诧异的是，她却想让我们走人。

为什么有人会拒绝自己显然需要的帮助？心灵经历了怎样恶劣的突变才会使人如此有违常理？我们这份工作始终要面对这样一个悖论：最需要帮助的病人反倒会拒绝帮助，而那些根本没什么问题的人却等不及要进急诊。

这里头肯定有一点自尊心在作祟。常有些人性格顽固，不愿接受帮助。还有许多人害怕成为别人的负担，或者更糟，害怕浪费别人的时间。或许佩姬还没有意识到她的境况有多严重。又或许她不想知道：否认现实也可以是一股强大的约束力。

如果佩姬一心只想着自己苦熬，那么再往前一步就是为生病感到羞耻了：到那时，她会认为依赖别人是一件屈辱的事。难道说她不仅身体无法动弹，连心灵也走进了死胡同？

如果对种种惨况不带同情地分析，那么，一个人将身体失去机能带来的短暂耻辱看得比自己的安全甚至生命还重要，这一点应该说难以想象，甚至令人气愤。但是再想想这些人的现实处境：身上粘着自己的大便被拖到医院，身体虚弱无助，虽然拼命想照顾自己，却连最基本的自理都无法做到。没有多少事情会比困顿于自身的残废更糟糕，如果有，其中一件肯定是将这种残废公之于众。因为就算生病或倒下，就算完全被病痛压垮，生理崩溃，我们仍然有高于动物的人的尊严。

　　虽然戴着手套，那只电视遥控器看上去还是有毒似的。我拿起它按下了红色圆钮。平板屏幕上的五光十色消失了。房间里一片寂静。嘀——又是它。我在靠背长沙发前蹲了下来。

　　"接下来我们会这么做，佩姬：我们会一左一右帮你站立起来。我们会让你坐到我们的椅子上，再把你裹进这条毯子里。我们会把你抬到救护车那里。现在时间还很早，附近没有人，没有人会看见你。我们会快快地把你送到医院。医院里也没有多少人。到了那儿，我们就直接把你送进一个隔间。他们会帮你洗干净身子，喂你食物，替你检查。他们会照料你，佩姬。他们会帮你恢复健康。"

　　佩姬摇头。她还在硬撑。我的同事也在旁边蹲下。

　　"我知道你害怕，佩姬。换我我也害怕。但你今天一大早听见邻居经过时，还是呼救了是吧？你也知道情况不妙，对吧？所以你才叫。现在我们来了。几个小时以后，你就会觉得舒服许多的。我保证。"

邻居也把他的手搭到了她的肩上。

"好了，佩姬。就让他们帮帮你，行不？"

一阵停顿。

然后佩姬点了点头。

我们各就各位，一边一个，抓起了她衣服上算是最不脏的一块。我们知道下一刻会漫出什么气味。

"准备好了吗，佩姬？"

佩姬点了点头。

我们深吸了一口气。

II

　　我涉足急救世界，最初是心血来潮。你可以说我是一不小心撞进这一行的。我的人生志向不是做一名急救员。我并没有熊熊燃烧的使命感，没有受过医学训练，也没有看护别人的经验。我没有在病人运送或社区响应上花过时间，也从来没有在圣约翰救伤队的棚子下面做过急救员。就是个生瓜蛋子。我对这份工作的内容只有粗略的了解，知道它要和车祸、心脏病发作及醉汉打交道，但从来没想过去验证自己的印象是否正确。我当时是一个朝九晚五的上班族，需要新鲜空气。我这个坐办公室的，当时认为在身体的辛劳中才能获得满足。你可以说我无畏地改变了生活的轨迹。也可以说我冲动地接受了新事物的诱惑。又或许，这就是一个缺乏计划之人的一次鲁莽行动。

　　哐！

双眼圆睁。脑袋歪斜。愤怒的鼻孔张得老大。

哐！

肩膀低垂，双臂受制，躯干在手铐的束缚下奋力挣扎。

哐！

两行鼻涕流出鼻孔，随着他犀牛般的呼吸节奏一跳一跳。

哐！

他额头上的擦伤血肉模糊，像一颗草莓被压扁，牙关紧咬，嘴唇张开，下颚痉挛着。脖子上青筋突出，太阳穴鼓起，一张脸上汗水淋漓。

哐！

他的视线对上了我的。我们的脸只有一米之遥。

哐！

每过几秒，他的身子就向前猛冲，用脑壳重重地撞击玻璃。

哐！

加固有机玻璃咯咯地振动摇晃。笼子的金属栏杆已经开始弯曲。他向后退了一步，擤出一团鼻涕，然后伸出下巴，睁大眼睛，从喉咙深处发出了一声咆哮。

哐！

吸一口气，擤出鼻涕，绷紧肌肉，低头再撞。

哐！

他身子开始摇摆，肩膀左右晃动。警车转弯，他一个趔趄，但随即站稳了脚跟。他眨了眨眼，转了转头。这是终于要消停了吗?

咣!

这是一场表演,一次示威,他正在暴躁地大步跨入黑暗。

咣!

这是一场耐力赛。好比捏着一根火柴,直到它烧到你的手指。

咣!

好比用指南针尖戳你的手掌。

咣!

在这场比赛里,一个男人反复撞头,使足了力气,而他撞击的东西,就是为了不被击破才造出来的。

咣!

他直撞得摇摇欲坠,闭起了眼睛。他头朝后仰,膝盖打战。接着他朝车厢的一侧一歪,瘫倒在了警车的地板上。

咣!

我 6 岁时,学校里的每个男孩都想当卡车司机或足球运动员,女孩都想当芭蕾舞者或是老师。以前就是这样的。你是个卡车司机,你就可以坐在高高的驾驶室里,想什么时候停就什么时候停,去买一条狮牌巧克力,坐在方向盘后面吃,或许还配一罐 Quatro 汽水 *。你还可以驶入一家"猪老板"(Boss Hogs)

---

* 1982—1989 年流行于英国的果味汽水品牌。后卖给可口可乐公司,行销南美。(本书脚注均为编辑添加。)

烤肉店，这家神秘快餐馆能停卡车，而且全天供应早餐。那是20世纪80年代，那时，纤维是王道，粗粮是法则：谷物面包、糙米、全麦意面，都棕色分分，连蛋糕都是棕色。*能随心所欲地停车去吃一客香肠煎蛋薯条，这就是冒险的真谛。

到二年级，我们的志向又变成了开火车，因为有人发现火车司机可以比卡车司机开得更快，也不用担心驾驶技术问题。这里面的逻辑非常有道理，但你也必须提前规划，在打包午餐的时候就带上狮牌巧克力。再升一级，梦想职业又变成了宇航员（比火车还快），再然后是动物管理员（学校出游时变的）、警察、消防员和特技演员。从来没人想当急救员——我们那会儿还管这叫"救护车司机"。坦白说吧，因为干这个不够硬汉，太像个护士了。我也不记得有谁说过想当会计、律师或公务员。我们那时候还没学过"概率"这东西。

中学时的就业指导课很有意思。任课老师竟是化学组长，这多少有些出人意料，他热情洋溢地向我们鼓吹"袜子店"†在商业上如何成功，还岔开正题说了一大通选择的悖论：

"你们这些孩子真幸运，有这么多路可选。但是，要记住：要从这些选择中获益，你们就得选中一样。可一旦选中了一样，

---

* 英语中，"粗"（粮）说成"棕色"（brown）；当时流行巧克力蛋糕，但蛋糕或巧克力显然都和粗纤维食物背道而驰。

† SOCKSHOP，1983—2006 年流行于英国的品牌，后出售给橡胶及汽车护理和配件集团 Ruia Group，并主要转至线上运营。

嘭！其他选择就都消失了……"

这番奇怪的说教之后就是几轮心理测验，目的是找出各人适合的职业。问卷不断给出模棱两可的谜题和难以决断的多选：

下面的哪一项最让你感到满足？

- 为受伤的动物搭建庇护所

- 在观众面前解一道数学难题

- 组织一群陌生人出版一本社区杂志

末了再根据答案分派将来的职业。这使得十几岁的我们不胜困惑，感觉自己好像接入了某种诊断疾病的超级计算机。要么是这台计算机的算法出了偏差，要么就是同学们都在胡乱答题，因为最后几乎每个人得到的建议都是去做景观园艺师或者工料测量师（工程造价师）——显然，两种建议常常同时出现。

当然了，有些孩子本来就知道自己将来要做什么。他们大多注定了要追随父母的脚步，他们的未来似乎早就规划好了，不容讨论：有个女孩，父母都是医生，她在 13 岁时就知道自己要修三门科学和数学课程，而且都要拿 A；还有个珠宝商的儿子，他算起数字很快，准备 16 岁就退学去学习家族生意。

但是对我们大多数人而言，规划未来职业生涯是一件要尽量延后的事，因为一旦开始思考那个，就等于接受了将来的某一天，还有那之后一眼望不到头的 15000 多天里，工作将注定成为我们的主宰。我们当时还有别的事情要忙：要把 CD 里的音乐转录到 90 分钟空白磁带上给朋友，还要徒手描出精美的唱片封皮。由于大多专辑的时长都在 48 分钟左右，我们不得不艰难地选一首歌放弃掉，这样才能在磁带两面各录一张专辑——将来必然是没有音乐的，这种必然我们现在必须反抗；如果你自愿对这样的未来屈服，你就是背叛了自己的青春和朋辈。老实说，这份情怀，我们大多数人都从来没有真正放弃。

调度说急救对象是一名 25 岁男子。他先是失去意识，然后一阵痉挛，接着呼吸困难，接着又是一阵痉挛。调度给的信息很乱。一会儿说人在警局，一会儿又说在大街上。有消息说警方已经到场——因为病人"折腾"得很厉害。

我们把车停在一条小岔路上，随后发现有六名警员正跪在人行道上，将一名侧躺的男子围在中间。他就是一个凶恶的"格列佛"，警员们伸着胳膊，将他身体各个部位按在地上。男子穿一条军裤，一双沉重的圆头靴一直裹到小腿。他剃着黑色寸头，面颊上有几条伤疤，一道黑色的一字眉在鼻梁上折成了一个 V 字。他的面部皮肤紧绷，包着骨骼，眼白上布满粉红色的血管枝杈，透着怒意。他整个人绷得紧紧的，好像一架即将发射的投石机。

"你们这群傻 × 马上给我松手，不然我踩烂你们这几张 × 脸！看我不他妈的把你们的膝盖踢碎你们这群傻 × ！"

从他紧张的肌肉来看，他的话是认真的。他猛地向前一扑

格列佛引起了小人国的高度戒备（《格列佛游记》1883 年版插图）

想要挣脱，身体随之扭动。警员们按的按，抓的抓，但他的一条腿还是挣了出来，他一脚踹出，靴底正中一名女警的前胸。女警向后一仰，滚倒在人行道上，但她随即起身，又上去抓住那条腿按在了地上。男子又动不了了。

"哦哦呜呜呜呜啊啊啊啊嗷嗷嗷嗷嗷！"

他是一头反抗抓捕的野兽；是一团横冲直撞的烈火，刚填了新鲜燃料，还远远不会熄灭；是一股受到压制但决不屈服的力量；是一腔对抗体制机器的暴怒*。

他的身体无法动弹，反抗的激流就从口中喷薄而出。他挨个怒视每个警员，逼他们和自己对视，对每个人发出定制辱骂：

"你！你这个机器怪人！我要骑在你脖子上拉屎！还有你，你个黄鱼脑子！看我一靴子从你的屁眼踢进你的嘴，踢得你满地找牙！"

叫骂声从他泛着糖果黄的断齿的缝隙中喷出，唾沫飞溅，用词下流，力量十足却又遭人轻视，显得既可怕又荒诞。

听说现场是先发生了一场争执、打碎了几块玻璃，接着男子就发作了。"是癫痫发作吗？"没人能确定：警方接报说他连连怒吼、拳打脚踢，听起来倒不像是癫痫，但目击报告未必总能信任。他又吼了一阵，警员开始逼近，这对病人的情绪并无改善。警方叫他冷静，但他大肆咆哮、敌意陡升。情况越来越糟，他来回暴走，开始攻击警员。看到他的暴力威胁变成了真格的，警员们擒住了他的胳膊。他又发作了一次，也可能是尖叫了一阵，后来就变成了现在这个样子。

他的身边有一名女子，是个胆小的姑娘，戴着帽衫的大兜帽和厚厚的眼镜，手里抓着一只带轮子的行李箱、一袋个人物品，正定定地看着墙壁。我问她是怎么回事，她低头望向双脚，说她也没有看清。

---

* 原文为 A rage against the machine，也是一个说唱金属乐队的名字。

"这男的有什么疾病吗？"

"我不知道。"

"他在吃药吗？"

"没有。哦在吃的。但我不知道是什么药。他有癫痫。"

"他叫什么名字？"

"我不知道他姓什么，只知道叫斯蒂芬。"

"斯蒂芬的生日是什么时候？"

"我不知道。"

"好吧，那你是他的……？"

"妻子。"

她转过身去，不再说话。

我搭上斯蒂芬的手腕，感受他的脉搏。脉搏很快，一如他的呼吸。他显然一肚子火，但是为什么呢？原因可能有很多。我对上这位病人的视线，用尽量平静的口吻说：

"斯蒂芬对吧？你能听见我说话吗，斯蒂芬？你好，伙计。我们是救护车。我知道你不舒服，我也不好受。我们来就是要帮你的。我们只想让你健康。咱们试着平静下来好吧？试着让你舒服一点儿？能让我给你检查检查吗？你看可以吗？"

他注视着我的眼睛，眼光里只有纯粹的、近在咫尺的恨。

"你他妈要敢碰我，基佬，我就踢掉你脖子上面的脑壳，踩烂你的脑子，把它踩进人行道的地砖里去！"

　　你可曾从睡梦中醒来，一时间觉得浑身麻痹，动弹不得？我有过，当时我在一间开着空调的办公室里，右手握着鼠标，左手举着一杯冷茶，心中浮现出一丝感觉：也许我再也无法从这把五轮转椅上起来了，因为它不知怎么已经成了我的一部分，又或者我成了它的一部分。也许是我在出神，胡思乱想，但也许我当时的处境就是：两条腿塞在办公桌下，最下面一格抽屉里装着奇巧（Kit Kat）巧克力家庭装和一把牙刷。是不是哪里还放着一只睡袋？一架行军床？或许还有一台自动泡茶机？

　　我面前是满满一屏的未读邮件，有一长串任务要在今天结束之前完成然后勾掉，有一堆计划书等着读完并写出报告。我的心底还有一个朦胧的可怕念头：只要一不小心，我就可能再次睡着，并以一模一样的姿势在 40 年后醒来。

　　斯蒂芬必须去急诊部，以他现在的状态，那里是他唯一该去的地方。他不要坐在椅子上或躺在床上，警员们也无法在一辆开动的车子里摁住他。这就是为什么他在警车后面的笼子里。警员们送他进去，然后咣当一声关上笼门。笼子里有座位，但他没兴趣坐下。他在里面来回踱步，但其实在这个淋浴隔间大小的铁盒子里也踱不了几步。我带着急救设备坐在车厢的另一角，位于这道铁幕安全的一侧。

　　我们刚刚发车，他就开始喷鼻、瞪眼、撞头了。

　　哐！——哐！——哐！——哐！

去医院的路程很短，但时间也足够造成一些伤害了。我们想尽了办法阻止他。现在，我们亮起了灯，提醒医院我们就要到了。医院不会高兴的。我尽量与斯蒂芬平静对话，劝他别再伤害自己。但他的暴动根本停不下来。当他终于瘫倒在地时，我估计他的脑袋已经在铁笼上撞了 20 来下。

"能停一停车吗？"

"怎么了？"

"他人倒了。"

"他没事吧？"

"我不知道。先放他出来看看吧。"

我们绕到车尾，打开金属车门，铁笼子的门暂时没开。

"斯蒂芬？斯蒂芬？你还好吗？"

里面没有回应。警员们打开了笼子。

"斯蒂芬？"

我搭上他的手腕，感到了强健的脉搏。我接着掀开他的眼皮照了照。我隐约感到有一丝恐慌。这时斯蒂芬身子一震，愣了一下，紧接着就发起了新一轮节奏完美的谩骂：

"拿开你的脏手，你这臭傻 ×！说的就是你！你他妈看什么看？啊？"

我们把斯蒂芬扶到座位上，但他却站起身，开始从里面踢笼子。我们赶紧关上笼门，撤回车厢，再次发动汽车。他也重新开始撞头：

哐！——哐！——哐！

我从前坐办公室的时候，从没有人向我吐痰，也没有人对我推搡打踢，或搞肢体暴力威胁。我也不经常挨骂。也从来不必通宵工作或者周末上班。总之，那份工作相当安全、闲静。只是嘛……

我并不讨厌那份工作。我只是感到自己……枯萎了，脱水了，压缩了。我只有整天胡思乱想才能转移注意，就好比一盘巧妙的填字游戏能遏止头脑萎缩，却绝对解决不了你内心深处的渴望。我缺乏的是一种必须感、兴奋感和危险感。我想体验被无端丢进深度困境是什么感觉，或者面对无法预知的考验方式是什么感觉。或者在面对一串数字中的某几个数字之外，还有没有别的意义，还有没有别的什么或破碎或复原、或羞愧或成长的结果。

毫无疑问，我当时的感受是所有人都熟悉的东西：职业瓶颈带来的心灵枯竭。我渴望有人从背后踢我一脚，或者，就像我们在填写必要的表格时会写的那样，我渴望新的挑战。于是我决心刁难自己一把，我加入了一个新项目，我本来完全没有资格加入，更说不上合适了。当时的我，还不知道自己到底投身到了怎样的一个世界。

III

房间只有三米长两米宽，刚刚够放一张双人床和一张婴儿床——外加一只婴儿提篮、一只没拆塑封的汽车儿童座椅、一堆盒子和几只塞满衣服的大垃圾袋，还有一个五斗橱，上头摆着一台电视。还有五个人。和一条狗。

两扇窗帘拉到了中间，用几只夹子夹住，挡住窗外的阳光。除了照在被子上的一块三角形光斑，房间里一片黑暗。我等着眼睛适应。

渐渐地，暗室中浮现出了一幅场景。里面的人物定了格，等待指示。为我开门的妇女伫立门边。她的儿子跪在一块裸露的地板上，脸色煞白，险险就要晕倒了。但我今天来，不是为他，是为了他的女友，她现在筋疲力尽，又哭又笑，脸色潮红，呼呼冒汗，身上除了一件背心之外一丝不挂。她双腿张得很开，用手肘撑着后仰的上身，正半躺在床的中央，周围是一片湿透的毛巾形成的沼泽。她的女儿刚刚出生不到五分钟，现在苍白，疲软，裹着一层厚厚的羊水、胎粪和血，外面松松地围着一条毛巾，正躺在母亲的两腿之间。

"哎呀。恭喜恭喜！"

"谢谢。"

在盘算披上绿色急救服之前很久，我曾收到过一则提醒，但当时我并未留意。那是一条使人谦恭的个人洞见，它本应起到"不准入内"的警示作用，但并没有，反而是推倒了第一块多米诺骨牌，而这一长串骨牌到今天还没停下。

说来真有意思，屈辱竟能使人奋进。任何人只要经历过一次"旷世公然惨败"，都会明白这种经历的刺激作用。惨败之后，你的第一个冲动或许是住进核掩体里再不出来，但随着时间推移，那片厚厚的悔恨之云会转化成一腔炽热的征服决心，在不知不觉间，这份丰饶的羞愧已经为一次微小的胜利播下了种子。

我在这间斗室中四下寻找能放下我装备的地方。就像一个来度神秘假期的游客，或者说像一个想要预先制止灾难的急救员，我把能带的东西全带上了。

一时间，屋内一片寂静——除了还有条狗。这种时候总是有狗。它又跳又吠，像一只活的节拍器；而它可以扑腾的地方只有一个——我的两腿之间。我对新晋妈妈说：

"你叫什么名字？"

"丽贝卡。"

"好的，丽贝卡。你做得真棒。是男孩还是女孩？"

"女孩。"

"好的，我们来看看你的小姑娘。"

急救人员对分娩有着复杂的情感。对一些人，这是全世界最简单的任务：出力的全是母亲，我们要做的只是接生、清洗、夹住脐带、剪断、抱抱孩子、道一声喜。你有幸参与了一个家庭生命延续的重要时刻，四周人人微笑，气氛祥和，你有了一个精彩的故事可以告诉朋友。但是对另一些人，分娩意味着脏乱、混沌和压力——主要是脏乱。要是哪里出了岔子，附近可不会有人帮忙。助产士的那种镇定自若的风范来自漫长而艰苦的训练，而对于我们这些急救人员，接生和其他许多技能一样，我们只是掌握了一些基本知识，但愿现场不要超纲。我就知道有许多同行乐于处理重伤、心脏骤停和暴力型精神病人，但他们说什么也会避免打开分娩急救包。

可以说，我自己在开始这份工作时，也曾对接住一个新生儿、守护他生命的最初几分钟感到无比恐惧。这是严肃的任务，而我有不良前科。

今天的分娩消息是我上中班上到一半时收到的，消息是分着段儿，一点一滴发过来的：

> 22 岁女性，孕妇，正在分娩，2 级

这时我人在八九公里外，正独自驾着一辆快速响应轿车。我打开警灯响起警笛，但听起来情况还不太严重。我在一个路口被堵住了，屏幕上"哔"的一声更新了消息。第二段儿：

> 羊水已破

跟着是：

> 产妇准备用力

我几乎能感觉到线路那头的紧张劲儿正在上升。我塞了一把手套在口袋里，并在心中清点了我需要的装备。具体需要多少还难说，但谨慎起见最好多带。"产妇准备用力"的话我以前也听过，但不亲眼看到我还是怀疑的。

接着，一分钟后：

> 婴儿出生，1 级

我还有三公里多。我将是第一个到达现场的，但后面应该还会来一辆救护车。这时屏幕又"哔"了一声：

> 婴儿疲软，呼吸困难

这时调度那里又发来一条消息：

无救护车可派，请持续报告进展

大意就是：全靠你了。

我的本能反应是把油门踩到底。柴油，警笛，胆量，速度。
我在车流中飞速穿梭，因为每一秒都攸关生死。然而本能是愚
蠢的，非加以约束不可。理智占了上风。镇定，明晰，前进，别
赶。车速要快，也要杜绝额外风险。

我开始想象救死扶伤的天使形象。条理，条理。放慢，深
呼吸。头脑要镇静。我想好了我会看见什么，计划了应该先做
什么。先要花一点时间评估形势。每一步都务求简单。产妇和
孩子不会送医，得由我来做力所能及的处理。

至少我是这么计划的。

我要做的第一件事是转身走出房间。我把所有的包都放在
了外厅，只拿起迫切需要的东西走了回去：分娩急救包和氧气包。

"你们能不能把狗带走？"

"它不肯的。"

"让它克服克服。"

狗想要钻到床下躲起来，但新任祖母没心思跟它玩捉迷藏。
她一把抓住狗项圈，把嗷嗷叫唤的它拖出了房间。我经过新任
爸爸的身边。

"觉得有点辛苦吗?"

"我看他是累坏了。"

"喂,受累的都是你女朋友啊!"

我拉开了分娩急救包。

"我开玩笑的,伙计。你也受惊了吧?你到床上去行吗?给我腾点地方。你去躺一会儿。"

新爸爸艰难地攀爬上床,仿佛是在登珠峰。然后,他背靠墙壁,面如死灰。

"好,我们来看看宝宝。你们知道她是什么时候出来的吗?"

我从母亲手上接过孩子,把她放到毛巾上。

"五分钟前?"

她的脐带还连着母亲,不能抱得太远。到这一步,一切都驾轻就熟。我开始给孩子擦身。

"给她起名字了吗?"

"还没有。"

孩子有呼吸,但我还没听见她哭。我从她的头面部开始用力擦拭,擦去上一场磨难留下的油腻,然后往下擦前胸后背,擦去亮晶晶的黏液,接着我把毛巾翻了个面,找了块干净的地方继续擦臀部和四肢,刺激她的身体做出反应。要是能听见哭声,我可太高兴了。

我的对讲机嗡嗡作响:

"全体广播,全体广播,需要救护车支援,正在处置一起

BBA，FRU 正在现场。附近救护车请前往增援。"

FRU 说的是我，快速响应组（fast response unit）。BBA：到达前分娩（born before arrival）。目前还没人说能来。

我心里有些担忧，但不想让这对父母看出来。当妈的看上去筋疲力尽，当爸的也面白如纸，再来点恐慌他就完了。眼下我已经有两个病人要照顾，不想再增加一个了。

孩子的肤色不怎么好，身子也还软趴趴的。只要她能正确吸氧，这两样都会改善。这个小姑娘必须叫出声来：那是新生儿受到创伤的尖叫，是一个人被丢出乐园、丢进泥潭后的激烈控诉。这一声尖叫会将肺部的积液挤出，让肺里充满空气。但直到现在她还一声没吭。

谁要是曾经觉得自己多余，一定能理解这个将为人父的男人在大限来临之际感到的困窘。这一刻，"备用件"这个词对他再合适不过了。一个男人即使在脑筋最好使的时候，生孩子这件事对他来说也是一个谜。而万一事情开始朝向一个乱糟糟的结局狂奔时，这位一直自以为不可或缺的雄性参与者，更会突然意识到自己是多么无关紧要。敞开说吧：他能贡献什么呢？他提供的生物材料九个月前就过期了。他也拿不出什么有用的技能。你说他伴侣的剧痛越来越厉害？他可没本事为她止痛。他的孩子就要生了？有他没他，孩子都会出生。从来没有在哪件事上，一个人类被赋予了这么多，能造成的影响却又那么少。

这就是丽贝卡的男友詹姆斯面对的现实，他似乎也对这个问题陷入了沉思。他或许是在体味其中的反讽：成为父亲，本该是男人一生中感觉自己最重要的时刻。又或许他只是被眼前的残酷吓住了。

在分娩的旁观席上，一个勤恳的男人会被两股对立的冲动拉来扯去。一方面他很想支持伴侣，想出一份力、为她鼓劲、做个好男人。但另一方面他又根本适应不了这个场面，害怕自己会说错话、做错事。他无法体会分娩的剧痛，但或许他可以表示同情？

"要不要喝点水？"

"不！不要！"

伴侣一把推开水杯。

"宫缩更厉害了吗？"

"废话！当然更厉害了！"

"或许很快就会变好的……？"

"我不想变好！就是要厉害！不厉害怎么生孩子？书你难道没看吗？！"

他真的没看。他跳过了那一章。因为他没胆子看。

"水拿来！"

他把杯子举到她的唇边。

"手给我！"

他把手伸过去，她一把抓住，面容扭曲——又是一阵宫缩。

她的指甲掐进他的手里，用力地捏，接着更用力地捏。他顾不上疼，只觉得高兴：自己终于派上用场了。

但这时还有一种对策，它颇受老一辈滑头男人的喜爱：悄悄遁走。也叫逃跑。这条对策符合"眼不见心不烦"原则，好处是明显的，但也有它的风险。在关键时刻不打招呼就溜之大吉的话，这个新父亲一辈子都会背上前线逃兵的名声。

不过，还有第三条路。根据这条对策，男人这个罪魁祸首可以既在现场又不在场。他可以一边在名义上支持伴侣，一边又巧妙地完全帮不上忙。怎么做到这一点呢？新爸爸会使用一种意外流行起来的战术：晕倒。

这似乎就是丽贝卡的男友詹姆斯采取的战术。不过，詹姆斯并没有全套做足、径直倒地不省人事，而是在一种可称之为"轻度虚弱"的状态中找到了逃避的妙法。他自己是情愿当昏兵还是逃兵，我们不得而知。不管是哪种吧，幸好有他母亲在现场收拾残局。

"孩子出来的时候哭了吗？"

"没有。"

"她到现在哭过吗？"

"没有，这不对吗？"

"还行，但我们可能得帮帮她。"

"是哪里出错了吗？"

"我先剪脐带，好吧？"

我在脐带上夹了三只塑料夹，两头各夹一只，保险起见中间再夹一只。脐带滑得像果冻，牢得像绳索，它旋转着，鼓胀着，活像一只海洋生物。我抄起弯剪，咔咔两下剪断脐带，让婴儿这边连着的脐带上还留下两只夹子。我把孩子用一条干毛巾裹住，重新放回床上，然后匆匆出门，去取吸液装置——我已经发现，婴儿呼吸时鼻孔周围有黄褐色的泡泡，说明她在分娩过程中可能吸进了一些胎粪。我用一根细小的塑料管，从她的口腔和鼻孔中吸走了这些秽物残迹。

"新妈妈，感觉怎么样？"

"还好。"

她的样子开始有些担心了。

"头不晕吗？"

"不晕。"

"还在宫缩？"

"没有，已经停了。孩子还好吗？"

"挺好，我就是想检查检查。"

"是不是有哪里不对？"

我取出卷着的听诊器，拉开来，放到婴儿的胸口听：我能听见心跳声，也看见了胸膛的起伏。但我还是对她的肤色不太满意，加上她仍旧疲软无力，而且始终没有吭声。我将球囊面罩拆掉包装，把这个最小号面罩盖到了她脸上——这张小脸仅比一只橡胶顶针稍大一些。

"别担心，新妈妈，孩子有呼吸。我只想再帮她一把。"

"她真的没事吗？"

"像她这样挺普遍的，稍微帮一下就行了。"

我将听诊器放在婴儿胸口，把面罩按在她脸上。我一边倾听她的呼吸，一边挤压气囊，将空气推入她的肺部。我告诫自己动作要轻——她的肺太小，我的胳膊又太精神。只在气囊上轻轻一捏，她的胸口就鼓胀起来。

我像这样搞了半分钟。这是一段表面镇定的精致插曲。但外表是会骗人的。就在我一边观察她的胸部、一边轻柔挤压气囊时，好些念头涌入了我的脑际：丽贝卡在流血吗？我还没给

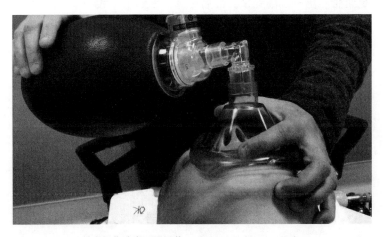

单人操作球囊面罩示范。cdemcurriculum@youtube

她做检查。婴儿在变冷吗？可房间里蛮暖和的。她的肺里还有没有胎粪？她的父母有多担心？新爸爸是不是又要昏倒了？我有没有漏掉什么？肯定有漏掉的。要是孩子老这么萎靡我怎么办？这要是在产科病房，我就能按下墙上那个红色大按钮，一队助产士和产科医生就会出现。但在这里，唯一的按钮就是对讲机上那个。增援还在 N 多公里以外——甚至他们还会来吗？

最后，还有最关键的那个问题：我现在做得对吗？

也许是詹姆斯的窘境让我产生了自我怀疑。这个新爸爸已经几乎躺平，无法参与这个重要时刻，这副可怜相我太熟悉了，看了不可能开心。它将我带回了我第一个孩子出世的时候，那是我自己的"旷世惨败"。当时我站在一边为妻子加油，站在一边递上葡萄糖片，站在一边递东西，继续站在一边看气氛变得更紧张、更多人围上来。最后关键时刻到了，我一下子意识到，我再也站不下去了。当我的儿子崭露头角，我的体内涌起一股热流，坚固的世界仿佛成了流体，开始在我眼前抖动，我转身看见了一张正好摆在那里的椅子，于是径直冲过去瘫在了上面。

你可以说，一个无法在紧急临床环境下保持直立的人，不是干急救职业的料。其实，你还可以说，那次经历应该看作对我的训诫，叫我别走这条路。要是我再瘫倒一次怎么办？试想一下：在病人痛苦挣扎的危急时刻，我头昏乏力躺倒在地……

可人类的天性不就是要考验自己吗？决心从事急救或许只是出乎本能，但我很快就明白了其中的意义：它迫使我和自己的缺点交朋友、与它们和解。它们是我的生疏、我的忧虑、我对红色黏液的隐约恐惧。当我改换职业时，它们始终在我心中萦绕不去。它们陪我参加了培训，并把我赶上了路。如果之前我还为工作中缺乏挣扎、缺乏对抗而惋惜，那么现在我如愿了：我走进了一片缺乏安全网的竞技场，我害怕自己会像上次一样惨败。我已经主动开启了一个弥补遗憾的过程，我要用充足的准备在自己难堪的秘密周围搭起一圈脚手架，并始终希望这副支架会随着时间不断巩固，最终能承接我心虚的重量。但能否成功，我还毫无把握。

几年后的今天，当我跪在这名新生儿旁边，轻柔地向她的肺部挤压氧气，我感觉自己好像走过了漫漫长路，但又好像一步也没跨出。那熟悉的恐惧还在，但我不是第一个也不会是最后一个体验到它的人。时过境迁，我还是我，但我的角色变了，处境也变了；那段失败的记忆还在，我用它来远离自满。我感受到了种种独特的日常生活细节：局促的空间，闷热的空气，凌乱的环境，我从外面带来的医疗设备；产妇耗尽了体力，亟待我安慰两声，年轻的父亲软软地倚在墙上，热切的奶奶，乱吠的狗；特别是还有这个娇小无助的婴儿。如此种种，不仅是真实世界一项工作中的几个次要难题，它们还是保护性的距离标志，使我能专心任务、无暇他顾。天使，天使。步骤，镇定。

我从婴儿脸上抬起面罩，再次检查呼吸。她的肤色好些了，肌肉时紧时松。我在她的胸口窝轻轻一按，那里的皮肤瞬间变白，随即血液回流，成了深粉红色。她深吸了一口气，空气都凝住了。接着她四肢颤动，向内收缩，然后哇的一声哭了出来。

那是平稳而有弹性的号哭，起初声势很弱，接着渐渐变强。她又深吸一口气，胸部跟着扩张，接着再度号哭，而且更响亮："哇呜！哇呜！"她一下子拥有了一只专属于自己的微型警笛。这是世上最惹人怜爱、最令人宽慰也最受人欢迎的声音。

她的皮肤焕发出健康的血色，肌肉也似乎注满了能量，正对这个新的环境表示愤慨。这团深红色的小东西叫嚷着：竟敢这么折腾我？

号哭之后，她匆匆吸气几口，随后陷入一阵略显哀怨的呜咽。我听了听她的心脏：它正欢快地跳动着，速度快得数不过来。我重新给她裹上毛巾，把她抱起来，送到妈妈手里。妈妈把她搂在胸口，呜咽声越来越轻了。

我把双手藏到身后，不让这对父母看见它们在颤抖。

IV

　　这是一个你万不得已才会出门的夜晚，一个寒冷、黑暗、刮风、潮叽叽的周日夜晚，是周末的湿漉漉的尾巴。雨水打在人行道上，掀起板结的尘垢，将瀑布似的起沫脏水冲进下水道。落叶被吹到一起，堆成秋天的烂泥，垃圾袋被狐狸扯成碎片，散出的垃圾撒满人行道和车道。

　　深夜的狩猎采集者们匆匆走出街角商店，拎着牛奶和面包，避开路上的水塘，赶往反光的街道对面打着双闪的轿车。在炸鸡店门口，戴着兜帽的男孩三三两两，盯着各自的手机屏。筋疲力尽的倒班职员挤在公交候车亭下。还有一种人，行动迟缓、泰然，对暴雨毫不在意，他们是浑身泥水的醉酒者，正迈着蹒跚的步子愉快地回家。

　　这是我连续四个晚班的第四个，疲惫开始袭来。我开启新生涯才一个礼拜，还没掌握白天睡觉的本领。现在的我气色不好、两眼无神，但内心依旧单纯，完全不会被成百上千件可能出错的事情吓倒。午市特价套餐和周五的愉快感觉都成了过去，我主动抛弃了它们，换成在别的地方度过夜晚和周末：有珠玉纷呈的都市街头，有千百间散发着芬芳的开间公寓，还要在各种欢快的急诊部排队。这一切都是为了回家时能有一股暖意升上胸膛——那多半是凌晨3点吃了不干净炸鸡后的烧心。

　　这个新世界里的一切都使我感到陌生和紧张：新的术语、新的设备、新的礼节、新的代码。你要在对讲机上使用音标字母*，从救护车内壁上取下吸液装置，要在工作中离开车子时向警车示意，但千万别在开自己的车时也这么做，或者最后一刻才想起来别招呼警察，只好用已然举起的手淡定地捋一把头发。给病人裹毯子有一套办法，那样毯子才不会卷进轮椅的轮子；折轮椅有一套办法，那样才不会夹到手指；操纵车尾升降台也有一套办法，那样担架床才不会连同病人和其他一堆东西冲出车尾。每家医院都有不同的登记办法，入院时有不同的代码，在等护士搭理你时还要站在不同的位置，有的医院里甚至有一条你不能逾越的红线，这听起来难以置信，但就是这么个规矩，就好像在操场上要排队一样。弄脏的床单要送去一个地方，却要在另一个地方取干净单子，有时能取到毯子，但有的医院不

---

*　20世纪50年代北约推出的一套无线电通话字母拼读法，使用"截头表音法"，如A读为Alpha，B读为Bravo等。

给你毯子，大概是怕你一小时后不还回来而是挂到 eBay 上卖掉。有的医院连床单都不给一条，虽然你刚刚带来了一条。在有的医院你能有杯茶喝，还有的可以钻到服务台后借用水壶，如果认识护士或许还能进员工休息室。但你要是记错了规矩，就会闯下大祸，那时你就会明白，自己是个新人，而所有人的地位都在新人之上。

有件事我听了有一百次：一定要和搭档准时下班。一旦违反了这条规矩，我的名字就会在餐间里迅速传开，比东区的某人被停职的消息传得还快。因此，每当我要按下绿色按钮、表示我们可以接活儿的时候，我都会问搭档一声：

"我开绿灯喽，可以吗？"

"哎呀，你只管开，只要让我准时下班就行……"

接活儿这事全凭运气。我们在处理某个病人的时候，不会被调去别处。而一旦这份活计结束了，我们就得准备下一项任务。在任何时候，服务中心那里总会积压着一批求救电话，优先级有高有低。细节已经记录，地址已经确认，症状也输入了分诊算法。按下绿钮时，我们并不知道自己会分到哪个病例。

"再来一单怎么样？"

"都听你的。但是无论如何，别耽误我下班。明白？"

任务的内容全看时机和地点。当一项任务进入系统，电脑会调派距离最近且刚好空闲的急救员。但任务也可能随时取消，黄灯变红灯。

"准备好接活儿了吗？"

"迫不及待，伙计。但接完这个之后可别再接了。今晚我不能晚下班，有安排……"

只要晚个十秒钟按按钮，就可能是躯干中刀和踢伤脚趾的区别。

当一切都未知时，标准做法是总假定最坏的情况：胸痛一定都是心脏病发作；提到大出血则现场已成屠宰场，地上墙上溅得一片深红；呼吸困难就是病人正在倒最后一口气。当然，我后来发现，现实很少这样。但在还没有经验数据可以依靠时，往往是调度屏上显示什么就相信什么。因此，当某轮班次上到一半，调度信息显示"38岁男子，可能倒地，家门紧锁"时，我的头脑少说也是一下子精神了起来。我那晚的搭档就没那么激动了，他做了很多年，床单手到擒来，甚至还能搞到毯子。

这条信息撩拨着我，哄骗着我。"家门紧锁"这种情节总能激起想象，调度的描述很暧昧，说男子"可能倒地"，似乎暗示着密室中的可疑事故。什么会阻止一个38岁的男人出来开门？脚踝骨折、中风、吸毒、醉酒，还是睡得太深，当然还可能是人已经没了脉搏？这个任务有着无穷的可能，可能是一具死了一周的尸体，也可能只是一个男人跑去店里买酒却没带手机。

调度给的地址是高街（High St）的一套公寓，但那地方是一排沿街商店，公寓要从后门进入。我们开进一条小岔路，在一道合页开裂的铁门边停了车。铁门后面延伸着一条没有路灯的小巷，里面是商店后门和取外卖的地方。小巷中灌木蔓生，散落着垃圾，果不其然还有几辆购物车。商户在这里放垃圾桶，路人在这里抛下吃了一半的外卖，附近的老鼠在这里享用一周的自助餐，谁知道还有什么把戏。这种地方，你不穿制服是肯定不想冒险进入的——但这也是某个人的通幽曲径。

我迫不及待地想进去了解情况。我到此时还没见识过特别糟糕的场面，感觉这回有戏。我渴望能中个大奖，处理一次心脏停搏或真正意义的严重创伤，积累积累经验。这已经成了我的心结，就像一家俱乐部的新签球员急切地想破一次门，免得渐渐被人觉得不行。然而，我的搭档看上去却气定神闲。

"别太激动，里面肯定是摊破烂活儿。"

"这可难说。"

"相信我，我感觉得出。"

他从容地停好车，让侧灯照进巷子，然后抓起了手电。他的动作一点看不出匆忙。我提上几包装备，和他一起步入了幽暗之中。十几张蛛网在空中拉出横丝，粘到我们脸上。有什么东西急匆匆退入了黑暗。巷子的一侧是几扇没上漆的防火门，上面潦草地写着门牌号，还有几只简易信箱用铁丝固定在篱笆上。我们找到那个地址，一条窄径通向一方小院，房子大门旁有一部对讲门铃，带着四个没贴标记的按钮。

每次有任务更新，我的对讲机都会振动一下，使我的心情平添紧张。这回肯定有戏，我能预感到。终于能真正地工作一回了。可调度传来的信息本身并没有什么用：信息越多，情况反而越不清楚。他们说打电话求救的不是患者本人，求助者也不在现场；并不清楚是谁、在哪儿打的电话。他们确信患者在公寓内，还坚称他不能过来给我们开门。但他们不会说原因的。警方也出动了。

我们依次试了四个按钮，都无人应答。我们通过门上的投信口朝里喊话，还敲了窗子。我们也让调度提供更多细节，结果却搞成了一场传话游戏：我和市内另一区域的一名调度员说上了话，要他联络一开始叫救护车的人，好让身在别处的那个人试着联络患者——不管患者是死是活，是不舒服还是睡着了，他都很可能就在我站的地方的一两米之外。他们说患者不接电话，上次通话是一小时前。他们只会说"他没法起身"。

警察来了，带着撞门锤——那是一根坚固的金属圆筒，装有提手，使用时对准门锁和门框的连接处撞击，常会把门框撞下一块来。但在这里，它对最外面这扇门不起作用，因为合页是反向的。警员改用撬棍，饶有兴味地对大门发动了攻势。这个过程噪声大得不行，最后把部分门板和一大块门框都撬了下来。里面的人肯定病得很重，不然不可能眼看着别人对他的大门搞这么多破坏而不来干预。

里面的几套公寓都没有反应：怎么看是都发生了真正的紧急状况。

这时调度已经告诉了我们公寓号码，我们于是用力敲打第二扇房门。里面传来一阵哼唧。病人还活着。但仍旧没来应门。他是给压在一只衣柜下面了吗？还是心跳快停了？我冲着投信口朝里喊，告诉他我们不得已拆掉了一扇门才到了这里，要是他不能起身，我们就只得再拆一扇。但我得到的反应唯有一声含糊的哼唧。

这回撞门锤发挥了作用，沉重的门板连着合页甩了开去，一块门框碎片飞进了房间。我喊叫着走了进去。门厅很黑，有电灯但没灯泡——我后来发现，病人的屋子常会这样。我循着哼唧声进入一个小房间，里面塞满了大号家具：一张床靠着一边墙壁，一张沙发靠着另一边，中间只留了一条半米宽的窄道。我自私的心灵中满是立功的渴望，觉得一显身手的时刻来了。我一边害怕，一边又希望遇到真正的惨况。

半米宽的窄道上仰面躺着一个人，他口中呻吟，面容扭曲，双手握拳敲打地板，正是那个 38 岁的男人。就连我这个菜鸟也看得出来：这个男人既没有被困，也没有垂死。他不过是躺在地板上罢了。我失望吗？我承认，有一点。释然吗？如果设身处地为他着想，自然也是释然的。

疼痛当然是可怕的。这个我们都知道。我们都体会过疼痛，也都对这个问题清晰地表达过感受。但疼痛并不总是坏事。疼痛说明人还有知觉，还有力气来表达疼痛。那些病得很重、病入膏肓的人，很少会发出声响或翻滚扭动，因为他们的身体忙着发病，顾不上这些。

我们问男子哪里不好，他一只手遮住眼睛，另一只手伸向后腰，抽搭搭哭了起来。

"是腰疼吗？"

他点点头。

"什么时候开始疼的？"

他摇摇头。

"你不知道？是今天吗？"

他呻吟一声，又摇了摇头。

"那么是哪一天？"

男子举起手，缓缓伸出三根手指。

"三天前？就是周四喽？"

他点头。

"你遇到什么意外了吗？车祸？"

他摇头。

"是跌倒了吗？"

摇头。

"撞到腰了？"

摇头。

"你从周四起就一直躺在这里吗？"

继续摇头。

"先生，你为什么不说话？是发不出声音吗？"

男子张开嘴，双唇翕动，却悄无声息。我凑近了一些。

"不好意思，先生，再说一遍，大声点好吗？"

男子咽了咽口水。他舔了舔嘴唇，仿佛刚从沙漠里出来似的，接着气声说道：

"太……疼……了。"

"明白了。我们可以给你点笑气混合气*镇痛。"

我望向搭档，他耸耸肩，转身出去了。

"笑气很有效的，吸了你就舒服了。我现在给你稍微做一下快速检查。你先告诉我，你是在做什么的时候开始疼的？是工作的时候吗？"

男子摇头，然后拍了拍身边沙发的坐垫。

"是坐在沙发上开始疼的？"

男子再次摇头，他把胳膊伸平。

"你当时躺在沙发上？"

男子点头。没人告诉过我这份工作竟需要这样打哑谜。

就在警方固定那两扇破门（两扇门之后都要修理，价格不菲），而我的搭档去外面取笑气时，我为男子做了几项检查：血压、脉搏、血氧和体温。这时男子的手机响了。

手机就在男子身边的床上，离他的手也就一拃远。他没报告说自己的胳膊有什么问题，但这会儿却示意需要我把手机递

---

* 　商品名安桃乐（Entonox®），50% 氧气混合 50% 笑气。

给他。我只能从他身上爬过去，够到手机。我把手机递给他，但他没有接，而是让我继续拿着，自己手指一划解锁了屏幕。如果说刚才我还担心他说不出话来，那么这下我再也不用操心了：他哇啦一声对来电者打了招呼。看来他已经找回了嗓音。

人们对救护车工作往往有一个成见，认为做这份工作的每个人一定都非常可爱。他们温和、善良、同情众生，遭受攻击也会坚持工作，丝毫无惧呕吐的气味，能容忍只往最坏处想的病人家属。他们能平和地面对上过急救课的"助人"旁观者提出的建议，能伸出胳膊让老太太挽住，并肉麻地奉承对方。他们能让吓坏了的孩子放松下来，用他们抚慰人心的语调和符合当下文化的谈吐。他们是真实世界的活菩萨，嘴里从不说难听的话，心里也从不酝酿刻薄的想法。

这种成见自然就连着另一种看法：做这份工作，本身就是回报。据说，从业者每每想到自己帮助了别人，心中就会泛滥起一股温情，这会令他们始终和颜悦色。你可能今天挽救了一条生命，明天又接生了一个婴儿！要么就是解除别人的痛苦或恐惧。你偶尔会受到攻击、辱骂，会跪在病人的尿液里，会被咳嗽或痰喷一脸，但这些都是整个反馈系统的一环——或许不太愉快，但免不了要遇到。都有了这份工作，夫复何求？

"这份工作一定很有价值感吧？"人家会说。

"嗯……有时候吧。"你会迟疑地回答。

此次遭遇的余下部分，散发出的气氛都可以称为"表演"。我虽然入职才一个礼拜，却已经学会了相应角色的演技：用悠扬婉转的同情，包裹住你的怀疑情绪。这名患者的表演激情澎湃，但也有那么一点自相矛盾。他叫嚷哭泣，面容扭曲，大口吸着笑气。他一边说笑气不管用，一边又吸个不停。我们扶他起身，因为他坚持要去医院，我们带他上了车。我毫不怀疑他的疼痛，但他在自理方面显然也没做什么事情。

距离他躺着冲手机大吼的地方不到两米有一只五斗橱，我在橱顶发现了城市另一头一家医院急诊部开的一张诊断书，时间就在两天之前，上面潦草地写着"后腰痛"。我还发现了两板强力止痛药，萘普生和曲马多，这着实令我眼前一亮。其中的一板少了一片，另一板一片不少。这个谜局的线索都找到了。

被我们送去附近医院的急诊部时，他对两扇破门毫不在意。也许他没有将它们的残破现状和自己的行为联系起来。我心中隐约为某个人感到了不平，但我也不确定是为谁。是为他的室友？房东？在手机另一头为他担心的朋友？整个国民保健服务体系（NHS）？还是那些不知名的出资者，那一个个的纳税人？

而我，则是被自己的急躁和他表演的简单把戏给耍了。我还不准备把心脏停搏这样刺激的病例从今天的任务清单中划掉。我还等着第一次攻破球门呢。

我们回到车上后，搭档递了一杯茶给我，我不知道大半夜的他从哪儿搞来的这个。我们有六分钟的茶歇时间，在那之后就又要按下绿钮了。

"再接一单，可以吗？"

"你行我就行。只要让我准时下班就行。"

V

我停车时，正是最深的深夜，但现场已经相当热闹了：警灯闪烁蓝光，车辆猛地停止，铁头靴有目的地大踏步走着。穿制服的互相点头致意，剃光头的简短地交换意见。现场有两辆消防车，四五辆警车和一些负责运送的救援人员，看起来个个忙碌。但这里还没有真正的救护车，只有我这辆快速响应轿车——就像来吃烤肉，却只盼到了一片生菜叶子。

周围的街道一片寂静。在这周一的凌晨时分，理性的世界还盖在大被子下沉睡。从我停车的地方看不到事故的迹象。调度说有人从高处坠落，但人行道上并没有谁躺得四仰八叉，或是蜷着身子捂着一张血淋淋的脸。调度给我的地址是一家美黑沙龙，但谁会在凌晨 1 点来烤灯箱？现在我到了现场，觉得这地方更像是一家连锁当铺"换钱店"（Cash Converters）——这些人都是想来买卖偷来的 Xbox 吗？

"人在后面，下楼梯就是。要帮你拿包吗？"

"不用，谢谢。是在地下室吗？"

"地下室再往下一层。你的呼号是什么？"

我告诉了他。

"带手电了吗？"

"包里有。"

"你这会儿还行吗？"

"远吗？"

"这里又窄又乱。跟好我。注意脚下。"

我带着所有可能用得上的东西，跟着这名警员走进了一条没有路灯的楼间小巷。我们经过几个工业垃圾箱，穿过几道上面拉着铁丝网的高高的铁门，然后进入一小片堆放区，又穿过了一道暗门。此时，脚下是一道金属楼梯，螺旋地通向下方的黑暗。下面跳动着手电的光柱，看来还有别人在往下走。

"这是什么地方？"

"天晓得。"

我们沿着楼梯，一圈一圈往下走，步子小心而单调；靴子踏在网格台阶上，发出"哐啷哐啷"的响声。终于到达底部时，我至少已经下了五层楼的高度，来到了一座工业迷宫。这里的空气温热又恶臭，有一股子煤烟味，我感觉自己像闯入了一座19世纪的煤矿。上了锁的铁门后面是一条条隧道，到处有硕大的管道和线缆，一道道阶梯通向四面八方。墙壁上覆盖着一层又厚又黑的油污。这是一趟神秘之旅，我进入了位于街道下方的另一个世界。

我沿通道继续行走，走着走着，一面墙突然消失了。我蓦地置身于一个巨大洞穴，空间向上下左右延展。这可能是一座地下剧场的后台区域，但更可能曾是一片有着工业用途的仓储空间，但现在已经废弃不用。周围光线太暗，看不见天棚和墙壁。但在两只聚光灯投下的微光中，我还是看见了一座脚手架塔。塔架旁边，有几支手电齐齐照向了地面上的一个陷坑。

"我猜患者就在坑里？"

"当然。"

下面的主楼层铺满碎石和垃圾，我立足的平台上搭着一架木梯，顺着木梯可以下到那里。我放下装备，顺梯子下去，小心翼翼地走近那个陷坑。

到它边上时，我就明白我是来干什么的了。

陷坑的深度很难判断，因为里面杂堆着各种建筑垃圾：长短铁条横七竖八地伸着，还有一块块的铸钢，和断裂、生锈的碎波纹板。这堆残骸的顶部陷下去大约一米，一个男子像是被呵护着似的躺在里面，他穿着背带裤和足球衣，没嚎也没叫。

他在呼吸，意识也清醒，看来并没有被铁条刺穿。受伤是肯定的，伤势暂时未明。一看便知，他是一条硬汉，正默默忍受着疼痛。他的工友们在四周忙碌地走来走去，清出道路，举着灯光，想尽量帮他。他们的夜晚本不该搞成这样的。

"你看到事故经过了吗？"

"上一分钟他还在平台上，接着我就听到扑通一声。"

"他掉下来时就这样？"

"我们没挪动过他。"

"你们做得很对。他叫什么名字？"

"加里。"

"加里当时站在哪个平台上？"

"最上面那个。"

我又回身抬头看那座脚手架，心中粗略估算了一下：他大概坠落了十米。重伤的可能性很大。有生命危险吗？也许。脊柱严重受伤？很有可能。陷坑里的东西，看起来像伦敦塔内一场酷刑展的废弃物*，谁知道他掉在了什么上面？也许这堆东西缓冲了他下坠的势头。但更可能是一根戳出的横梁造成了局部伤残，或许扎破了某个器官。我需要到下面去查看。下面是一团钢铁"翻花绳"，但我勉强还能找到下脚的地方。

你可以通过许多方式知道自己没准备好。或许是某人将你轻轻拉到一边说：我可不能让你这样就过去。或许是有人在半道上拦住你说：别插手那个！又或者是有人礼貌地将你关在门外说：恐怕你到目前还不够成功。也可能你自己已经有了不好

---

*　伦敦塔曾用作监狱。

的预感，并因此转身放弃了。

当然，还可能是事到临头，你才意识到自己有多么不胜任。比如一个周日的晚上，你从黑漆漆的高处坠入了一个满是碎片断条的坑里。又比如，在你成为规培院前急救员的第一天，你在挤满了人的单位招待活动上第一次感到焦虑来袭……

两年前差一点和分娩室的地板亲密接触后，我得出结论：一门包含鲜血、压力和医疗创伤的新职业是我唯一的明智出路。于是，我向救护车部门提出申请，打算开展一次试验。我从没想过自己真能加入。我总觉得自己会在半道上露怯，然后到此为止。但是我错了：我在每一阶段都通过了评估，获准跨入下一阶段，整个过程就这样一环环地自动进行了下去。等我停下来思考这趟游览是不是瞎胡闹时，我已经在和其他新员工一起接受入职培训了：在一个没有自然光的压抑房间里听了一场关于基本生命支持的讲座。直到这时，我的性格缺陷才终于显露了出来——其身体表现差点令我的新事业还没开始就翻了车。

"你好，加里，感觉怎么样？"

"没以前好。"

他的呼吸微弱，吸气时脸色痛苦。

"加里，我们会救你出去的，但是我要先给你做个检查。你尽量别动。"

"这个倒是不难。"

我在垃圾堆上努力站稳，一只脚踩着一根像是大梁的东西，另一只脚踩着一块金属网。我轻轻跳了一跳，看它们会不会移动。暂时还挺稳当的。我每触摸一样东西，手套就会沾黑一块。

"我来给你把把脉。你是从上面摔下来的吗？"

"唔，不是我自己跳的……"

"幸好不是。有没有撞到头？"

"应该没有。"

"那你昏迷了没有？"

"太疼了，昏不过去。"

我用手摸了摸加里的脑壳。

"当时戴安全帽了吗？"

他摇摇头。

"尽量别动。头部保持一个姿势。我碰的时候疼吗？"

"胳膊疼，还有后背。"

"头呢？"

"不疼。"

"脖子这儿呢？"

"也不疼。"

"后背哪里疼？"

"下面这里。"

加里用左手指了指肋骨最下方。他的右手无法使用，因为右臂软趴趴地耷拉着，肿胀而扭曲。肱骨骨折，我心说。

"我给你吸点氧吧。"

周围根本没有放东西的地方。我把氧气瓶搁在一只木箱上，希望它不要掉进哪个缝隙再也找不回来。我接好氧气面罩，放到加里脸上。

"我们这就为你止痛。"

我把手放到了加里的胸口上。

"深吸一口气。"

"我做不到。"

"太疼了吗？"

他点点头。吸气时，他的胸部升起扩张。他的左胸紧而圆，像一只硬邦邦的气球；右胸摸起来却像是塌陷了，像一扇被撞瘪的小轿车门。

"我得听听你的胸腔。我要剪开你的球衣了。"

"非剪不可吗？"

"恐怕是的，抱歉。"

"你不是球迷吧？"

"不算是。"

"那还真下得了手。"

当我一边在横梁上保持平衡，一边尽我所能评估并治疗这名男子时，我突然想到，这就是朋友们认为我整天在干的工作：在奇怪的地点治疗危重创伤——在晃动的地面上处理攸关性命的紧急情况，在气管里插圆珠笔管通气，在公路边绑绷带止血。总之就是把《急诊室的故事》的情节重新演一遍。在他们看来，这类工作应该是急救员的家常便饭。但实际上，它们更像是一整只大龙虾：这道菜你听说过，也在书上看到过，甚至可能吃过了一两回，但你准备吃它一顿时，还是要集中一点精神，免得在众目睽睽之下让酱汁溅到上衣。这种时候，与其说我是在干本职工作，倒不如说我在漂亮地模仿另一位专业人士，我只是临时替他照看一下工作，后面还是要等他回来处理。

　　加里的困境一层套着一层。这不单是一场孤立的临床危机，还有运输方面的障碍。是的，他的身体处境很差，但他字面意义上的处境也很差。眼下，他这个复杂情况就像一声声细小的痛苦尖叫，在我的脑海中萦绕不去；又像是几只纸飞机，机翼上写满潦草的信息，滑过我的眼前，然后坠落在地。我的大脑仿佛在对自己起哄："振作点伙计！该做什么就做什么！"

　　我肯定，有些人从不自我怀疑。我也肯定，还有些人知道怎么假装自信。但对我来说，像这样的工作却会将我带回到几年前我在会议中心的第一天，让我想起即将掉入深坑的那种感觉。那是一个分水岭似的时刻，我进退维谷。

　　那时的我觉得燥热而晕眩，房间似乎被抽干了空气，还旋转了起来。我无法在椅子上坐定，人晕乎乎的，浑身躁动，急切地想要平息脑袋里的白噪音。我知道大家肯定在盯着我看，但我仍努力维持表面的镇静。我感到脸上汗津津的，心里只想弯下身子把脸埋到膝盖中间。但那样的话就无异于举起双手，大喊"对不起，我来这里是大错特错"，然后当场走人。我已经投入太多，不可能一走了之了。那么我能不能趁大家不注意，偷偷溜出房间呢？我说什么也想吸上一口新鲜空气，喝一小口水。不行，我必须留下。可如果我真的晕倒了会怎么样？我的故事会就此传开，成为一则荒谬而真实的警世寓言。

现在，这种感觉又回来了。我感到的不是瘫软或失败的威胁，而是胆怯发出的隆隆吼叫。我脑袋里有几个悲观主义者正发出刺耳的杂音，告诉我别人能更好地救治加里。他们在耳边窸窸窣窣地叫我"冒牌货"，就像在你制订计划时那些吵来吵去的专家——他们最大的帮助就是闭嘴。

"还能坚持吧，加里？"

"还能。"

"我要在你的胳膊上打一针，给你来点止痛药。可能会有一点刺痛。"

"恐怕不止一点吧。"

我把套管针卷包担在两根金属杆上，再绑一只手套在加里的左臂上充作压脉带，给他的皮肤消毒，然后把针芯刺入静脉。接着我解开手套，拔出针芯，用胶带固定好留置套管，又往他的静脉里注射了一些盐水。

"我要给你量量血压，加里，量的时候要挤你的胳膊。"

我脑内那几个聒噪的悲观主义者开始不耐烦了："你怎么还

在做止痛这样的屁事？加里有多处骨折，好几处在胸部，脏器和脊柱都可能受了伤。得赶紧把他弄出去！"

但我的脑海里还有一个声音，一个冷静的反对派，正在提出异议："加里呼吸正常，神志清醒，情绪稳定。他能够说话，也没有大量失血。他还在说冷笑话呢，这是一个好迹象。也就是说，到目前为止，他的身体应付得不错。"

"虽然如此，但他正在 30 米的地下，是从一道螺旋梯摔下来的！摔在一个堆满金属废物的坑里！他的身子不能动，四周还一片漆黑！"就这样一句接一句，悲观主义者打出了他们的牌。

但那位乐观主义者思路清晰，不为所动："这些都不是不能克服的问题。我们来用逻辑把事情梳理一遍吧。首先，加里的身边都是来帮他的人。"

这时，在我上方，创伤科医生到了。我抬头向他简单交代了几句，然后他也下到了坑底，亲自来做进一步评估。

他看过之后，认为加里的情况是"连枷胸"，即肋骨的一部分与胸廓主体结构脱离，造成一侧胸腔无法扩张。他的肋骨和肺脏之间可能漏进了空气或血液，逐渐制约了他的呼吸功能。除了这个，还有其他问题，没有一个可以在现场解决。见加里目前情况稳定，医生感到满意。但情况随时都可能变化。

最大的障碍是我们所处的位置。加里已经吸上了氧，也注射了一些吗啡，但以他的伤势，仍应该尽快送入一家创伤医院接受专门的治疗。我脑内的悲观主义者打出了一张王牌：加里虽然有呼吸问题，但他的姿势仍应尽量保持不变，而要将他尽快送医，就必须克服脚下这一大堆松动的金属，爬上那架两米多高的木头梯子，还有螺旋梯上的那一百多级台阶。

但这时还是乐观主义者更有道理：

首先，创伤科医生已经断定了他的呼吸不必再做干预，只要保护好加里的颈部和背部，就可以平静地救他出去了。正巧在这时，一支增援队伍将运送所需的装备送下了螺旋梯。

其次，有一名工地经理表示，如果能将加里抬出深坑，带到木梯上面，再从另一段楼梯下去，那么我们就可以沿着一条隧道，将他送往七八百米外的另一处工地，那里有一部工程电梯直通地面。

"你是说，七八百米？"

"不然就走这条螺旋梯。"

看来需要在一旁待命的光头男士们帮忙了……

我们像包珐琅壳彩蛋似的把加里包裹起来，还在他身下塞了一块平板。吗啡已经生效，他比刚才更轻松了。我们把他从身下的那个凹坑上抬起，放到了一副我从未见过的篮式担架上。我们争论了几句如何将他送上木梯。但几个肌肉健硕的消防队员直接把他举到头顶，送上了平台。争论就此结束，整个过程只用了三秒。

接着担架两边各站几人，将加里抬到了齐腰高度，下另一条楼梯向那条隧道走去。几人下去隧道里面，将担架竖着滑下去，而后再重新抬好。我们小心翼翼、步步为营，每有需要就更换抬担架的人手，一路上紧盯着加里并和他说话，渐渐将这位包裹得像礼物似的伤员沿隧道运到了电梯底部。这时，起初的紧迫感已经化作有条不紊的镇定。虽然这趟旅程缓慢且不甚优雅，但比起将他送上螺旋梯，还是有天壤之别了。等我们辛辛苦苦将担架抬到了隧道另一头，工地经理才想起他有一部小型机动推车可以给我们用。我们都硬忍着告诉自己别计较了。

我们乘电梯上去，走到外面，登上了前来会合的救护车。车子迅速开走，将加里和他的连枷胸运往创伤中心，那里有一支专家团队正等着修复他。我不知道这时我的那几个悲观主义者上哪儿去了，我只知道有了正确的治疗，加里会康复的。

随着救护车的消失，气氛变得异常安静。不出几分钟的工夫，街道就空了。兴奋退潮，唯余沉寂。我从地面之上走回最初的事发地点去回收装备：它们仍在地下的那个地方。具体方位我不清楚，只知道它们还在那个坑里。

但是有人行动得太快了：那块堆放区已经没了人影，铁门也上了锁。时间刚过凌晨3点，我的装备困在了20米的地下。我用手捋了捋头发，捋得满手煤灰。得去找个有钥匙的人了……

VI

最能使人集中精神的，莫过于一腔鲁莽。在规培了四个月后（我都不敢相信我还没被打发走），我被分入了一个经验丰富的团队，由他们来指导我走上这个岗位的最初步骤，这时的我已经可以接触病人，但还不能负责救治。我也始终无法摆脱自我怀疑的感觉：就仿佛我赢得了环游世界的船票，却忘了护照已经过期，需要换发。

22 岁男性，上吊

这时我已经品尝过闪着蓝灯开车的刺激（这份新鲜感维持不了多久），也响应了几次令人安心到乏味的求救信息：说是"过敏反应"，其实只是嘴唇刺痛、喉咙紧张；"丧失意识"的妇女只是晕过去了一下；呼吸困难的儿童原来是个"热宝宝"，就是发烧了还没治疗的婴儿。这类任务都在我的舒适区内，处理起来得心应手，我开始觉得，或许自己真的是这块料了。但我知道，我还必须处理稍微严重一些的情况——趁我还有人指导、不必对现场负责的时候。

上吊未遂，被父救下

已经入夜，道路意外地空旷。这个行业里，新人做什么都急匆匆的，带着一股子英雄主义的迅捷，但我总是努力保持克制。我还没完全适应各种任务在调度屏（就是"移动数据终端"，MDT）上不停变动的状态：由于求救电话常常还未挂断，事情还可能瞬息万变，甚至短短几秒之内，刚才的心脏停搏消息都可能彻底取消。

患者有呼吸，家人在现场

在半路上很难判断患者的情况到底有多坏：屏幕上显示的信息，和我们到达时看到的情况常常大相径庭。

创伤组在途，到达请报告

我们抓起基本装备，穿过停车场来到公寓楼前。一辆快速响应轿车也停了过来，警方紧随其后。

一名约莫60岁的男子将我们领向一间小卧室。他手上抓着一根皮带，睁大的眼睛里布满血丝。刚到门厅，我就听见了一声尖叫。卧室的门框上固定了一根引体向上杆，人得弯腰才能进去。只见房间里的地板上躺着一个剃了光头的男青年。他的头脸都是紫红色，你在手指上缠一根细线勒紧的话，手指就会变成这种颜色。他有呼吸，但带着噪声，仿佛有什么粗糙的东西在他的气道里刮擦。

同事们毫无阻滞地开始救治。其中一个给他把了脉，然后托住他的脑袋，抬起他的下巴。伤者毫无反应。另一个接好一只氧气面罩交给了第一个人。第三个领着伤者的父亲来到门厅，平静地询问发生了什么。一时间，我只能站在原地干瞪眼，不是因为身体僵硬，只是有点跟不上同事的节奏。他们的动作纯粹发自直觉，像是已经应付过太多次一模一样的场面似的，而我还在消化眼前的一切，寻思到底发生了什么。我还在心中默念"气道、呼吸、循环"的急救 ABC，周围的同事早已抢先好几步了。

"伙计，能不能递我一根居德尔（Guedel）？"

我茫然地望向说话的人。我知道居德尔是什么，就是需要一点时间反应。

"你是说 OP（口咽）导气管？"

"当然。居德尔。OP。"

"哦，好。"

就是那个小小的爪子形状的装置，作用是将舌头从喉咙后方钩出，从而开放气道。

"是什么颜色的？"

"你找找粉色的。"

我在氧气包里摸索。自然，唯独没看见有粉色的东西。

"找到了吗？"

"抱歉，没有粉色的。"

"那就找找橙色的。"

"呃……"

"要不你把包都给我吧。"

幸好我还是找到了橙色导气管，递了过去。同事将管子轻轻送入伤者口中，转了一圈，伤者的呼吸安静了一些。

"好的，我们还需要些数值。能把除颤器给我吗？"

我抓起除颤器，赶忙递了过去，可是我一时性急不够仔细，机器撞在床框上，发出"当啷"一声。

"放松点，大力士！我们要冷静，没必要这么急。"

"抱歉。"

"我们来测一下血氧饱和度和血压。你连一下呼气末［二氧化碳监测仪］？"

血氧饱和度和血压我已经测了一个礼拜，但呼气末监测就不太在行了。别人教过我一次，但我还从没在患者身上实践过。那大致就是在患者的鼻子底下搭根管子，监测从患者肺部呼出的二氧化碳。我拉开可能装监测仪的各个小口袋，希望看见时能认出它来。

"怎么样，找到了吗？"

"这里好像没有。"

"看看最上面那个口袋。"

我拉开那个口袋的拉链,果然在。

"就是它,伙计。现在接好,给病人连上。"

我试着把盘绕的管子松开,但它反而缠在了一起,我的手上突然多了一把打结的管子。我抓住管子的一头,想把它从这团乱麻中抽出来,却反而让它越缠越乱。

"抱歉……"

就在这时,我的师父伸过手来,递了另一根没有打结的管子给我。我将它插入仪器,另一头往伤者的鼻子和耳朵上挂。但我手忙脚乱,管子自然又缠住了,伸不到伤者的另一只耳朵那儿,我用力扯了一下,结果连第一只耳朵上的管子也扯掉了。

"慢慢来,伙计……"

救援者伸手过来,松了松卡扣,这下管子够长了。真是越急越慢。我终于把管子挂好了。

一名同事已经从伤者的爸爸那里问到了一点来龙去脉。原来是伤者给一个朋友发了几条短信,内容令人担忧。那个朋友尝试给他回电话,但他没接。

"幸好她还有他爸爸的号码。起初没有打通,但打通之后,爸爸立刻冲进房间把儿子放了下来。"

"他就是用那根皮带上吊的?"

"对,吊在门口的杆子上。"

"好的，我们给创伤组更新一下情况。还要去救护车里去取点装备。"

说着他望向了我。

"你去行吗？"

"没问题。"

"好。拿吸痰器、担架、头固、带子。推车能进门的话也带来。"

我朝门口走去。师父望着我的眼睛。

"要我一起去吗？"

我摇摇头。

"我一个人可以。"

"那你尽量把救护车开近一点。"

"明白。"

到外面时，创伤组刚好在停车子。

"伙计，伤者在哪儿？"

"呃……"

我转身指向公寓大门，这时一名警员也来了：

"这边，各位，跟我走。"

我没有真的在那决定命运的第一天里倒下。我吞下眩晕恶心的感觉，将目光集中在远方的某一点，终于，脑内的迷雾散去，我也坚持到了最后——我的身体没有受伤，情绪全部耗尽，心中总有一种挥之不去的感觉：我不属于这里，我占了某个更加称职的人的位子。

　　我在最初的培训中始终保持低调：用功学习，不事张扬，为一切可能造成我恐慌的事物提前做好准备。我在模型人身上练习胸部按压，努力背诵波义耳定律[*]；我学习骨折的不同类型，了解适用及不适用急救医学的场合。我发现自己对流到体外的血液有了一点不信任，甚至干脆是惧怕（这或许会对工作造成不便，但并非没有来由）。我当然还对一切和分娩有关的事物有深深的恐惧——这一点在学校的性教育课上就埋下了种子，后来在前面讲过的产房经历中充分展现。不过，既然知道了这种事情一定会来，我应该能加固内心，充分做好准备：毕竟预先获得警告就是一种提前武装，而逐步接触、慢慢熟悉，也有望帮我在遇到任何分娩或 / 和流血事件时找到内心的平静。

　　我一度在学习透析做瘘时受到了意外打击：图解生动形象，令人反胃，差点击穿了我精心布下的心理防线。但除了那次之外，我的心理建设总的来说还是成功的。至于这种建设一旦到了课堂之外表现如何，能否让我应付得了真实的病人、真实的流血和真实的瘘管，就得到时候再见分晓了。

　　我这是在蛮干硬上吗？是不负责任吗？让公众中的一些人知道，他们病情危重的爱人被交到了一个一听见血红蛋白就会发晕的人手里，他们会不会觉得恐怖？也许吧。但我始终坚信，

---

[*]　即定量定温下，理想气体的体积和压强成反比。这是在揶揄自己按压模型的练习。

人类的适应力是无穷的,只要条件适合,我们完全可以战胜心魔,掌握之前无法企及的新技能。我看了很多集电视剧《假亦真》,里面的情节应该说佐证了我的想法。我还看过板球运动员在《舞动奇迹》中取胜,见过影星变身政客。既然"终结者"能当上加州州长,我也一定能克服身体上的恐惧。毕竟这正是我从事这门职业的原因:看看自己能不能掌握之前无法企及的东西——只要不是一路破坏、制造灾祸就行了……

"吸痰器、担架、头固、带子。推车能进门的话也带来。"我嘴里像念咒似的,免得自己忘了。

我集齐了几样东西,全部丢到了担架床(推车)上:颈托、担架带,还有硬质的金属担架,我们叫"医用铲式担架"。可唯独找不到头部固定器。我把几个柜子都翻了一遍——我找对地方了吗?为什么新人总是遇上这种事?我听说过可以把毯子卷起来充当头固,但我不知道该怎么卷,而且这种临时凑合的做法在这里可是不允许的。

我试着将吸痰器从底座上取下,但它卡得很紧,取不下来。我在课堂上见过这种器械,但当时它并没有连在一辆救护车的车厢内壁上。难道是有什么隐藏机关?我换了一个角度试,也从另一头拉杆,但它还是不动。后来里面就传来了一声响亮的断裂声。糟了。

时间嘀嗒嘀嗒地过去。我不想成为那种接受了常规任务就一去不返的新手。我转而把心思放到了移动救护车上——但真要移动它也不容易。因为这起事件，周围的人似乎一下都遛着狗冒出来了，街上停满了闪着蓝灯的车辆，其中就有第二辆救护车，想必是趁我在和吸痰器较劲的时候偷偷停过来的。我向前挪车，把车头开进一处空当，然后朝着公寓门口开始倒车，但有一根柱子挡住了路。我又试了两次，握着方向盘左打右打，最后明白倒不到门口了：那里已经没有停车的地方，而我，被卡死了。《王牌大贱谍》中的一幕闪过我的心头，我决定减少损失，把车子再开出去——但刚才辛辛苦苦开进这处空当，现在要再出去也不简单。我又折腾了好几分钟，最终的成果不过是回到了出发的地方。

　　我放下车尾的升降台，拉出担架床，然后又试了试吸痰器。这一次它毫不费力地就给摘了下来——之前都在瞎忙活什么啊？我一边连推带拉地携推车床走向公寓门，一边用前倾的身子护住那几件珍贵的物什，不让它们从窄床上掉下来。我还要四面回护，防止推车栽到草坪上。终于到了门口，我踩下了担架床的刹车。我已经离开多久了？希望他们都在忙着照看伤者，没注意到我这么磨蹭。

　　我肩扛手抱，带着设备朝里走去。但没走多远就迎面遇上了十几个身穿制服的人在往外走，有急救人员、警察以及创伤组，他们将伤者抬在半空。伤者已经上好了颈托，束紧了担架带，固定了头部，盖好了毯子，用的全是另外那辆救护车上的装备。

我赶忙身子靠墙，及时让出了路。他们在里面精神抖擞英勇救援的时候，我却在昏暗的车厢里忙着摆弄那只丑陋的黄色盒子。

一行人的末尾是我的师父和他的搭档。

"哦哟！漫游者归来啦！"

"逛得开心吗？"

"我们都忘记你长什么样了。"

"不是觉得无聊，回家了吧？"

我后来知道，急救人员喜欢事事保持简单：要黑白分明，别有灰色地带，也不能被怀疑所拖累。就脾性而言，我们喜欢清楚明白，说干就干，行动直指要害，将复杂的场景简化成直觉的判断，并以此为基础迅速反应。如果停下来思考细微的差别、权衡对错的边界，就可能产生严重的后果。因此我们总会先治疗最严重的情况，后面再考虑细节。

这样的反应需要你保持相当的沉着：你要踏入陌生环境之中，并且掌控局面，要敢于在众目睽睽之下犯错，不能害怕得罪别人。抢救病人必须争分夺秒，没有时间给你发愁或是自省——也没有时间让你好好停车。

我的一位指导曾经指出，我对工作中的这一部分肯定会有挣扎，因为他在我的身上看到了不同的品质，看到了一种在需要行动时退缩谨慎的倾向。他说得对。这确实有部分是出于我的谨慎：我总是害怕犯错被人抓到。但还有一部分藏得更深，

直通我的天性。一方面，我确信自己可以在急救工作中表现更
好，但另一方面，我心中却另有一股力量在抗拒这种进步前景，
同时也在为我锻造着一副更强势、更专断的面貌。我还能找到
别的出路吗？

VII

雷吉倒在地板上起不来了。他人在浴室,卡在了马桶和轮椅之间。他跌倒时天还亮着,但现在两个小时过去了,他已经躺在了黑暗之中。他独自支撑了许久,现在他的慢跑裤都湿透了,皮肤也开始泛红。他试过攀住马桶和浴室墙上固定的防滑杆站起来,但他的手臂肌肉已经萎缩,使不出力。幸好他挂着吊坠式呼叫器,还能摁这个求救。

雷吉在等人将他救出泥潭。他正在最好的年纪,却像一个孩子似的无助。他才 46 岁。

我们 90 分钟之前就往他家赶了。但中途我们的任务被取消,转去救援一个"神志不清、呼吸困难"的 21 岁女青年。我们赶到时,女青年正闭眼躺在地上。她和男朋友吵了一架,回家后问什么也不答,一动也不动,对什么都没有反应。家人吓坏了,于是拨了 999。

我们在现场待了一个小时，辅导她呼吸，排除各种危险的可能，安抚家属，使气氛似乎恢复了和谐。等我们空出来时，屏幕上再次出现了雷吉的地址。

我们从外面的钥匙箱里取了钥匙开门进去，同时大声招呼。我们循着雷吉的声音来到浴室，打开了灯。换气扇也开始呼呼运转。

"你们倒挺悠闲的。"

"实在抱歉。"

"迟到是你们的错吗？"

"嗯……我们先给派到别人那儿去了。"

"那就别道歉了。"

"好。但要你等这么久，毕竟过意不去。你多久前跌倒的？"

"我自己都说不上来。这有什么要紧？反正我人还躺着呢。"

雷吉被插了队。系统听信别人的夸大之词，忽略了他。但他开口说出的却不是在寒夜里被遗忘后带着积怨的斥责，他的口气单调乏味，还带着丝倦意，听得出他以前就曾在紧急呼救时被排到过后面。他仿佛是在念别人的台词，好像已经没有精力发火了似的。

"好，我们帮你起来。"

在扶起雷古之前，我们先问了他是怎么跌倒的、撞没撞到头、有没有昏迷、脖子疼不疼。这些都是评估伤情的要点。然而雷吉迫不及待地想跳过这一步。

"别问东问西的了。扶我起来就是。"

我们把轮椅推出去，将雷吉轻轻挪到了浴室中央。这是一片专为他的困境改造的方形区域，装了抓握杆、折叠门，还有一片具有科幻感的易清洁地板。他的身体已经僵硬，弯成了一个问号，细条条的肌肉痉挛着，像是一个长着山羊胡的巨大胎儿。我们扶起他，摆成坐姿——他轻得就像用硬纸板裁出来的。他的背心松垮垮地挂在肩上，活像一条连衣裙；他的慢跑裤在竹竿似的双腿上轻轻摆动；他的锁骨特别突出，简直能挂一排衬衣。我们常听说某人成了"过去自己的影子"，说的就是雷吉这副模样：他的身体是不加丝毫润色的朴素信息，是对之前体形的新闻报道——条干清晰但毫无鲜活色彩。你只能说这是一具身体，却无法形容它是怎样一具身体。

我们为雷吉脱掉衣裤。他的四肢习惯性地摆成了脱衣时的姿势配合我们。

"你有护工吗，雷吉？"

他点点头。

"他们多久来一次？"

"一天两次。"

"早晚各一次？"

他又点点头。

"他们人怎么样？"

他耸了耸肩。唉，就是护工而已，我们还想他说什么呢？

"你经常出门吗？"

"最近没有。"

"最近都没出门？"

他深吸了一口气。

"出门太费劲儿了。"

"确实。"

"我情愿待在家里。"

雷吉的手肘和臀部都被乙烯基地板磨得鲜红。他的皮肤冷得起了鸡皮疙瘩，毛发根根竖立。他的大腿上浸湿了尿液，屁股也被粪便弄脏了。我这纯粹是陈述事实，没有抒发任何感想。

我们找了几张湿巾，擦净了他身上最脏的部位。我的搭档打开龙头，把戴着手套的手伸到花洒下方，等水温变热。我们将雷吉从地上扶起，让他坐到淋浴凳上。我们调整花洒的方向，让热水落到他肩上，再顺着他瘦骨嶙峋的躯干流淌下来。他身子渐渐放松，两分钟后，他已经能把着一根防滑杆维持坐姿了。

"家里怎么样，雷吉？"

"什么家里？"

"你有家人吗？"

"有是有。"

"他们住得近吗？"

"我就在这一带长大，家人都在附近。"

"和他们经常见面？"

"不经常。"

"他们不来看你？"

他摇摇头。

"想让我们给哪一位打电话吗？"

"有什么好打的？"

"告诉他们你的情况呀。"

他再次摇头。

我们将雷吉扶起，摆成接近站姿。他上身前倾，两条胳膊环着我的脖子，像是要和我跳舞，而我搂着他的腰，双手其实已经陷进了他的肋骨。我们这样子，就像两个男人拥抱着，但又担心不留神碰到对方身体。实情其实也就是这样。

搭档从墙上取下花洒，让水流对准雷吉木琴似的后背冲洗，接着向下冲洗他塌陷的臀部、两腿之间和他细长的大腿。水的力道很大，不停冲刷，冲进死角，冲净污垢。接着搭档将一条浴巾打湿，淋上沐浴露，有条不紊地给雷吉从头涂到脚。

雷吉支撑着身子，一语不发。他是在回想人生中一段截然不同的时光吗？隔壁房间摆着几架子黑胶唱片，还有磁带机。从前的雷吉，曾经当着一群听众打碟吗？客厅一角，一台折起的划船机正靠在墙上吃灰，上面搭着几件外套和针织套头衫，尺码肯定都已经不适合他了——他上一次健身会是什么时候？

浴巾成了黑色，有些难堪。搭档将它在花洒下冲净，重新淋上沐浴露搓出泡沫，再继续给他擦洗。浴巾再次变黑，又再次冲净，再淋上沐浴露擦身。接下来是冲洗阶段。泡沫、粪便和污垢被冲刷到地板上，随着水流流进角落的地漏。我们扶雷吉坐回淋浴凳，让热水洒遍他全身，直到水汽氤氲了浴室，朦胧了镜面，青柠和薄荷的气味在空气中弥漫：洁净在望。

我们中的一个在公寓里巡视了一圈，找到了一块已经开始掉毛的巨大毛巾、几条平脚裤、一件印着鲍勃·马利头像的褪色 T 恤和几条格子睡裤。我们把毛巾披在雷吉肩上，再把毛巾折到他身前，将他裹起来。这真像块裹尸布，但也赋予了他一种宁静的气息。一旦把身体的残酷真相遮蔽起来，他的脸就显得更加滋润、更有活力了。他的面颊因为淋浴的热气而有了些颜色，眼睛也透出了一些光彩。

"舒服点了吗？"

他点点头。毛巾落下的一丝丝绒毛沾上了他的胡子，也沾上了搭在他喉咙上的几缕乱发。

"谢谢你们。"

"这没什么，真的。"

"嗯，那好吧。"

"雷吉，你想不想喝杯茶？"

他摇摇头。

"咖啡呢？"

"不用了，伙计。"

"那要吃点什么吗？"

"我吃不了多少东西的。"

"明白了。那我们帮你把衣服穿起来？"

"先让我歇会儿吧。"

"当然，当然。"

我们让雷吉歇息了片刻。花洒上的水珠滴落在地：啪嗒……啪嗒……啪嗒……

"我还能见到我姐姐。"

"是吗？"

"她有时来看我。（啪嗒。）只有她会来了。（啪嗒。）我不怪他们。是我自己不去找他们的。我和许多人都断了来往。哈！你信吗，我以前很要强的。"

他打了个寒战，几乎牵动了全身，搞得差点从浴凳上掉了下来。

"那时候真的很要强的，呵！"

"真的不要我们给你姐姐打个电话吗？"

"不用啦，给我穿上衣服就行。医院我可是不去的。"

我们再次将他扶起，抱他站直。我为他擦干了双腿和私处。

"你现在想去哪儿，雷吉？"

"里面的椅子上。"

"就是那张躺椅？"

他点点头。我们把毛巾围在他腰间，重新扶他在浴凳上坐下。他双手抱住左大腿，把那只没有生气的左脚从地上拉起来。我俯下身子，将平脚裤的裤管套上他的脚踝。雷吉又像这样拉起右腿，我又套好另一只裤管。接着我将睡裤压成8字形，用同样的步骤套上他的脚踝，但这次多花了些力气。然后我们扶他站起，拉着平脚裤和睡裤的松紧带提到他的臀部。但是我们刚一松手，两条裤子就直直落回了他的脚踝，在湿漉漉的地板上塌缩成两团。

"哎呀！抱歉抱歉。"

我赶忙蹲到雷吉脚边，抓住两条裤子，想把它们重新提起，但他的腰臀上没有一点肉，松紧带都挂不住。这个画面似乎比刚才更没尊严，就好像我们对他玩了一个幼稚的恶作剧似的。我只好先把裤子提到他腰际，然后捏起一团裤腰的布料，抓在手里，以防裤子再滑下去。

"真是抱歉。我们再去给你拿两条干的。"

"别麻烦了。"

"不不，要拿的，这两条都湿透了。"

"这样就行，每次都这样。"

"真的不用吗？"

"那边上有一只安全别针，是护工放的。每次穿裤子都要用。"

果然，我在水槽边上找到了一对大号安全别针。我让搭档扶雷吉站着，自己抓了一大把睡裤腰，捏了个褶，穿上别针，给雷吉做了一条以前的那种"灯笼裤"。现在的裤子，就像一柄雨伞开到一半临时改了主意：裤脚垂在脚踝上方，到上面臀部的位置向外蓬成一朵蘑菇，到肚脐处又收成了一个窄圈，就像一个抽了收口绳的帆布袋子。这幅病态的画面提醒人们，雷吉的病已经使他到了怎样与世隔绝的程度。

我看得出，从前的雷吉是个衣着时髦的人，或许还很讨女士们喜欢。他可能时不时会惹点麻烦，会到附近的酒吧喝上两杯，或是去当地的俱乐部玩玩。但现在，他却退化到了只能由两个陌生人给穿衣服的地步，衣服都像是捡的旧衣服，来自从前的他自己，但从前那个大块头再也回不来了，因为他的身体是在萎缩，而不是在增长，他的裤子要用安全别针固定，洗澡也不能自己洗了。

对于雷吉这样的人，这无疑是终极的羞辱：对相貌打扮的自豪已荡然无存，而是让位于压倒一切的实际需求，时髦和喜好不再被重视。曾几何时，体格可以讲出他的内涵，而今，身体已经成了开展生物学过程的简单容器。它不再是活力或自律的标志，就连贪吃和懒惰也无法显示。它不再是性感、力量或时尚的指针，也不再表征成功或羞耻。现在的它只是一件东西，倒了就扶起来，饿了就喂一喂；是一部设备，冷了就加热一下，脏了就清洗清洗——维护的方法是越简单越好。

我们能做的，不过是将叼着叶子卷烟的鲍勃·马利苦到雷吉瘦得像衣架似的肩膀上，扶他坐回轮椅，再推他到客厅。

"现在几点了？"

"十一点一刻。"

"要么，直接送我上床吧，我也该休息了。"

于是我们把雷吉推到床边，扶他站起，转一下身，再帮他侧身躺下去。我们将那只吊坠挂回他脖子上，给他盖好被子，然后关了灯。

我们没有给雷吉做紧急治疗。我们没有解开任何医学上的谜题。我们也没有避免任何灾难。但这是很长一段时间以来，我觉得自己最有用的一次。

"谢谢两位。你们是我的贵人。"

"不算个事。"

"对了，你们出去的时候……"

"嗯？"

"能帮我开一下收音机吗？"

"当然可以。"

VIII

没人想被说成冤大头。在大多数职业中，这都是一件事关声誉的大事，在紧急救护这片沃土上，它更是近乎箴言。在刚刚步入这门职业才两个月时，我就充分明白了这一点。

"千万别让他们耍你。你只要有一点点示弱，他们就会把你当点心吃了。"

我在第一次实习的时候就听到了这个建议。起初我并不知道这里的"他们"指谁——是病人，电台调度员，路上的其他司机，或者泛指全人类？对于以上几个群体，我的师父好像都不怎么待见，所以很难明白他具体是在说谁，而我也不敢追问。

不过，我还是决意要把人往好处想——至少在有理由改变这样的想法之前。我并不是一个全然天真的人。我知道有些人不好对付，有些情况不像表面那样简单。在《豪斯医生》的某几集里，我看过休·劳瑞无情地冷嘲病人全是骗子——最后结果也的确能证明这一点。我自己也听过许多这样那样的事：什么病人玩弄医疗体系，浪费我们的时间；把年迈的亲戚扔给医院；在急诊部插队，故意找碴；还有人要医生开药当毒品吃；等等。在餐间里，我听过刻薄的同事尽情宣泄他们在艰苦工作中养成的愤世情绪。我自己也遇到过许多投机分子，也曾怯生生地把他们交给板着个脸的分诊护士，这种人她们见太多了，根本懒得停下手里的事抬头看一眼，也懒得掩饰她们对这些病人，或者对病人的"绿衣护送员"的鄙夷。

但我仍坚定地认为，这些事没有一件会使我灰心。我确信，对谁都要给一个机会。要耐心地倾听病人，给他们一点关注。这完全是一个态度问题。我不想随便上当，但我也不要把事情总往最坏处想。我自信地认为，无论发生什么，我总能坚守一个信念：人的本性都是好的，只有在遇到不顺的时候才会变得难以相处。一定是这样。

清晨的细雨中，我们的病人坐在一家酒品商店外的一堵矮墙上。她戴着兜帽，低着头，脸上胡乱垂着几绺湿发。我们停下车时，她冲一个水塘里吐了口痰，然后手抓住胃，痛苦地弯下身子。看到这个动作，我感觉似曾相识。

她的身边坐着一个正在打手机的男人，但是当我们靠近时，他站起来走开了。女子冲着他的背影嚷了几句什么。男人没有回头，只是向下甩了甩胳膊，就像要抖掉手里的什么东西似的。

我们走下救护车。我的搭档说了一句和蔼友善的开场白：

"你好啊！我们这就上车吧？"

"我站不起来。"

"就走几步也不行吗？我们会扶你的。"

"我要吸点气。"

病人说话时闭着眼睛，脸皱成一团。

"什么气？"

"就是笑气。"

"你以前吸过？"

她点点头。

"我们先帮你避避雨，整理一下吧。"

听到这个，她睁开了眼睛：

"我反正已经湿了。你在担心谁淋雨，我还是你自己？"

"你不想去车里暖和暖和吗？"

她直勾勾地看着我的搭档，一口痰吐到了地上。

"没吸到气我就不走。"

我们对望了一眼。我去取笑气。

"这东西开着吗？我感觉没气啊。"

她举起了面罩。

"肯定有气的。"

"你能检查一下吗？"

她大口大口地朝肺里吸。

"有气的，相信我。"

今天她报的名字是安娜贝尔，但我以前就遇到过她，大概两周前，当时她还叫赛琳娜。今天她穿了一双跑鞋，没穿袜子，上面一条蓬松的慢跑短裤和一件硕大的连帽衫，那样子就像她刚去了一趟健身房，却把别人的衣服穿了回来。她的双手脏兮兮的，眼皮上还沾着昨天的睫毛膏。我的思绪瞬间飞回了我们来时离开的那名男子身上，不知道他是谁，又去了哪里。

"没用啊。我还是觉得疼。"

"告诉我们你怎么了，安娜贝尔，把疼的地方指出来。"

我能感觉到搭档的好脾气正在经受考验。现在她负责谈话，我连接设备。安娜贝尔对流程很熟：她主动伸出手指，让我们连接测血氧和脉搏的仪器，还挽起袖子让我们绑血压计的袖带。

"我感觉好像有人在捅我，烧我，挤压我的肋骨。这个气不管用。我觉得我得再来点厉害的。"

我望向她的胳膊，看到了和以前一样的细小淤青和结痂。它们沿着她的静脉分布。我把袖带绑到她皮包骨的胳膊上，开始充气。她又吸了一口笑气。

"你是什么时候开始疼的？以前有过吗？"

"好多次了。"

"真的吗？"

"但是都没这次厉害。"

"自己吃过药吗？"

她摇了摇头：

"我的药片都在家里。"

"你家在哪儿？"

"这个有关系吗？"

"你平时吃什么药？"

"反正都不管用。"

这场对话就像拳击训练：我的搭档步步紧逼追问细节，安娜贝尔且退且守直说自己疼痛。但搭档毫不放弃——她并不凶，但态度坚决。

"那就是长期问题喽？医生是怎么诊断的？"

"宝贝儿，我真的很疼。你问这么多干吗？"

"抱歉哦，安娜贝尔。医生告诉你是什么病了吗？"

"你知道我很疼，对吧？这不就够了吗？"

"你有医院的诊断书吗？"

"你觉得我像有医院诊断书的吗？"

"我们得知道你的疼痛是从哪儿来的。能让我检查一下你的腹部吗？"

"我都告诉你我疼得厉害了，宝贝儿，你还想知道什么？"

"我们只想给你最合适的治疗。"

安娜贝尔死死盯着我的搭档。是她太严厉了吗？如果换我来谈话，我会更包容吗？还是会更容易妥协？我们俩都看得出，安娜贝尔现在很难受，这或许算不上是医学上的紧急事件，但她确实正在经历着挣扎。在这场短暂的相会中，我们不过是匆匆一瞥，获得了一张"快照"，但我们已经看出了一些迹象。而我现在还是很想把她往好处想。

但紧接着我的宽厚就受到了冲击：安娜贝尔猛地一甩胳膊，把面罩扔到了地上。接着她又干呕起来，在座位上扭动身子，还咳出了喉音：

"哕！咳！呕！"

我打开橱柜，取出一只硬纸呕吐碗。

"来，朝这里吐。"

她一手抓着肚子，另一只手的四根手指全部塞进了嘴里，尽可能地往喉咙深处伸。她的眼睛瞪得老大，面孔涨得通红，浑身抽动，一阵痉挛。她的身子先是前仰，再是后合，接着又甩到前面。我把呕吐碗端到她的脸下，另一只手搭在她的肩上。

"别勉强，安娜贝尔。"

但是她将呕吐碗一把扇开，碗重重撞在我的胸上。然后她身子一歪，停顿片刻，接着就朝救护车的地板咯出了一大团黄色的胆汁和唾液。

"呕哇啊啊啊！！"

她的身体不受控制地颤抖。

"要紧吗？"

一丝唾沫从她的下嘴唇垂下，滴到地上。她一把抹掉唾沫，在椅子边上擦了擦手，然后筋疲力尽地瘫坐在椅子上。我递给她一张纸巾。她接过去抹了一把脸，然后把纸巾丢到了地上那团痰唾旁边。她抬起眼，挨个看向我和搭档。

"抱歉，车弄脏了。"

上一次我遇见安娜贝尔／赛琳娜是在她的公寓里，当时她周围放着一圈药盒，说没有一种止得住痛。她说她得了胰腺炎。我那天的搭档给她静脉注射了吗啡，也给了她止吐药，然后我们带她上了救护车。但当我们到达医院急诊部时，那里的护士却痛苦地叹息一声，就像被一只巨大的图钉扎了似的：原来那个星期，赛琳娜天天都去医院，而且每一次都得到了她想要的全部药物，之后就马上走人，根本不等院方完成对她的评估，然后第二天又出现在医院。最近几天，医院告诉她不会再给她开吗啡，于是她开始愈加强势起来。

看她的样子，似乎没想起来我们之前见过，但我怀疑她即使认出了我也不会承认。如果她今天也怀着相似的目的，那么她肯定还会变点戏法。

"我说，你真是干急救的吧？"

她望着我搭档的肩章问道。

"没错。"

"那你应该有吗啡喽……"

"你以前用过吗啡？"

"你不会拒绝给我治疗对吧？"

"嗯？"

"你们应该有那什么，'注意义务'的是吧？"

"你到底想说什么？"

"要是我说我需要吗啡，你就必须给我吗啡。"

"不。我会运用我的临床判断。吗啡是一种不得了的药物。"

"你又不是医生。"

"不是。"

"那就别废话了。我现在很疼，我告诉你我需要吗啡。"

"要是别人一问我要吗啡我就给，那就是我的失职。"

"可是我疼呀。你看得出来我很疼的。"

"那好。医院离这儿就一公里。我们五分钟就能开到。"

"不不不！别把我带去那儿。"

"为什么不行？"

"反正不行，你们得带我去别的地方。"

"附近的医院哪里不好？"

"他们不给我好好治病，他们水平很烂，他们只会敷衍我。"

"你上次去是什么时候？"

"我跟你说，宝贝儿，这不重要。我疼你又感受不到对吧？"

"你上次去医院是什么时候？"

"我现在疼得要死，你还不给我止痛。"

"我们送你去医院吧。"

"你没好好听我说话啊，宝贝儿。我告诉你我很疼。"

"你可以在路上吸点笑气。"

"你没听过那句话，'疼痛是病人的，不是急救员的'吗？培训学校没教过你吗？"

"你说什么？"

"我说'疼痛是病人的，不是急救员的'。"

她是从哪听来这个的？医生告诉她的？别的急救员？还是从哪本医学教科书上读来的？

"你可不知道我是有多疼。"

"别说了，我们走吧。"

"我看你最好认真听我的话，给我一点儿吗啡。我认为这是你的分内事。"

急救人员不敢说自己有多么专业的临床知识，但对于有些技能，他们有充分的自信，其中有一项是一眼看出真正的重病病人，另一项是在三条街外就闻出冒牌货的气味。

我曾听同事愧疚地笑称自己变得如何狡猾：他们渐渐对自己听到的说法变得怀疑，不再信任某些病人的动机；会更多留意病人在不经意间流露的线索，而不只是听他们口述；甚至在到达现场之前，他们就已经对大部分任务的过程心里有数了。

在临床环境下，怀疑病人的动机显然是危险的：如果连病人都无法信任，谁还能给你可靠的信息呢？任何一种先入之见都可能将你引入歧途；如果后面只得退回来再试其他的路，会既危险又尴尬。

不过"狡猾"是双向的，而反方的狡猾中还有更邪恶的东西：这种狡猾会利用他人的不幸为自己赚取好处。这种行为，在来不及厘清细节的一次性急救中似乎格外猖獗。

要举例吗？当有病人会说他希望自己由救护车送到医院，因为那样就不必在急诊部排长队时，他就是在表达连自己都没有意识到的狡猾。急救人员和急救电话接线员经常会听到这样的要求：病人希望由救护车送院，因为那样能更快看到医生。但这其实是一种误解——救护车送的病人，也会和其他病人进入同一套分诊流程。治疗的先后取决于病人的临床需求，而非他的入院模式。然而这并不能阻止人们来碰运气。大多数人都会同意，急救车辆应该留给情况危重的病人，而不是用来助长插队行为。那为什么又有这么多看上去有理性、有知识的人，会眼都不眨地提出这一要求呢？

在任何一个行当中，如果你必须接待那些爱耍心机的人，你就很容易变得认为人人都是如此。这不是态度悲观或者心胸狭窄，而是最简单的实用主义。若要对付随时可能失控的人或事物，那么你最好穿上一副铠甲。

就这样，我们将安娜贝尔带到了就近的医院，对此她并不满意，一点都不。我打开救护车的后门，她仍倔强地坐在位子上不肯下来，两只湿透的鞋子搭在担架床上。现在的她一点看不出来疼。

"来吧，安娜贝尔，我们去护士那儿报个到。"

"不去。"

"咱们总不能老待在车里吧？"

"那带我换一家医院。"

"那是不可能的。"

说话间，安娜贝尔在救护车厢中间站了起来，把裤子褪到脚踝，颤巍巍地就往下蹲——在救护车地板上哗啦啦地撒尿。

你不能说事先没有这个征兆。一知道自己的意思不会得逞，她的抗议就立刻激烈了起来，动作里也多了威胁。当她终于从椅子上站起，我已预感到她的愤怒即将转变为破坏。刚看到她脱下裤子时我还愣了片刻，但是当我看到她像在树林里似的目标明确地蹲下时，我知道必须立刻行动了。

蓦地，我的善意全飞到了九霄云外。我看出安娜贝尔想干什么了。我想起救护车正停在一段向下的斜坡上，也料到了那道即将喷出的热流会淌向何处。

"包！我们的包！快从地板上拿起来！"

急救人员绝不能表现出恐慌或匆忙的样子，这是我们引以为豪的职业素质，但也有少数的例外情况，其中的一种，就是当你的午餐包即将被病人的尿液湍流浸没的时候。我的搭档赶在热流涌到之前把我们的包提了起来。空气中弥漫起发酵水果的酸味。我抓起一叠尿失禁垫，扔给病人身后的我的搭档，让她快赶紧将湿透的地板铺满，以防这股浊水流入驾驶室。搭档匆忙将垫子铺成了一个半圆，像荷官在赌场里发牌，接着她又用脚轻轻挪动垫子，将它们摆成一道吸水的堤坝，确保没有液体会渗漏过去。

安娜贝尔还在尿。她要么在早餐时喝了大量液体，要么是有一只铁打的膀胱。等到排液抗议结束，她重新穿上裤子，坐回了椅子上。她拒绝下救护车，除非我们送她去别的医院。

我们给绊在这儿了。

我们向调度报告了情况。他们没太理解。他们有一整屏的求救电话等待回复，不明白为什么一组已经到达医院的队员不能直接送病人进去。

我们转而向医院保安求助——你可以猜猜看，要他们帮忙把一个沾满尿液的捣蛋鬼送进拥挤不堪的急诊部，他们会有多乐意。我们确实已经到了一个正在接诊的急诊部外，但我们和安娜贝尔的遭遇战还远未结束。此刻我的善意已经消磨殆尽，我完全明白为什么休·劳瑞要皱着眉头冷嘲了。

当然，最简单的做法就是满足她的要求。或许我们的确该那么做——但我觉得那是不对的。当猜忌完全化作现实，一方的狡猾似乎就会助长另一方。无论如何，事实已经证明，当你试着将自己的私人物品从病人尿出的复仇大潮中抢救出来时，做最坏的打算，有时很有用处。

IX

　　因为堵车，我们在前去抢救塞缪尔的路上耽搁了。堵车是因为道路封闭了，而道路封闭是因为塞缪尔正仰面朝天躺在路口中央，一名警员正有节奏地按压他的胸部。

　　我们停车时，第一急救负责人已经到达现场。他的轿车和三辆警车正停在路口周围，后备厢／后车厢都开着，车灯闪烁。四周有一小群路人正举着手机拍照。躺在路口的不是他们的亲戚，因此对他们来说，这只是一件小小的激动人心的神秘事件，一出在家门口上演的黄金档戏剧，一个可以讲给人听的故事。警方把他们拦回了人行道——这使场面更激动人心了。

　　塞缪尔的轿车横在车道的另一边，引擎盖皱着向内凹陷，仿佛是给人在它肚子上打了一拳。一盏交通灯别扭地歪在一边，一根路桩被撞到了马路对面。柏油路面上涂着一大片交叉网格，塞缪尔的身体横跨了其中的三个黄色方块。

　　片刻之前，塞缪尔的车子撞上了一处安全岛。安全岛后面的角落里正停着一辆警车，警员们就下来查看，发现他已经没了呼吸，于是他们将他拖出车子，就在马路中间给他做起了心肺复苏。虽然现在看不出来，但今天塞缪尔大概是地球上最走运的人了。

　　塞缪尔 50 多岁，身材结实。他的上衣已经剪开，一只除颤器放在他身旁，我们走近时电极板正在充电。乍看上去，他没有外伤。一只球囊面罩已经连上了氧气。两名警员一边按压一边数数，数到 30 下就停，让第一急救人给他输两口氧。

　　第二次停下时，每个人都望向除颤器的屏幕。描记线参差不齐，形状紊乱，走走停停：这说明病人的心脏进入了名为"心室纤颤"的节律。它很虚弱，但"正好"可以电击，这是一个好消息。第一急救人按下充电钮，又在他胸口压了几下，然后所有人都后退一步。

　　"大家退后！氧气拿开！"

　　他按下按键，释放电流。那不像一场爆炸，更像是震了一下。病人身子一跳，很快抽搐了一下，就像他快要睡着的时候，有人用一根磨刀棒捅了捅他。急救一刻也没有中止。

　　"两位，请接着按压。有人能来换个班吗？"

　　"当然，换我来。"

　　旁边的第二名警员跪到病人身边，继续开始按压。

塞缪尔的心脏已停止运作，于是他身体的其他部位也开始停工。这颗心脏的任务很简单：保持收缩，大约每秒一次，一秒都不能停，直到生命终止。但现在它不收缩了，改成了颤抖。所以现在，警员按压的胳膊就成了塞缪尔的体外心脏。

颤抖的原因是心律失常、心室纤颤。而室颤的原因通常是心脏组织死亡，比如心脏病发作时就会如此。你已经在上百本医学教科书甚至电视剧的片头片尾里看过了心电图描记线，室颤就是那根熟悉线条的一个叛逆表亲。正常的心跳是周而复始的凸起和尖峰，室颤却是由徒劳的电信号串成的一条混沌序列、一幅只有丘陵没有山峰的风景。于是当心脏应当收紧时，它却像是一块果冻似的乱颤。结果就是血液不再循环。

我们每两分钟检查一次心律。屏幕上一条条曲线的形状在告诉我们心脏的电活动是否还有效，即它能否协调到足以激发一次自主的收缩，能否形成脉搏以显示生命力；如果已经无效，我们又是否需要为心脏除颤。我们又两次停下心肺复苏并检查，两次在柏油路面上对塞缪尔的心脏实施电击。

我们往他的静脉里刺进一根套管，又在他的口鼻中放了几个气道导管。我们拿来了更多氧气、一张推车、一块毯子和一副吊篮担架。与此同时，那位警员仍在不断按压他的胸部。

"一，二，三，四；五，六，七，八……"如节拍器一般，一直按到"……二八，二九，三十——"就休息片刻，第一急救人抬起病人的脸罩上面罩，向他的肺里挤进两口氧气，然后警员重新开始按压。

我们很快了解了撞车的情况：低速撞击，破坏不大，没有其他人卷入。病人趴到了方向盘上，没有受伤迹象。换句话说，病人应该是在驾驶过程中昏迷，从而导致了撞车，而不是撞车导致了昏迷。我们的心中涌出了各种推理：这是一起突发事件，可能由心脏病引发，没有明显征兆，发病时间很短，病人中年，急救响应迅速。这一切都指向良好的预后，我们只需打破室颤循环，让心脏自行规律搏动就行了。

病人的情况没人清楚：他家住哪里、多大年纪、有何病史、是否有家人、开车要去哪儿、是否有人等他。我们后来才知道他的名字。看他身体超重，很可能有高血压和高胆固醇问题，或许还有糖尿病。这些都是引发心血管事件的高风险因素。他是要开车去看医生吗？是在去医院的路上吗？他是不是已经难受了几天？还是突如其来发病的？

今天的天气闷热潮湿，那名警员的额头上已经沁出汗珠，眼看就要滴到病人身上了。按压到现在，他一定也累了。原本的计划是再检查一次心律就换人来按。但后来并没有换人，因为情况马上就要变了。

生活中总有顺当和不顺当的日子——还有些日子你会一头栽下悬崖。但也有一些日子，机缘凑成小小的奇迹，使那道悬崖下面刚好有一个人，正伸开双臂抬头仰望——塞缪尔遇上的就是这样一个日子。

塞缪尔其实病得极重，只是我们当时还不知道。他得的是心肌梗死，这足以扰乱他心脏的供电，使它停止跳动。心跳一停脉搏也就停了，脉搏一停血液也不再循环，连带氧合作用和呼吸都会中止，很快就只有去火葬场一条路了。塞缪尔经历的是一次"必死"事件。

但他却没有死。

要是塞缪尔的心脏早停12个小时，他的妻子就会在醒来时发现枕边人已经成了一具死尸。要是他独自在家发病昏倒，他倒还会在家里，只是魂儿已经静静地飘出了肉身。要是他驾车行驶在一条乡间小路上，他或许会把车开进沟里，被人发现时早已无法救治。要是开在高速公路上，或许已经造成了十车连环相撞。总之，有许多可能会使塞缪尔的境况不同于眼前。但现实是，塞缪尔在一个公开场合引人注目地昏倒了，面前刚好有几个掌握急救技术的人，他们又刚好在他遭难后没几分钟就发现了他。这就对塞缪尔造成了起死回生的改变。

我仿佛听见了唤我上场的铃声。我等这一刻已经很久了。不是枪击刀刺，不是连环撞车，也不是卧轨或高空坠落。而是现在这种时刻：一个可以从火海中拉出的病人，一个可以瞬间改变的未来。不是依靠灵感、才华或者巧思，而是遵循一套从过去的成败中总结出来的简单算法；不是单靠我们自己的力量，而是作为一连串积极分子中的一员，朝着同一个目标努力。

我这么振奋错了吗？我应该这么兴奋吗？电击一颗心脏，使它从致命的心律失常恢复至正常心律，在我们做的事里是最简单的，只要几秒的工夫就能完成，不需要掌握多少技术。附近的购物中心和火车站里备置那么多除颤器，就是这个目的。然而在特定条件下（我必须强调，不是对所有病例都行），这又能发挥它能够发挥的最大功用。

在最初几个月的外勤工作里，我感觉自己所受的教导和接到的工作在背道而驰。我很快重新上了一课，明白了这份工作的理论和实际是怎样一种关系。在实际工作中，临床的成分似乎缩小了，甚至完全被其他成分所遮盖。与此同时，在经历过一场场复杂多变的日常危机之后，我又发现我最初学习的内容，有一部分已经从脑海中消失了。就仿佛，我每指导一个病人如何摆脱焦虑发作、恢复镇静，每介绍一个患儿父母使用卡尔波尔*，我就会忘掉自己在短短几个月前，为通过考试而努力钻研的某一条基本定律或药理学反应。

我已经习惯了做些边边角角的工作。我现在发现，许多要我干预的情况其实并不危重，甚至根本算不上医学问题。有时我会禁不住感叹：这种求救信息是怎么接到我们这儿来的？有时我觉得我已经忘了自己的使命。

---

*　Calpol*，英国流行的婴幼儿药物品牌，常见产品是扑热息痛悬浮液。

　　就在这时，我被派到了塞缪尔这样一个人身边。我又想起我们的使命了。

　　随着第三次电击，塞缪尔的未来发生了逆转。或者说，在他的许多个可能的未来中，有一个坍缩成了目前的现实。只一眨眼的工夫，他那根心脏描记线的混沌风景、那一团断断续续的尖峰和低谷，就变成了"隆起—尖峰—隆起—平线"交替出现的有序循环。像是一部循环播放的老卡通片的背景，重复得令人安心，顺序也完全正确，是能使心肌收缩的顺序。

　　我们在他身上寻找脉搏，找到了，喉咙和手腕上都有。这是令人兴奋高呼的一刻。塞缪尔的心脏自主搏动了。

　　"好！心跳恢复了，脉搏也很强健。歇一歇，伙计。我们采集点数值，再看看心电图。"

　　那位警员一屁股坐到地上，一下子感觉到了天气的闷热。有人递了一瓶水给他，众人也在他背上拍了好几下。

　　"干得好，伙计。干得好。"

　　我们给塞缪尔绑好血压袖带，连好脉搏血氧仪和心电图导联。第一急救人继续往他的肺里输氧，同时观察自主呼吸和其他生命迹象。他试图插入一条"高级气道"（插管），但病人耐受不了在喉咙深处卡进一大块塑料——这又是一个好兆头。

　　我们打印出的第一张描记线仍然相当混乱，但已经可以清晰地显示出心脏受伤的迹象。看来是位于心脏正面的一根动脉堵塞了，造成了周围部分组织死亡，也造成了塞缪尔心电紊乱，并最终导致他昏迷撞车。我们还会打印更清晰的图像，但在稳定住病人的情况后，我们还是会先把他送去心脏病中心。那里的医生会在他的冠状动脉中注射染料，清理所有堵塞，然后放进几个微小的支架撑开血管，使心肌得到灌注。整个过程会在两小时左右结束。

我们将塞缪尔抬上救护车，通知医院我们即将送他过去。他看上去越来越好了，甚至有了自主呼吸。救护车的后车厢里，两名医务和一名巡警陪伴在他身边。

可是我们的车子刚刚启动，塞缪尔的身体就抽搐起来，心律又变回了室颤。我们迅速检查脉搏，发现他又心搏骤停了。

我们再次停车——就停在塞缪尔那辆撞坏的轿车边上。这一次他的身体已经连好了仪器，当务之急是尽快电击：干预越是迅速，心律恢复正常的可能性就越大。这次没必要做心肺复苏了。我们确认了他的心律，给电极板充足了电。我的手指放到了那个画着雷击图标的红色大按钮旁边。

"都退后！"

就在这当口，就在我正要实施电击的时候，塞缪尔的身体突然以腰为轴，发出了一次无意识的痉挛，于是当电流释出时，他几乎从床上坐了起来。幸好他没来得及伸手抓我的胳膊。电击将他重新打倒，同时也为他的心脏恢复了窦性心律。脉搏也恢复了，他重又开始呼吸。这几下起落只有短短几秒。在稍停片刻重新评估之后，我们继续开车上路。

我们平静地行驶了一阵，他没有再突发心律失常，也不必再电击了。但接着他的呼吸又变得费力而沉重，身体也在病床上躁动起来。一阵阵非自主的紧张攫取了他的身体，他的喉咙中不由发出凄惨的呻吟。

塞缪尔的意识正从它体验过的最奇怪的睡眠中醒来，浓云般的困惑完全笼罩了他的脑海。就像一头和麻醉药抗争的熊，现在的他感到迷乱而愤慨。他仿佛正从一间晦暗的地下室里顺着一条无穷的阶梯向上攀爬，但就是怎么也到不了地面。他朝着天光猛冲，但是有什么东西在将他往回拖拽。一堆声音在他耳边滔滔不绝，用的是他无法索解的语言。他想绷紧肌肉，想用蛮力撕开眼前的黑幕，但肌肉却不听使唤。他向黑暗猛踢过去，脚却被不知什么东西绊住了——他已经把脚伸到了车窗外面。

我们和医院更新了情况：病人变得很暴力，需要先用镇静剂才能开始治疗。我们把他的腿从车窗上拽下来，免得脚断在外面。午后的热浪中车水马龙。在旅途的后半段里，我们始终尽力压着他别动，主要是怕他伤害自己或伤到我们。我们尝试给他惊恐的大脑供氧，但是连面罩都给他戴不上。

到医院之后，我们又解释了一遍他的躁动，但是那里的医护好像并不在意，仿佛不怎么相信我们似的。我们把他轻轻移到病床上等待治疗，然后除我之外，其他人都退后了几步。我独自抓着他的两只手按在他的腰部。突然失去束缚之后，塞缪尔的大脑向自由发起了最后的冲刺：他向我扑来，倒在了地上。

　　亲见了这一幕后，医护们终于叫来了一名麻醉医师，给他用了镇静剂。接着他们又在他的手腕上插进一根细丝，一直通到心脏，用来清理堵塞，重新扩张动脉。这种效果极佳的治疗他们已经驾轻就熟，一边操作一边补袜子也没问题。

　　不出几天，塞缪尔就会出院，接着还会踏上一条他原本可能无法走完的人生道路。他会觉得自己好像中了大奖吗？会觉得如获新生吗？会觉得在死神面前作了一回弊吗？或者会产生一份责任感？还是对原本可能甚至理当发生的事情感到恐惧？

　　这些心思，救护车上的我们是永远不会知道了：不出一个小时，我们要就赶去援救下一个病人，塞缪尔是不会再见的了。

X

　　头戴鸭舌帽身穿马甲的男子正紧盯着地上的那堆报纸。报纸堆到了他肚子的高度，旁边还有同样高度的十一堆。他摘下帽子，用手掌根揉了揉脑门。

　　"你确定非这样不可吗？"

　　"百分百确定。"

　　他的脸藏在两撇浓密的髭须，和一副更厚的眼镜后面。衬衫紧紧绷在他的大肚子上，下摆没塞进裤子。

　　"肯定有其他办法的吧。"

　　"怕是没有了，先生。"

　　他重重叹了口气，模样很夸张。

　　"那好吧。"

　　怀着十二分的小心，他拈着那堆报纸最上面一张的边边，把它提了起来，然后轻轻将手掌滑到下面，将报纸托平，那架势仿佛在取一件工艺品，好像稍有匆忙就会把它弄碎似的。接着他停下了，一动不动地呆立了一阵。我们等待着。

"还好吗，先生？"

他抬头看了看我，又看了看我的同事，接着目光穿过门廊，望向他瘫卧在床的父亲帕特里克。最后他又看回手上的那张报纸。该怎么伺候它呢？捧去别的房间？放回下面那堆报纸上？还是翻开那过期的头版读上一读？他的呼吸很轻，肌肉却绷得紧紧的。看来他正在为如何抉择而苦恼。

"哼……嗯嗯嗯——！"

他先是从鼻腔擤出了一声恼火的呜咽，接着声音沉到喉咙，变成了一声咆哮：那是拒绝接受现实的大脑发出的痛苦低吼，是肌群在费尽力气之后仍找不到解决办法的呼喊。

"怎么了，先生？"

没有回答。

"先生？"

"把刚才的话再跟我说一遍吧。"

"我们得把你的父亲抬到楼下。他自己不能走路，所以我们得让他坐到椅子上。但这条过道太窄了，我们的椅子搬不过去。所以这些报纸恐怕要麻烦你都挪开。明白了吗，先生？"

"是这样啊。"

他显得心不在焉。

"你明白我说的话了吗？"

"当然，当然。我又不傻。我当然明白你的话。"

"很好。"

"倒不如……你们能把他举起来吗？"

"怎么举？"

"就是举过这些报纸。"

"连椅子一起？"

"对，对。"

"举到半空？"

"嗯……就像这样。"

他做出举起重物的样子，比画给我们。

"那样不安全，太不安全了。对我们对你父亲都是。"

"我可以搭把手。"

"不行。"

他还在冥思苦想。

"消防队！"

"你说什么？"

"你们可以打给消防队啊，可以的吧？他们可以帮忙。"

"我们只有在其他办法都行不通的时候才会叫消防队，比如真的有无法移动的障碍物。"

"这不就有吗？"

"先生，这不算无法移动的障碍物。"

做儿子的点了点头。

"是不算，是不算。"

他开始来回踱步，但这里也没地方踱步，所以他基本上是在一个小圈子里转悠。

"我们很乐意帮你移走报纸。"

"不不！你们不能碰，不，能，碰。"

"好吧。"

"它们都有顺序的，一种很特殊的顺序。你们真的不能碰。"

"那也行。可如果你不让我们碰，你就必须自己动手。而且先生，我恐怕时间快来不及了。你最好现在就开始动工。"

我打量了一下楼梯的中间平台。从病人的卧室到这处平台，一路上摆了十二堆报纸——就算没有报纸，下楼梯本身都是个难题。那些报纸叠得整整齐齐，我估计每一堆都大约有一百叠大开页，全部加起来有一千多份需要挪走。可现在，病人的儿子还掐着第一堆最上面的那张。

"先生，先生？"

"啊？"

"报纸怎么说？"

病人的儿子把手上的报纸又放回了第一堆上。

"不行。"

"你说什么？"

他眨了眨眼。

"这事办不到。"

然后他把脸别了过去。

"它们都有顺序的，一种真的非常非常特殊的顺序。我要是一动，它们就……就全毁了。"

"可是……你父亲怎么办？他很不舒服。"

他转过脸来看着我们，把眼镜在鼻梁上推了推。

"你们只能另想办法了。"

我们正在一套独栋二层小楼的——二楼。从外面看，这栋小楼和其他同类住宅并无二致，但到了里面，你就会发现它简直是一艘沉船。要跨过大门的门槛，你必须先用力推开大门，因为它被前厅中漫出来的一大团雪崩似的织物从里面顶死了。好容易进了正门，楼下过道两边又塞满了盒子，从地板堆到天花板。厨房里，所有台面都被瓶瓶罐罐和一包包的干燥食品占据。厨房地板上摆着一筐筐绷着塑封的软饮料，一纸箱一纸箱的清洁用品，还有一包包的聚会用纸餐具。目光转到楼梯，看到的是一场怪诞艺术品大展。十四级台阶的一侧全被征用，变成了存放杂志的展台，许多杂志还都没拆塑封袋。它们并不是某份珍贵小众杂志的过刊，就是各种周末报推出的那种看完就扔的副刊，是推销抓绒衣、瓷器饰物和浴室辅助设施的购物目录，还有插在信箱里的那种促销传单。这些纸张堆得摇摇欲坠，缤纷的色彩沿楼梯拾级而上，逼向二楼死气沉沉的空间。此处的规划和陈列皆与其使用价值完全相左，因为这座图书馆的目的只在囤积，而非学习——长久以来，这里的东西没有一件是被阅读过、甚至触碰过的。再对浴室匆匆一瞥，也能得出类似的印象：古老的香皂放在装饰精美但久已蒙尘的纸盒儿里，牙膏需以工业重量计量，大组合装空气清新剂，一瓶又一瓶洗手液、沐浴露和泡泡浴起泡剂，每一种都大批储备。这最后一种尤其反常，因为那只浴缸已经很长时间没有盛水了，它现在只作为临时储藏柜使用，存放那些无法堆在别处的不规则形状物品。再来到楼梯平台，就是那十几座用新闻纸筑就的巨碑了。

这些房间组成的这套小楼并不像一户住宅——它气质上更接近一座凌乱的仓库。它是如何变成这副模样的是一个谜，但显然是费了一番心思的。说来不可思议：一个中年男人和他年迈的父亲在这种环境中生活了许久，居然没出意外。像许多自居主流之外的隐士一样，这对父子也静悄悄地避开了大众的视线。可他们是怎么做饭的？在哪里洗澡？如何放松休息？当他们想要一点空间的时候，又有什么地方可去？

在外人眼中，这个环境简直无可救药。虽然仍是住所，却早已抛弃了它的根本目的。但在经验老到的急救人员看来，令人意外的不是它的独特，而是它的平庸。屋主放弃清理的态度并不罕见，相反，处境类似的家庭有许多，它们遍布整座城市、整片国土。

趁他儿子还在楼梯平台上踱步，我们扶帕特里克坐进了我们的搬运椅，准备启程将他送去急诊。他个子很高，下颌坚挺，一双大手满布着老年斑。不知，他年轻时做的是什么营生。如今他84岁，似乎已被疾病折磨得筋疲力尽——又或许那是在长期病痛中养成的一种沉着。他发着烧，双腿早已没了力气。我们帮他换掉睡衣，扶他坐到一块尿垫上，因为他已经尿湿了自己，屋里又没有空间给他好好清洗。我们给他裹了条薄毯子，系了根安全带，和轮椅一同推到外面的走廊上，接着我们就被第一堆报纸拦住了去路——从这里开始空间就消失了。

"你想好了吗，先生？我们必须过去。"

做儿子的不再踱步，转过来看向他失能的父亲。他摘下眼镜，揉着太阳穴。

"我要是不想让他走呢？"

"这恐怕不是你能决定的。"

他看上去快哭出来了。

"我必须提醒你，先生，我这就要开始挪这些报纸了。"

他的眼泪是为父亲而流，还是为了他的这座新闻纸堡垒？

"我会尽量小心，但挡路的我都会搬开，哪里能放就放哪里。"

我伸出双臂，向第一堆报纸迈了一步。我把手指伸进上面1/3厚度的地方，把这厚厚的一叠拉向我的身体。纸堆间传来一阵破碎的窸窣声——因为多年来一直被阳光炙烤，它们的边缘已经发黄变脆。一股霉味随即散发出来。

就在我抬起报纸的一瞬，那个儿子猛地冲了过来，嘴里还带着刚刚的咆哮"哼嗯嗯嗯！"，仿佛报纸是他身体的一部分，而现在他就在承受着身体破碎之痛似的。

我不由停下动作，差点以为自己要被撞到帕特里克腿上。但这儿子没有动我，他的眼里只有他的报刊。他强行把一条胳膊伸到了我的两臂之间，把我手上的报纸一把搂了过去，又重新放回地上那一堆的顶部。

"对不起，对不起，我只能这样——添麻烦了，对不起，我非得这样，对不起——让一下！"

他呼哧呼哧喘着粗气。我退了退，等待着。他把报纸重新靠墙垒好，往左推推，又往右挪挪，再推向左边，直到码得齐齐的他才心满意足。

然后，他用近乎耳语的声音对着墙壁悄悄说道：

"我叫你别碰它们的。"

这是一种秘密的破坏，一番无声的扣押，它潜滋暗长，在封藏中泛滥。而一旦见光，它会立刻蒙上羞耻的印记：

"家里这么乱我很抱歉——"

"平时不是这样的——"

"你要是上星期来就好了——"

"我们正在搞大扫除——"

我见到这类场面的次数多得出乎意料。这是一种现代疫病：曾经的历史老师把家里当成储藏室，专门囤放从网上买来的连衣裙，连塑料包装都没拆；高级工程师平时只睡在客厅的地板上，因为楼梯口已经堆满了东西，他无法上楼去卧室；退休教授家里的门框已经变成了拱形，因为门洞上结满蛛网，只留了能让她脑袋通过的缺口；还有个图书管理员，当我通报她母亲已经在隔壁房间去世的消息时，她连坐下的地方都没有，于是只好和我一起站在堆满小饰品的过道上，不知何去何从——反正除了夺门而出之外也无处可逃。

这一切是怎么开始的？他们最初是不是想细心地收集那些充满意义的珍宝，微小的身份象征，或者填补内心遗憾的实物纪念品？但时移事易：事业摇摆，亲人死去，原本的秘密收藏也变成了填埋情绪的垃圾场、阻挡丧失之感的路障。藏品愈加丰富、臃肿、淤塞，收藏计划也产生了自发延续的动力。它暗暗地滋长，不受外力的约束，慢慢变成了一处隐秘的伤口，到后来谁也不能触碰、不能质疑，因为一旦哪里改动了，它的意义就会丧失，它的创造者也会随之受损。这些所有物，有新有旧，有贵有贱，它们长成了占领房屋的巨怪；居住者反倒成了外人，要在屋子的边边角角悄悄踟蹰，他们知道必须做些什么，却不知如何开始。改动使他们恐惧，丢弃不啻屠杀，如今已无回头路；只要每样东西都好好保持原位，放在向来放置的地方，就能将空虚挡在门外。理性渐渐滞涩——挡在看似正常的大门后面。

在这当口，还是被疾病打倒的84岁老病人自己提出了一个计划，想要平息这场纷争。

"我看，我还是不去医院了吧……"

"您说什么，先生？"

"我想，我还是待在家里吧。"

他是天生就喜欢促成和平，还是被顽固的儿子逼成了一位调解专家？

"先生，您看，我们的建议是让您跟我们去医院。"

"二位非常善良，也非常体贴。但是我已经决定了。我认为我在家里是最好的。"

这确实是阻力最小的一条路。

这时老人的女儿也来了，她挤过重重阻碍，也加入了这场争论。她已经看惯了兄弟的这副做派，似乎一想到要和他对峙就已经筋疲力尽。最后，她接受让全科医生上门一次，这样既能绕过一场无可避免的冲突，又能让父亲看到医生。可是她也知道，这不过是将注定发生的事情推迟了而已。

我们再次把我们的担忧原原本本地解释了一遍。我们说得很明白：帕特里克的健康是第一位的，至于房子里这些乱七八糟的东西，它们不该影响决策过程。但实际上它们当然有一定的影响，而且很可能向来都是如此。这种家庭关系在我们眼里或许新奇，但帕特里克多年来一直就是这么应付的。

说到底，去留始终要由他决定，而他觉得自己现在的状态并不足以处理当下的困境。我们不情愿地将他推回了房间，让他女儿留下来照顾他。我们联系了全科医生给他打电话问诊，或许还会上门，医生会给他开抗生素，但愿帕特里克吃了能康复吧。女儿说她会常来看父亲，要是他情况恶化，她就再打急救电话。无论是明天还是两年以后，总有一支急救队伍会再来这里，到那时帕特里克就不得不去医院了。到那时，急救人员也仍将面对一屋子障碍物和保管它们的这个中年对手，他们非得闯过他这一关才能爬上楼梯。

XI

一走进房间，我就看出来已经没我们的事了。

第一急救人已经到达现场。他正坐在一张矮椅子上，双腿交叠，两手插兜。女病人正对着手机说话。她的朋友在用水壶烧水。连房间里的空气都很放松。

这就是最初的恐慌平息之后的场面：一种轻松的疲倦弥漫开来，气氛回归现实。因此，当我们进去，刚刚在身后关上房门，我的大脑就已切换到了日常的巡航模式。

我们在一间中学的医务室里。一名教师刚才晕倒了，接着又恢复了意识。比我们早来的同行做了必要的处理，病人现在感觉好些了，不想去医院急诊部。我们接着会稍微聊上几句，说点笑话，查看一下危险指标，再留给病人几张文件以作纪念。如果在这个过程中对方恰好递上了一杯热茶，嗯……那要是拒绝就太无礼了。

"不好意思，我们没有饼干。"

"没有饼干？这算哪门子学校？"

但这时有人敲门，说学校里还有一位病人，问我们能不能看一眼。热茶刚刚泡好——希望这次又是"无人送院"。接着一个女孩就坐在学校的轮椅上被推了进来。看到她时，我们心情急转直下，好像中了电击，又好像被一阵寒冷狂风瞬间吹醒。

我们愣了三秒才反应过来：这是大脑重启所需的时间。刚才的老师已经成了遥远的记忆。这女孩才是我们的病人。她才是我们来这里的原因。我们得行动起来了。

你或许认为，急救员的职责给我带来的负担，应该从一开始就有了。但实际上，它是慢慢爬到我身上的，就像一个偷偷摸摸的慈善募捐者。我也认为这样更好：我更愿意在紧要关头响应病人的需求，而不是老担心什么时候有人会命丧我手。

我已经说过，我当初是像一名"意外的旅客"那样，在没人注意的时候，偷偷溜进这行当的。我始终在等着一个人力资源部的探子走过来对我举起胳膊，坚定地摇一摇头。后来的每一次晋升我都有这种心虚的感觉：我一路拖着笨拙的步子，不起眼地从一个一无所知的规培人员进化成了一个心存敬畏疑惧的初级诊疗者。又感觉只过了一眨眼的工夫，我忽然又要面对成为资深员工的恐怖前景了。一个资深员工，应该拥有久经磨炼的智慧，还要对附近的咖啡馆了如指掌；当心电图上出现失控的心律，或病人做出培训手册上没有的举动时，你应该是焦虑的同事们求助的对象。

相伴而来的恐惧，不是出于我可能要治疗危重病人或重伤者，而是出于病人的状况可能超出我的经验范围——在我看来，人类可能遇见的生物学灾难实在是一片广袤无垠的世界。我认为很有可能出现，病人已经非常不适，我却一点没看出来的情况——面对世上最复杂的有机体，我又怎能知道它每一种可能的伤病？任谁又能做到呢？我是学习过关于呼吸系统、循环系统、心脏病发作、创伤、中风等方面的知识。但老师来不及教的种种又怎么办？有没有可能，某一天，某种比较罕见的疾病灾难性地呈现在我眼前，而我却根本没有意识到？

眼前的女孩仿佛在用一根吸管呼吸，频率很快，但关键不是她呼吸的快慢，而是她费力的样子。她坐在椅子上，身子向前弓着，两眼圆睁。她仿佛成了一部纯粹的呼吸机器，一个不敢停歇的呼吸运动员，此外的一切都不重要了。现在，将一杯子容量的空气从一个地方运到另一个地方，就是她身体关心的全部内容。

她叫安娜，16岁，有哮喘。她刚才还在操场上运动，突然就气急起来。她用了吸入器，但没有效果。她成了暴风雨中的一只纸帽子。

我搭了她的脉搏，又检查了她的面孔。她眼中满是恐惧，

但呼吸困难得说不出话。我的搭档赶忙取出了一只雾化器。她
这是最基本的、动物性的恐惧，是随时可能断气的恐惧——就
像幽闭恐惧症，而这幽闭又发生在身体内部。我取出听诊器，
听了她的胸腔。我当然听见了喘鸣，但我更担心的是她肋骨的
扩张。伴随她每一次呼吸，肋骨的起落都仿佛是要挣破裹着它
们的皮肤。升起得很夸张，落下时却很微弱。

搭档的目光从氧气包转向了我：

"爱全乐也上吧？"

"绝对要上。"

她在雾化器箱体中加了几种药物，连好管子，再将面罩扣
到女孩脸上。氧气将液体打成雾状，一起吸入安娜的肺部。

"我们带她上车，上氢化可的松和肾上腺素，再通知医院。"

打 999 是很简单的，也理应如此。谁也不想在孩子惊厥发
作时心急火燎地查急救号码，或同事瘫倒在地时手忙脚乱地找
车钥匙。如果每次求救都要发挥最高水平，求救就不是求救了。

那么打 999 之后呢？会有人接起你的电话。他会跟你确认
地址，把你录入系统。他会问你发生了什么，哪里不舒服。你
的电话会被分门别类。现在你成了"保持通话"中的一员——
你是一串数字，是地图上的一个色点。你会活着——如果我们
有人空出来被派去你那里的话。现在，你的状态取决于你在流
程图上的路线，你的身份取决于你和一套分类标准的契合程度。

会有另一个人评估你的来电。只要有空余人手，就会派出一辆救护车。有时来的是一部轿车或自行车——如果他们认为早期干预对病人有利的话。极少数情况会来一架直升机。急救人员接到工作，开始往你那里赶。他们会得到一份情况简报，有时准确，有时未必。等到达现场时，他们已经大致了解了可能是怎样一种情况，并准备好施救了。

但也有的时候，这种电话没必要打。那种时候，病人会发现附近就有急救员——在马路对面，自家门外，或是走廊上的另一个房间里。这类急救人员碰巧在现场接到的工作，有时被称作"奔跑呼救"（running calls）。

"外面那黄色的是什么东西？"

"一辆厢式货车？"

"不对，说出来你别不信：是辆救护车。"

当然，也并非所有奔跑呼救都是紧急事件，许多都是呼救者看见一辆大黄车之后的条件反射——就像在乐购里见到甜甜圈会流口水，或在瀑布旁会产生尿意一样——它们和"紧急"二字基本扯不上关系。但有时，也真会有一个命在须臾的病人（就像今天的安娜）走运遇上了我们。这种病人可能熬不过拨打999并得到响应的这段时间。

这类"地点正好，时间正巧"的工作需要急救人员迅速调整步调。这类工作没有预警，来不及准备。在事件的发生和对它的响应之间没有心理上的分隔。当紧急情况不打招呼就找上门来，急救人员需要的是更接近直觉的反应。一旦有人病了，急救人员必须立刻进入状态。上一秒他们还在涂指甲油，吃巧克力饼干，下一秒就有人命悬一线了。

安娜直着上身坐在推车床上，我们面向着她，推着她迅速移动。她的眼神在无声地乞求，她的呼吸也没有丝毫平复，她的肩膀仍在一起一落，一起一落。

眼下她全凭意志力在吸气，仿佛是给自己定了空气配给。她的身体想吞进更多空气，却又没地方存储，因为吸进去就吐不出来了。她成了一个堵塞的风箱，一只瓶颈。她不是在大口喘息，而是在微微叹息。呼气时，她的嘴唇收成一个小小的O，就像某人在追赶公车的同时要吹凉一杯热饮，只是她面对的不是上班迟到这么小的风险。好不容易完成一次呼吸之后，她会紧接着开始下一次。中间没有停顿，没有休息。

医院离学校有八公里远，好在我们已经出发，开得也很快。我在后面连设备，取药，并尽可能平静地与病人交谈。但我最忙碌的工作还是站稳当。搭档在繁忙的车流中频频变速：刹车，加速突围，再刹车。我整个人前仰后合，只能紧紧抓着头顶的杆子，就像水手遇到了风暴。我双脚站得很开，大喊着提醒搭档我还站着，不想跌倒，但我感觉自己越来越像一只悠悠球。

这种时候有两点需要权衡：速度是急救的关键，所以我们才要闪灯鸣笛。但匆忙又会破坏治疗的效果，有效的治疗需要思维清晰、内心镇定。要深呼吸，要稳住双手。一方面我们想把病人毫不耽搁地送进急诊部；但另一方面，这段路程又是医学干预的黄金窗口期，仓促赶路可能浪费掉宝贵的机会。眼下有些事是可以做也必须做的，做成了或许就能改变结果。

安娜的身体在犯糊涂。它在攻击自己。它觉察到呼吸系统之内有某种敌意的存在，但它的种种应对反而使情况变得更糟。她的气道进入了某种痉挛状态，就好像在舞台上因怯场而忘了词。它们正在渐渐关闭，在因为自己的失败而羞愧僵硬，使安娜无法吸入她需要的空气。在紧急状况等级树上，这大致相当于树冠顶部：她已经被推到了生死边缘。

这是一个恶性循环：由于进入肺部的通道受到挤压，安娜必须格外用力才能将空气吸入呼出，而格外用力又意味着她需要更多氧气。我们已经在为她输氧，所以她吸入的空气，含氧量是足够的。但这并没有修复她失灵的底层呼吸功能，只是在她的胸腔里充满了空气而已。

我给氧气面罩补充了药物。这要说应该能缓解痉挛——但目前还没起作用。我们还给了她另一种扩张气道的药物，但暂时也未生效。我们在出发前曾给她注射过一小剂肾上腺素，到现在也毫无起色。我准备待会儿再给她注射一些。

要说这些药物应该能使安娜好转，但到现在她还是没有任何改善。

我还要再给她用一种药。我先是考虑了肌肉注射，但转念一想还是决定静脉注射，那样起效更快。但那也意味着要在一辆颠簸的救护车上为她埋好套管。

"安娜，我需要在你的胳膊上插一根细针头，还有一种药需要注入你的静脉，好吧？"

她点点头。

我们真该停下车子，在路边完成操作——那才是的"正规"做法。但我也不想耽搁。今天的交通特别繁忙，司机们好像特别不愿给我们让路似的。我们超过的每一辆车都会马上又反超我们，结果我们不得不再超它一次。如果我能稳住手头，同时留心路面，我应该能在我们的车子于排队等红灯的车流中穿梭之际，把针插进去。

我在担架床边跪下，给安娜的上臂绑好压脉带，然后拍打她的手背使之现出蓝色血管，并给皮肤做了清洁。我瞥了一眼窗外，以确定我们不会马上开车或急停。跟着我摆好套管，轻轻将针头扎进她的皮肤，小心得像在操纵一架飞机降落。套管座里进了一小滴血。我退出针芯，推动针座："尖的不要，盖好管帽"。我固定好留置套管，又输了少量盐水进去。说起来好像一切顺利，没有痛苦，气氛平静。真要是那样就好了。

我取出类固醇，通过套管推了进去，我把速度尽可能放慢，推完后又输了一些盐水。接着我又给她肌肉注射了一剂肾上腺素，并检查了面罩里的药物。然后我再次望向车窗外，看看我们到了哪里。大概还有五分钟到医院。安娜已经用上了她能用到的所有药物，我已经再没什么可以给她的了。

因为我的无知漫无边际，所以唯一符合逻辑的做法似乎就是回头看看另一个方向。这不是说我该把脑袋埋进沙子，而是要改变我的关注方向，要将情况简化，实际上也就是给我自己做个分诊。于是我没有在想象中担忧那些罕见的另类病状，而是在任何环境中都只关注自己可以做什么、应该做什么，而将其他一切抛到脑后：找出问题所在，在职责范围内开展治疗，解决不了就转给上面处理。当我开始觉得自己不再那么手足无措时，我也明白了一个道理：在任何情况下，我的任务都可以归结为三个简单的问题。只要能答出这三个问题，并做适当的应对，我就差不多成功了。

三个问题中，我最先想到的是第二个，因为这个问题最为久远，在那个古早时候，救护车的工作还仅限于运送——将病人从伤病发生处接走，带到安全的地方修复——因此这份工作的首要技能就是认识到运送的紧迫性。我接着想到的是第三个问题，它缘起于救护车之内可以实施越来越多的紧急治疗手段。而第一个需要回答的问题，反倒是三个当中最后产生的，它是紧急分诊的最新变化，和非紧急 999 电话的增加（来自那些绝不用送去急诊的人）两个因素叠加的产物。这三个问题如下：

1. 病人需要送医院吗？

2. 如果需要，病人需要多快到达医院？

3. 我们可以在送院路上为他们做什么？

这就是我的简化和确信之路。就像我的一个朋友曾经说的，急救不是屠龙术，没那么难。

对于最初的病人、那位晕倒的教师，我对第一个问题的回答是否，于是工作到此为止，留下第一急救人处理收尾的零碎细节就行了。可是对于安娜，答案就复杂了：1. 要；2. 越快越好；3. 输氧，比规程适当加大药量，如果不见好转可能还要用球囊面罩抢救。再不管用，就超出我的能力范围了。

我用尽量温柔的口吻鼓励安娜将呼吸的节奏放慢。但这是她现在最不想听的话。也难怪她不想。我在工作中遇见的每一个人呼吸都很快，但这不是恐慌，或者不仅仅是恐慌。这是一种筋疲力尽的表现，是对于空气断绝的真实恐惧。任何人落入这种处境都会恐慌。然而恐慌时的呼吸又是无效的呼吸。她现在眼看耗尽的不仅是空气，还有她的体力。要是这种情况持续太久，我可能就要自己给病人通气了。

我找出一只球囊面罩，把它接好。它看起来就像一只透明的橄榄球连在一只有气垫的面罩上，功能是往无法自行吸入空气的肺部推送氧气。刚才我信步走入医务室，看见那只烧开的水壶和跷着二郎腿的同事时，我可没想到事情会发展到这一步。我刚准备用面罩，就被猛地甩到了一边，一屁股坐到了车厢后部的乘客位上。很好。这说明我们绕过医院附近的环岛了。

　　这时，我也注意到了一个变化：安娜的呼吸放慢了。不仅放慢，而且变得更平静、更放松了。她正在恢复正常的呼吸。是类固醇起作用了。奇妙而伟大的皮质类固醇。

　　跟着不出几秒，我们就开到了急诊部。我们将安娜推进抢救区，她自己哆哆嗦嗦地爬上了医院的病床。我匆匆向待命的医院团队做了交代：病人哪里不舒服，我们有了什么发现，做了什么处理，又产生了什么效果。这时我自己也有些上气不接下气了。回想起刚才一边操心女孩的生死，一边在救护车的后面被甩来甩去的情景，我不由感到有一点热，有一点虚。我对抢救过程已经有些茫然，想不起具体的用药剂量了。

　　和我不同，面前站的这位医生，听我说话的样子仿佛正在欣赏托斯卡纳山丘的落日一般。他就算身穿休闲短裤啜饮基安蒂红酒，也不会比现在更放松了。他并不是粗鲁无礼，他只是难以将我诉说的刚见到安娜时的危险情形和他亲眼见到的这位病人联系起来：我们是不是送错人了？

　　尴尬的是，安娜好像蓦地恢复了健康。她的呼吸松弛了下来，外表也接近正常了，不再像随时会倒毙的样子。

　　但是，当我在返回救护车的路上，从抢救区的自动门上看见自己满脸通红、满头大汗的身影时，我知道这并不尴尬。这当然是最不尴尬的事了。那个医生的轻慢，反倒使我无比开心。他的态度不是批评，而是明明白白的赞赏。那是最清楚的一条证据，证明了我和搭档今天没有浪费一个恪尽职守的机会。

XII

和病人的第一次照面是一个关键时刻。我们走进大门，第一次见到病人之时，就是揭晓真相的一刻。我们预先获得的情报或被确证，或被否定。这时我们才知道本次工作的性质。这才是急救开始的时间。

在这一刻之前，病人始终是一份摘要，是一则未经证实的流言，是一项可能在我们到达之前被取消的工作。他是一个年龄，一种性别，一条流程图中的诊断，一个屏幕上拼错的姓名。是一番夸张，一场混乱，一次恐慌，一则传闻。

但是随着我们投出那信息丰富的第一瞥，可能性就被现实性抹去，各种假设也被实实在在的人类形体扫除。信息源源不绝地涌入：病人的体态、清醒度、肤色、肌张力、反应度、疲劳度、是否在用力等等。种种微小的评估，组成一曲复杂的合唱，证实或是质疑我们之前的推断。当细节融成符合逻辑的结论，一般就会出现两种情况：要么是大脑放松下来进入待机状态，要么是肾上腺素陡然涌起。

　　病人的母亲领我们走上破旧的楼梯。我们的皮鞋在裸露的木板上踩出了节奏。这座房子并不脏，但看得出疏于保养。墙壁被生活中的污垢染成了黑色，手肘高的地方多年下来被磨得锃光瓦亮，似乎从来没人想过把墙再刷一遍。地毯撤走了，再也没重铺。烟雾报警器习惯性地发着嘀嘀声。

　　病人在正对楼梯的一间卧室里，正坐在窗前的一张矮椅上，身体向前弓着。外面天气晴朗，阳光透过百叶窗，照在他的肩膀和膝盖上。我们进去时，他抬起头看我们，剃光的脑袋映出一圈光晕。

　　是真相揭晓的时刻了。

　　委派工作时，我们收到了这个地址和如下描述：

　　38 岁男性，呕血（危险大出血，2 级）

　　30 多岁的男子呕血。可能是什么？是胃的问题，上吐下泻了几天？从呕出的食物里发现了粉色的血丝？接线员问他呕吐物里有没有血，他回答"有"，于是这个电话上升到了威胁生命的等级。

　　我走到病人身边，转动百叶窗遮住阳光。我先是自我介绍，然后搭上病人的脉搏。

"你一直在呕吐吗，盖文？"

"我以为吐一下就好，没想到越来越重了。"

"你吐了多久了？"

"这次吗？一个礼拜了。"

"以前也有过吗？"

"好多次了，一喝就吐。"

"喝酒？"

他点点头。

"你有酒精依赖吗，盖文？"

他又点点头。

盖文形容枯槁。他脉搏飞快，眼窝凹陷，每呼吸一次，肩膀就随之起伏。他看上去很没精神。他的皮肤也不对劲：苍白，濡湿，像一层蜡，毫无生气，看起来……怎么说呢？像人造的。我想起了我家浴室窗台上的那些蜡烛，它们在阳光下晒了一天之后，就会挂上这样的晶莹液珠。

我和搭档对望了一眼，彼此微微抬起眉毛：事不宜迟，得赶紧上路。

"你的呕吐物里有血吗？有没有胆汁？"

"过去这几天都有血。"

"全都是血吗？还是带一点血丝？"

他摇了摇头。

"鲜红的血。"

"你觉得有多少血？"

"很多。"

"像这样吐了几次？"

"今天早晨，每半小时就吐一次。"

"盖文，你感觉头晕吗？"

"抱歉要说脏话了。"

"嗯，什么？"

"我感觉特别操蛋。"

短短的几句对话已经耗尽了盖文的力气。我的搭档转身去取轮椅，临走时忽然想起了一件事。

"要把你的套管针卷包拿来吗？"

"好主意。"

我们扶盖文坐到轮椅上。他不愿扎束带，说那让他觉得自己被困住了，但他也知道自己已经虚弱得无法行走。

"手尽量别到处抓，盖文。把手放在腿上，好吗？"

我们在他脸上扣上氧气面罩，胳膊上插好静脉套管，将轮椅推到楼梯口，抬着他走了下去——幸好他骨瘦如柴。当我们将轮椅推到前门，抬他跨过门槛时，他突然一把抓住门框，把自己拉回了门里。

"等等！"

他的半个身子已经到了门外，半个还在屋里，一个急救员在他身后的门厅里，另一个在他脚尖前的户外。他环顾四周，一脸焦虑。

"怎么了，盖文？"

"我的运动鞋哪儿去了？"

他拉下氧气面罩，作势要站起来。

"你的运动鞋？"

"我非得穿上我的运动鞋。"

"盖文，运动鞋就在你脚上。"

"我非穿上它们不可。"

"你已经穿了。"

"不是这双。到底哪儿去了？妈！把我的运动鞋拿来好吗？"

"等等，等等。你别紧张，盖文。到底怎么了？你脚上这双不行吗？"

他要去解开束带的搭扣。我和搭档又对望了一眼。

"盖文，我们镇定点儿，别乱动别解开束带。我们不想让你掉下来。我看这双运动鞋挺好的。到了医院再让他们帮你脱。"

可是他已经在解鞋带了。

"我不去了。"

"啊，什么？"

"我要我的运动鞋。"

"好吧好吧，我们去给你把运动鞋找来。是放在楼下了吗？还是在楼上你的房间里？"

"我也不知道！妈！"

"怎么了儿子？"

"我要找我的运动鞋。可能在我房间里。"

他母亲的脚步声在楼梯上回响。

"这样，盖文，我们先把你送上救护车，再等你妈妈一会儿把鞋送来，好吧？"

但盖文再次伸出双臂扒住了门框，然后深吸了几口气，轻声嘟囔道：

"我不去了……不穿上运动鞋我就不去了。"

他越是这样耽搁，我们就越是担心，也越想快点出发。他可能有某种心理障碍——或许他很少离开屋子，一想到这个就恐慌了起来。但我和搭档都怀疑这还有生理方面的原因：可能是严重出血导致他大脑缺氧，思维混乱。如果他呕出的纯是鲜血，那么他就很可能是食管静脉曲张和大量出血，这都是喝酒引起的。他现在呼吸急促，肤色苍白，神情痛苦，外表虚弱，这些都显示他已经失去了大量血液。

我们的目的是把盖文弄到屋外，上车送去急诊部。我们大可以不顾他的踢打叫唤，把轮椅强拽出来。我们也可以在大门口现场给他输液。但如果我们看到的迹象可靠的话，他还是应该送院接受治疗，马上。

这是一个需要权衡的时刻。是远离临床隔间的、真实世界的病人管理。如果把盖文安全地送到屋外意味着要花点时间为他换鞋，我们也只能这么干了。

这时的我刚刚完成最后阶段的规培，现在两边肩章上都有了"急救医士"字样。这是一柄双刃剑，既是一种认可，也是一份职责。一方面，我觉得这副肩章和我在车上站稳的本事都是我凭努力换来的。另一方面，我也知道自己已经是击鼓传花的最后一棒了。

外人经常会对"院前急救医士"和它的一些别称产生误解。在急救工作中，有的是急救人员，还有的不是，后者比如技士、助手和护士，名号很多，指的大都是同一类人。

关键是，在现场，大家其实都干着同样的工作。当一辆救护车停在你家门口，从里面出来的可能是两名医务人员，也可能是两名非急救医务。

你要是认为非急救人员的专业性要差一些，那就错了。技士们往往具有多年经验，正是你在危急时刻的理想帮手。在我刚当上医务的那段日子里，我常常要向那些经验老到的非医务队友寻求建议和安慰。我到现在还是这样。

这两类人的主要区别在于，急救医务还掌握几样额外的技能，带着几种炫酷的药物。他们在疼痛管理上有更多办法，也有用来对付癫痫、过敏等问题的药品。因此当危机发生时，技士更倾向于去医院，而急救医士可能会花些时间在现场治疗。

以盖文为例，我的医务身份意味着我可以在他的静脉中插针输液，这能起到一些效果，但绝不会有决定性的影响。我还可以给他一些抗呕吐药物，但我最终还是决定不给，因为他并没有在我们面前呕吐，我认为眼下有更重要的事要排。我对他的体内出血毫无办法，所以我们现在能给他的最佳治疗就是加一脚油门。无论他的临床等级是什么，要用到的关键技能都是一样的：识别一个"大病"病人，然后迅速运到医院。

把盖文弄上担架床之后，我和搭档往来穿梭，时而抢到盖文身前，时而又离开。我们重新接通氧气，连好设备，给他输液并抬高他的双腿。这是在方寸之地的一曲快速双人舞——搭档之间彼此熟悉，相互信任，就能合作得高效顺滑，否则就会搞得费力又不讨好。

盖文的母亲弯腰坐在角落里的椅子上，安静而不唐突，正是一名能读懂气氛的家属会做的那样。急救人员常常会安慰家属说："只要我们放松，你就也该放松。"相反，当我们不再闲聊，而开始迅速且目标明确地工作时，形势的严峻性就很明显了。

不到几分钟的时间，我们就完成了可行的现场处置，准备发车了。我们通过无线电报告了详情，好让调度先向医院发出预警。我的搭档一骨碌钻进前方的驾驶座，打开蓝色警灯，我们掉转车头出发了。

因为躺上了担架床，盖文的血压已经有所好转。又因为输了氧，他的呼吸似乎也不那么费力了。他的态度也放松了下来，因为已经换上了那双运动鞋。我们和医院越来越近。不出十分钟他就会进入医院抢救区，得到他所需的治疗。

可就在我们刚刚离开现场不到一分钟时，盖文突然坐了起来。他环顾四周，仿佛刚刚从梦中惊醒。他呆呆地凝望车里的设备，角落里的母亲，还有他身边的这个急救员。

"盖文，你还好吗？你在救护车里，盖文。外面的噪声是我们的警笛。我们正在超车。很快就到医院了。躺下吧，盖文。放松点儿。"

可是盖文一点也不放松。他挣扎着要站起来。他要把两腿甩到担架床外，但床边的横挡拦住了他。他拉扯横挡，想把它们拔下来。他仿佛失去了刚才上车的记忆。他低头俯视双脚，然后一只脚尖抵着另一只脚跟，开始蹬掉鞋子。这双他刚还极力要穿上的运动鞋，现在有一只翻着跟斗到了救护车的另一边，被他母亲捡了起来。就在这时，血压袖带充气鼓起。他望向自己的左臂，伸手扯开了袖带的尼龙粘扣。袖带反弹到仪器的显示屏上，和输液管缠在了一起。

"盖文，盖文。尽量坐着别动。我们帮你把腿挪回床上。"

我伸手去帮盖文，但我的胳膊被他一把推开。像自卫似的，盖文又扯掉了氧气面罩。他深深地喘了几口，然后紧盯着我，样子就像我在给他上刑。他的胳膊拉扯着那些电线和管子，浑身冒着大汗，把那些贴片都泡得不粘了。电线将他的静脉输液管缠得更乱了。

开车的搭档感受到了车厢里的混乱和危机：

"后面都还好吗？"

"我们的乘客有点儿激越。"

接着，就在我们转弯的当口，盖文的妈妈解开自己的安全带，起身去够儿子。

"不不不，抱歉，太太。请您务必坐好。"

我把她请回了她的座位。

"我们可不能让您跌倒。"

盖文拔掉手指上的夹子，又一把抓住了胳膊上的输液管。

"盖文！不要盖文！"

他将输液管在手上绕了几绕，一把从胳膊上扯了下来。留置针、输液管什么的叮叮当当掉了救护车一地，担架床和地板上洒了一片盐水。血液开始从他的静脉中涌出，顺着他的臂弯流下，浸润了床单。

我腾地一下站了起来，抄起盖文的双腿，重重丢回床上。我又抓起束带的一头，一把拉过来紧紧勒在盖文的大腿上，然后猛推一把让他重新躺平——这一串动作，他无力反抗。我从纸巾架上扯了一团蓝色纸巾，用左手按在他出血的静脉上，又把右手尽量伸到远处，打开一只和我眼睛齐平的橱柜，抽出敷料袋。我把袋子夹在胳膊和肋骨之间，单手拉开拉链，敷料散落得一床一地。我随手抓起一小包，撕开包装，用它替换那张已经湿透的蓝色纸巾，绑到他胳膊上——手法很粗糙，但绑得很紧。前面开车的搭档问道：

"要我停车吗？"

"我们还有多远？"

"两分钟。"

"继续开你的。"

我关掉输液阀，深吸一口气，退后一步，抓住天花板上的把手，这时车辆正好转过一个大弯。

盖文的眼睛合上了。他仿佛退入了某间密室，并在可怕的黑暗中抱住膝盖蜷起了身子。他知道自己病得有多重吗？他把监测设备全都拔了，但他现在的状况，不用设备也看得出来有多糟糕。他的呼吸和脉搏都变得很微弱。刚恢复那一点血色也再度消失了。盖文的身体正在拼命地开展最后的自救，各器官都在燃烧最后的储备，试图挽救身体免于彻底崩溃。

我抓起那团缠结的电线甩到了一边——它们已经没用了。我从柜子里取出一只球囊面罩，连上氧气。我将盖文的头放平，把面罩扣在他口鼻上，并抬起他的下巴使面罩密合，然后往盖文的胸腔内缓缓挤入适量的纯氧，同时继续观察他并感受他的脉搏。如果说盖文的母亲刚才还不明白情况有多严重，她现在肯定明白了。

我们驶进了救护车停车区，放低车尾，将担架床推上车尾的升降台，降至地面，然后将盖文推进抢救室。过程中我们始终在给予他呼吸支持。他没有再反抗我们。

当医生看见球囊面罩时，她也体验了一把真相揭晓的时刻，于是无缝地切换了状态，即刻喊叫着下达命令，呼叫麻醉医生，同时接过病人开始治疗。当同事没有达到她的要求时，她会毫不留情地提高嗓门。在最初那几分钟的喧嚣中，我们继续参与了盖文的护理，但后来我们就退到一边，完全让他们来接手了。

我最后的工作是到前台为盖文登记，但是我连他姓什么都不知道——在充满动感的急救状态中，这类信息有时会成为漏网之鱼。于是我去家属室找他妈妈。我进门时，这位母亲用恳求的眼神仰视着我。有那么一刻，她的眼睛里闪着希望的光芒，但是下一瞬间，它就被眨眼时涌出的泪水冲走了。我尽可能回答了她的提问，但我掌握的信息也很有限，说不了太多，因为这时我已经不负责盖文的救治了。

我无法说出她最想听到的那个答复，于是我走开了，留下她一个人在这个没有窗户的房间里等待。她面前的矮桌上，还放着她儿子的一只运动鞋。

XIII

　　急救人员是一类很难相处的人。我们耐心很差，为不听指挥而自豪，个个都是发脾气的能手。对我们来说，没有什么比沉湎于一场真正有益健康、令人满足的抱怨更享受的了。抱怨病人，抱怨领导，抱怨同事，抱怨调度：所有主题都大受欢迎。我们也不是平白无故乱发牢骚：抱怨是在伙伴间促进团结的一种方法，它在这方面的功效堪比彩弹射击或扎筏漂流赛等团建项目。况且你还可以边抱怨边吃甜甜圈呢。

　　常有人说，NHS 的运转靠的是员工的善良。如果说 NHS 的救护车服务可以算个例子，那么你可以说，相比善良，NHS 更多是被无穷无尽的员工牢骚支撑着前行的。

　　当然，和同事一起抱怨，在任何行业都是一件团结人心的乐事。而当你每一班都要连干 12 个小时，和搭档共同声讨那一系列令人窝火的情况更是能让时间过得飞快：先唠叨两句那些根本用不到你们专业知识的无聊求救电话，再抱怨一下那些确需你们出手的真正任务，继而谴责管理层脱离前线实际，最后再嘲笑他们竟还想让我们勇于改变——可选话题就是有这么丰富。幸好这种种矛盾并没有阻断那种令人既沮丧又振奋的情绪，正是这股情绪让疲惫的我们在半夜两点还能坚持下去。

有许多话题会引出这些令人安心的牢骚。对于有些同事，最大的对手是其他司机阻塞道路的行为：那些不肯停车的人、示意要你超车的人、慢悠悠的送殡车司机，还有紧跟在你屁股后头的人。对于另一些同事，最持久的伤害来自上级的不支持。不过，要是委屈也分等级，有一种委屈必定是无可置疑的冠军，那就是急救资源的预期目的和求救电话的随意现状之间的永恒错位，换句话说就是对急救服务的滥用。

刚刚穿上这身绿色战斗服时，我可能还对未来的日子心存华丽的幻想。我幻想在阿斯达超市的冻品过道上为孕妇接生，在滂沱大雨中为巴士底下的病人插管，在火车站台上为一颗颤抖的心脏除颤，我幻想和醉汉扭斗，应付一场又一场车祸。倒都不是太狂野的场面，但总好过在 Excel 里摆弄公式函数。

没过多久我就从幻想中醒悟了。真相很快浮现出来：原来我竟要花这么多时间告诉别人怎么吃扑热息痛。

人说既入深山，勿惧虎豹。急救人员处理的是真正的紧急情况。这理所当然，因为这份工作就是为此而设的。此时此刻就有一组急救员正在处理你能想象到的每一种血腥惨剧：止住流血，打开气道，割断绳索，有节奏地按压胸膛，急匆匆地赶往医院。但还有更多人入得深山，遇见兔子。也是在此时此刻，他们正在冷静地安慰某个忧虑的病人，说事情并没有看上去那么糟。或是在让病人认清现实，走出短暂的危机。要么就在解开难题，搞明白状况。这是因为，救护车虽然配了警笛警灯，在后车厢里有各种设备和急救药物，但我们分发最多的"药物"，却是常识。

外加扑热息痛，大量的扑热息痛。

就可能像这样：

"你哪里疼？"

"浑身都疼！"

"你不舒服有多久了？"

"两天了。"

"你在发烧。吃过退烧止痛药吗？"

"吃了扑热息痛。"

"什么时候吃的？"

"吃了没用。"

"我是问什么时候吃的？"

"起床后。"

"好吧，那是什么时候？"

"11点。"

"今天上午？"

"昨天。"

"昨天上午到现在，你就没再吃过药吗？"

我尽量保持语气轻柔，毕竟我不是要谴责这位病人。但是我感觉到她并不喜欢这场对话的走向。她纳闷，眼前这个穿绿色制服的男人为什么老盯着扑热息痛不放——他有点太执着了吧。她纳闷，为什么我们还没有动身去医院。她还纳闷我是不是真的急救员。她带着疑惑打量我的制服——好像熨得不太平。

"吃了没用。"

"好吧。你现在完全可以再吃一点。你上次吃了多少？"

"一片。"

"明白了，你其实可以吃两片。"

"两片？"

"两片。"

"一次吃？"

"一次吃。"

"我平常只吃一片的。"

"所以才不管用。"

"你有没有更厉害的药？"

分歧这就来了。这位病人觉得难受。她大概还没到觉得自己要死的地步，但肯定认为自己的病已经重得无以复加，非得使用某些相当高端的设备才能康复了：恐怕得用上针头，也肯定得动用那些名字很长的药。但在我看来，她应该只是有点病毒性发热而已，只要适当休息，多喝水，再吃点止痛药，就很有希望在两天后止住病情。

"不如先吃两片看看效果？"

"但那不危险吗，用药过量的话？"

"过量是指一天吃八片以上。而你两天才吃了一片。"

"我不想上瘾。"

"你不会上瘾。"

"可是会管用吗？"

"什么意思？"

"吃了药能去病吗？"

"这个药没法消除感染，如果你指的是这个的话。但它能减轻疼痛，还能退烧，那样你会好受些。"

"那吃它有什么意义？"

"它能让你好受些呀。抗病的事就交给你的身体好了。"

"我想要能去病的药。你给我那种药吧。"

"我没有那种药。"

"为什么没有？"

"我们不带抗生素。而且你多半也不需要抗生素。"

"那你想让我吃的是——"

"扑热息痛。"

"它只会把问题掩盖起来。"

"可不是这样哦。"

"我会好受些，但还是病着。"

我哪有精力和她纠缠这个问题，这个止痛片是否会掩盖病痛的问题？我决定今天不打这场嘴仗。眼下我就一口咬定要她要每 4 小时吃两片药。我还没说"布洛芬"这个词呢。

"你难道不想好受些吗？"

"不想。"

"不想？"

"我想要真的好起来。"

"好吧。我认为你的情况就是一次很简单的感染。你年轻，健康，体征都正常。我们所说的'危险征兆'你都没有。你现在体温偏高，因为你的身体正在对抗疾病，所以你才觉得难受，觉得乏力。你的身体需要一些时间来战胜疾病，但最多不过几天工夫。只要你给自己降温，大量喝水，定时吃扑热息痛，你就不会这么难受，你的身体也能完成必要的工作了。"

"如果你没法子让我好起来，那就送我去医院，他们能让我好起来的。"

"你要是想去医院也完全可以。但是你没必要去。去了也要排很久的队。你还会和许多其他病人坐在同一间候诊室里。而且你要的东西，他们未必能给。"

"那么你有什么建议？"

"我建议你把暖气关掉，开一扇窗，掀掉这两条厚被子，多喝水。"

"我不喝水的。"

"那就喝点别的液体。还有定时吃扑热息痛。定时吃。要每4—6小时吃两片哦。我们现在就吃两片，过4小时再吃两片。"

"过4小时？"

"没错。"

"到时候还能再吃？"

这又不是什么机密信息。它就印在药盒的背面。

"那几点再吃呢？"

"嗯，现在是夜里11点45分。要是你到3点45分还醒着，就再吃两片。"

"唔，那要是我睡着了呢？"

"那也没关系。可以醒了再吃。然后再过4小时再吃两片。总之每4—6小时吃一次，只要24小时内不超过八片就行。"

"听着好乱啊。你能给我写下来吗？"

"药盒背面写着呢。"

"我知道，但我生病了，看不清那里的小字。"

我深深吸了一口气。

"好吧，我写给你。"

我一边在一张纸上写下用量说明，一边想着怎么才能写得比药盒上印刷的更清晰。我从药板上摁下两片，递了过去。病人望着药片，并没有接。这药真行？她的内心，仍有一小部分在认为我是某家药品公司的销售代表。

"你确定它们有用？"

"它们肯定会有帮助的。"

"你想让我把两片都吃了？"

我脑袋里轰的一声。就这个。就是它引爆了我。

我向来自认为是个有耐心的人，但最近，有两个反复出现的场景使我对自己产生了怀疑。一个是我送孩子上学时催他们快点出门。另一个就是有人说这句话：你想让我把两片都吃了？

与之类似的对话，我在本周已经有了七八回，之前我一直保持冷静。但现在我只想在自己脸上打一拳。想发出世间最响的呸声。想猛晃病人的肩膀。想用番茄酱在墙上写下辞呈。"你想让我把两片都吃了？"不！我才不管你吃两片一片还是零片。你打电话来说有状况，说状况紧急。我现在给了你解决方案。这个方案很简单，你只要伸伸手就行了。你不是在帮我的忙。不是我想让你吃两片的。你想怎样随你的便……

深呼吸。别抱怨。这是工作对不对？还很简单对不对？这位女士只是乱了方寸。她只想有一个她可以信任的人来告诉她没什么大碍。她是我今天接连遇到的第三个不知道发烧了该怎么办的病人，也是本周的第五个知道打999却不相信吃药有用的人，但这些是她的错吗？我只是觉得，这份工作本该面对前方的未知才对。但现在前方的发展也太容易猜到了。

我告诉自己，任何职业里都有重复劳动。一个工匠要是每天学新技能，但每个技能都不会使用两次，那他的效率可就太低了。那么我现在体验的只是乏味的日常工作带来的沮丧感？或许吧。但这次遭遇真正使我恼火的，不是它和之前那么多次的相似之处，而是某种默默接受、乖乖认命的感觉：为了这种非紧急状况生气是没有意义的，因为将来还会遇上一百个一模一样的病人，为此愤慨反而会使他们更难对付，所以你动什么气呢？而且在某种程度上，正是他们对急救系统的冒用才让我们都保住了饭碗。为这个而抱怨，就像朝着井里大喊一样，不会有任何结果。

这些我都知道。但我仍觉得井里有一股奇怪的吸引力：它有着卓越的声学特性，能发出抚慰人心的回音。对于独自开着轿车上晚班的我，冲着它喊上两声似乎再快活不过。

想象一个热情满满的平面设计师，她刚从学校毕业，第一天来到一家业界领先的设计事务所上班。上司却发了一本填色书和几支墨水笔给她。

"这是什么？"

她糊涂了。但上司露出灿烂的微笑说：

"来涂色吧！一定要好好干哦！大家都看好你！"

"可是……我是来做……设计的？"

她呆呆地望着手上的文具。

"会让你做的！时不时就会做上一些。可能一两个星期做一次吧。不过我们主要还是想让你涂色！还有连点画画。你喜欢这些游戏吧？喜欢就好！"

上司露出鼓励的笑容。

"记住，你得画得很干净才行，千万别涂到线外面去……"

没完没了的非紧急求救不单会使医务人员失去干劲，还会极大降低系统的效率。它造成的压力会使急救服务难以为继，因为现有的资源不足以应付这样海量的工作。于是服务质量下滑，重病者只能苦等，这不是因为有更多的人心脏病发作或是遭遇了严重事故，而是因为那些原本可以在家处理的小毛小病，现在也有人打电话求助，而这类电话的量还呈指数式增长。这种错位正使我们的急救大厦从内部开始逐渐瓦解。其结果是，从业者在应该掌握的专业技能上不断退化，外勤人员也都产生了倦怠之感（就算在后半夜能发几声牢骚也无法减轻）。

更要命的是，这种错位还意味着真正有紧急需要的病人常常无法得到及时的响应，由此影响治疗的效果。从根本上说，这是在滥用一套为公共利益而建的体系。

病人在遇到争分夺秒的医疗状况时，应该可以打通求救电话，也应该有信心自己能得到及时救治，上门的医务人员应该手法娴熟，救护车应该加满了油，警灯警笛一应俱全。

而发烧的病人应该多开窗，多喝水，如果想好受些，就吃两片——对，两片扑热息痛。

女病人仍满怀期许地凝望着我这个穿绿制服的男人。我脸上确实也没有显露着什么谋杀意图。我咽了口唾沫，叹息一声，想象了一下刚煮好的咖啡的芳香。是结束的时候了。车上有一包奶油夹心饼干等着我呢，还有一壶温茶。这位女士要的，不过是几句安慰和一点建议罢了。

我露出温暖的微笑。

"是的，我是想让你把两片都吃了。我们试试效果好吗？我去给你倒点水来。"

XIV

　　城里的黏湿热浪，已经不依不饶地持续了两周。停车场里，青草被烤得只剩残株。空气中灰尘弥漫，天上云无一朵。每一扇能开的窗户都推到了最大，可是没有一丝风，只有热浪源源不绝地涌入——它来自空气，来自泥土，来自房屋、人行道、公路和车辆，来自冰箱、冰柜、平板电视甚至电扇，甚至是从墙壁中漫渗出来。天热得大家都睡不着，人人都在偷听别人的家事：他们的争吵和咆哮，道歉与和解，他们的闲言碎语、自鸣得意和肉麻的情事，尤其是他们放的音乐，特别糟糕的音乐。

　　在这样闷热的夜晚，求救电话当然繁忙。有人醉倒公园，有人脾气暴躁，警察也为了袭击、刀刺、精神问题等种种原因出动。不只是这些，各种慢性病也因炎热而恶化：平安了几年的哮喘病人突然发病，糖尿病人血糖降低，有老人脱水，婴儿无法入睡，青少年在考试前晕倒。恐怕还有一群怪物挤在一起，等待暴雨降临。*

　　此刻的我正开着轿车在值晚班。这个白天与黑夜的过渡，是一天中最繁忙的时段。我之所以开轿车，是因为这类非运送车辆数量更多，这样一旦有高级别求救电话，急救者就可以更快抵达现场，缩短无比重要的响应时间。

　　这是我最近接受的一项任务，它并不比跟救护车容易。开轿车出勤意味着要独自工作，光是这一点就会带来全新的恐慌。我仿佛又成了一只菜鸟。身边没人可以征求建议，甚至没人对我安慰地耸耸肩，表示他也搞不明白。一旦其他救治手段失败，也没有人会去外面推轮椅——就算有人，外面也没有轮椅可推。我也不可能将病人带离现场送去医院接受照护，因为我开的车没有运送功能。"快速响应组"唯一能做的是驻守现场，用手上的设备解决问题，你的环境又往往杂乱、无序甚至充满敌意。直到有人来连你一齐救走。

　　这次调动后，我接到的工作一下子都显得无比严重——就好像我的调动一举消除了分诊系统的低效，突然间每次委派都是大病重病了。这当然是我的错觉：工作还是原来的工作，只是我迎接工作的装备不一样了。

　　这次派我去处理的是一例 DIB——呼吸困难（difficulty in

---

*　本句或在化用"外星风暴"（Alien Storm[s]）"等待暴雨降临"（Waiting for the Storm to Break）等文化产品（电影、歌曲、电子游戏等）之名。

breathing）。原因还不明确。病人是一名 64 岁的妇女，屏幕上说她有 COPD，即"慢性阻塞性肺疾病"。她家里可能有雾化器或家用氧气。可能是胸腔感染失控了。病人很可能超重。希望她住一楼。

我几分钟后就到了现场，找到了地址，但进不去：有一道灌木墙拦路。后来我听见门廊台阶上传来人声，才拐到另一条路上的大门进去。门前小径绿意盎然，我只能拖着设备穿过一片灌草丛。这也意味着待会儿带病人出来时，可有好戏看了，这才是麻烦事。

"谢谢你这么快就来了。病人是我妈妈，她就在前厅。"

"她叫什么名字？"

"玛丽。"

"好的。"

我匆匆进去，穿过门厅。

"我们来和玛丽说两句吧。"

然而玛丽不会和我说话。她正忙着呼吸。

这是一间老式客厅。窗户上挂着窗纱，壁炉台上放着小摆件，煤气炉膛前面铺着一小块团花地毯。三件套沙发上的罩子大概是玛丽自己绣的。

玛丽坐在沙发的前沿上，向前探着身子，仿佛是在看台上要越过别人的遮挡看体育比赛似的。但问题不在她的视野上。她正在努力扩张肺部。她的丈夫坐在她对面的椅子上，手里攥着一把药。

"晚上好，玛丽。是不是呼吸不太顺畅？"

她想要回答我的提问。张开嘴想要解释，但什么声音也没发出来。她只是噘起嘴唇，吐出了一缕空气，紧接着就又把它吸了回去。

"我能替她回答吗？"

她的儿子坐在沙发椅的扶手上问我。

"当然可以。你妈妈不舒服了多久了？"

说话间，我搭上了玛丽的手腕，感受她的脉搏。我望着她胸部的起伏，留心她呼吸的力度和速度。

"我从来没见她这么严重过。她有 CPOD 不少年了——是这么叫吧？"

"嗯，COPD。"

"抱歉，COPD。但她从来没有这样过。"

"她像这样多久了？"

我给她夹了测血氧的夹子，又给她绑了血压袖带。

"她已经难受了有一阵子了。爸，你觉得多久？三四天？"

玛丽的丈夫点了点头。

"就是，一开始有点咳嗽，一直不见好。喉咙也干涩。再加上天热……但像现在这样是今天下午才开始的。"

我准备给她上雾化器。我从口袋里取出听诊器，快速听了听她的前胸、后背和两胁，但能听见的只有费力的声音——没有多少喘鸣，更多是全身用力而形成的紧张。她的血氧水平正在下降。

我从包里取出一只面罩，找到两包药液挤进雾化器的箱体，再连好管子，把表盘拨到了 8 升。我一边装配，一边向她儿子一连串地问了几个问题。

"她在家里吸氧吗？做过雾化吗？有胸痛吗？"

她儿子感觉到了事态的紧急，给了我简短而有用的回答：

"不吸，做过，她没说。"

"她咳过痰吗？什么颜色的？"

"有，好像就是白的。"

"发烧吗？用没用过抗生素？"

"上个月尿路感染用过一次。别的就没有了。"

"睡眠怎么样？"

"这么热的天，基本没怎么睡。"

"戴好了，玛丽——她睡觉时是躺着还是坐着？"

我把面罩扣到了她脸上。

"昨晚她上不了楼，没去卧室。"

"玛丽，我给你点儿改善呼吸的药——平时都能上去？"

"能上。"

"她脚踝肿吗？——做几次深呼吸，玛丽。"

"她后来是在扶手椅上睡的。"

"她这两天走动多吗？"

"基本不走。她越来越没力气了。"

仿佛在附和儿子的陈述，就在我的眼前，玛丽慢慢失去了活力。她的每一次呼吸都那么费劲，吸进的空气却那么少，我眼看着她的身体渐渐抛开其他所有事情，将全部力量集中在这一项任务上。我刚进门时她还能抬眼和我对视，但现在她的目光收了回去，变得恍惚。她的坐姿由挺直变得瘫软，皮肤也开始变得苍白。

"玛丽。能听见我说话吗，玛丽？"

接着，那件事就发生了。她吸了最后一口气。

没有剧烈的倒气，也没有滚落在地。她只是吸了一口气——就再也没吸第二口。

离我进门还不到三分钟。

生命之光熄灭的时刻总是令人震惊。病人吐出最后一口气，然后就再无气息。病人失去了能量，就像电器被拔了电线。这是身体终于认输了。这对于旁人也是当头一棒。虽然我每次都料到它的到来，但它每次又都来得太快。这种事总是嫌快的。

救护车常常事后才到，这时"最终大断电"已然发生。急救人员发现她的心脏停搏了，于是匆忙切换到了抢救模式。他们知道面对心脏停搏该怎么做：那都写在急救手册的第一页上，在这方面他们训练有素。停搏的病人已经没有了人格，没有了过去。残忍地说，对于一个呼吸停止的病人，再怎么折腾也不会更糟了。

而急剧衰退的病人还会提出另一个难题。现在还有最后一个机会，还有一点点医学干预的空间。关键是要抓紧时间。无可修复的破坏正在病人体内发生。所有体征都指向最致命的结果。但急救团队仍在设法逆转颓势。

接着威胁变成了现实：病人的身体屈服了。虽然有所预见，知道不可避免，但这仍是一个失败的时刻，一种在生与死的无缝切换中未被注意到的残忍折磨。这位病人刚还只是持续恶化，现在却一下子坠到了谷底。

我抓住病人的肩膀摇晃起来。

"玛丽？"

我伸手到她的脖颈处感受脉搏。她的儿子目睹了我的每一个动作。

"她怎么了？"

我得把病人放平。

"她到底怎么了？"

我没有时间仔细解释。

"你妈妈没呼吸了。能帮我把她平放到地板上吗？"

说出这句话时感觉简直骇人，听到它的人想必更加难受。但她的儿子一刻也没有迟疑。他没有两腿发软，没有僵住不动，也没有把脸埋进双手。他要把难过留给将来独处的时候。此时此刻，他要做世上最务实的副手，因为这正是他母亲此刻最需要的，这件事也非他莫属。玛丽的丈夫已经僵在沙发上动弹不得，放在腿上的手里还紧紧攥着那几盒药。

　　做儿子的抓住母亲的一边肩膀，我们一起把她的身体移下沙发，转动90度，再放到地毯上，接着我拖着地毯，将她拖到客厅中间的空地处。我在她的头后方跪下，上下打量了一下她的全身，然后把包和除颤器拉到自己身边。我抓住她的衬衣，无礼地拉到腋窝处，露出她失去光泽的躯体。我将电极板拍到她身上，又抓起球囊面罩，连上氧气后扣回她的面部。我挤了一下，想给她送一口气，又挤了一下，又一下，同时望向屏幕，等待心脏描记线的波动。屏幕上出现了有效心律——玛丽如果还在说话就是这种心律。我又摸了她的脖颈——没有脉搏。我把手指移了移位——是不是放错地方了？这是一个始终存在的疑惑——虽然从业这么久了，我还是可能在摸脉这样基本的操作上失误。是她的脉搏实在太弱了吗？还是脖子上肉太多，所以摸不出来？这次还是没有脉搏。我用左手的拇指和食指掐住面罩，右手挤压气囊。同时我用左手中指把她的下巴朝气囊方向抬起，并用无名指和小指在她颈部摸索，寻找那令人安心的、标志血液循环的搏动。但我的希望落空了：什么也没摸到。

　　我丢下球囊面罩，在对讲机上按下"紧急"按钮。接着我双手手指交叉，人向前倾，开始按压她的胸部。一、二、三、四，我使出了最大的力气，五、六、七、八……才按没几下，一股胃内容物就从病人的嘴里喷涌而出。那是一股骇人的汁液，先是向上喷射，接着又四散溅落得她满脸都是：嘴巴四周，下巴和脖子上，一团团地落在她的面颊和额头上，又从额头流进了眼窝。随着我的每一下按压，它们都肆意向外喷涌，喷到她的头发上和衣服上，喷到我伸出的前臂上和手套上，还在干干净净的团花地毯上留下了一块块冷漠的橘色斑痕。当时的情形就是这么可怕，但当时我也来不及说什么。

　　我停止按压，把胳膊抄到她头部下方、肩膀后面，用力将她扳成向左侧卧。我用膝盖顶住她的后背，让她这么侧躺了几秒钟。那股令人作呕的混合物从她嘴里倾泻出来，顺着她的皮肤淌到地毯上，浸出了显眼的一摊。这景象真是既可怕又可怜，是一种生理上的侮辱，就好像有人用荧光记号笔描出了几个大字：这里发生了很糟很糟的事。我抬起头，看见玛丽的丈夫和儿子正恐惧地望向这边。

　　"真抱歉弄成这样。"

　　"你做你该做的。有什么我们可以帮忙吗？"

　　"给我点纸巾或厨房纸吧？"

　　对讲机嘀嘀响起。我戴着黏糊糊的手套把它从皮带扣上摘了下来——我本该脱下手套的，但现在天气湿热，一旦脱下，绝对戴不上另一副了。

　　"病人目前心脏停搏。能否派一队人来？"

　　"我们以最快速度派人与你会合。"

　　现在正是交班的时候，白班刚刚结束，晚班即将开始。心脏停搏在任何时候都不是好事，但在这个时候格外糟糕。看来我要独自对付一阵了。

　　我在包里摸索手持吸痰器。病人还侧躺着，现在我想让她恢复平躺，然后继续按压心脏。她儿子拿来了一盒纸巾，我扯出几张，粗暴地将胃里喷出的东西从她的口鼻和眼睛上抹掉。喷涌似乎已经停止，但我敢肯定，只要我重新开始按压，它还会继续。我将她身子放平，掰开她的嘴，将吸痰器的管口塞进去，然后握着后面的气球一捏一放。混着胆汁的液体从管子里抽了上来，还有几个固体团块卡在了管子里。我又捏了捏气球，这次压力下降了，没有东西再出来。我已经做了力所能及的清理，要是里面再涌出一波，这件简陋的工具就没多大用处了。

　　我又通过球囊面罩挤了几口气，然后再次开始有节奏地按压胸腔。但这时的我已经陷入了一个两难境地。

　　诚然，开轿车工作令我特别焦虑，因为这增加了一系列需要担忧的意外状况。但是独自工作也带来了某种解放。我发现，由于不能离开现场，我的心思变得格外专注。你不能光是站在那里，一脸傻笑地说："我肯定，我的同事很快就会来。"你必须行动起来。非得做些什么才行。

　　我抛开了一切非必要步骤。头两分钟是关键。我只关心一项任务：判断当下的情况是否威胁生命（或是否时间紧迫）。这是我的首要目的，其他一切事项都要弄清了这个以后再做——或者不做。如果情况确实紧急，我就会在支援到达之前尽可能多治疗，多了解病史、把一切做到最好，无论支援要多久才到（有时真的要好久好久啊），我都会尽力支撑。

我没有因为孤身一人而感到受限，反而认为这样一份责任给了我自由。不是说我喜欢不受监督地评估病人的情况，靠自己的技术为他们治疗，而是我必须这么做——因为除了我就没别人了。出乎意料的是，我发现自己在施救过程中，脑筋竟出奇地清醒。

不过也有一些瞬间（比如今天救治玛丽），我只有一双手，却需要在同一时间做两件事，而且两件都是关键大事。

心脏停搏患者的存活率受许多因素左右，其中有三样会显著改善病人的预后：

第一，尽早对纤颤的心脏实施电击。

第二，开展有效且持续的心脏按压以维持血液循环。

第三，对导致停搏的一切可逆因素实施治疗。

就玛丽而言，第一点可以不做：她的心脏仍有正常的电节律（至少暂时如此），只是没在正常搏动而已。而第二点和第三点眼下相互冲突，我只要还是孤身一人，就无法同时兼顾两者。

作为单独行动的急救者，我的首要任务是开展高质量的心肺复苏，即有节奏地捶打病人的胸部，以此模仿心脏的泵血动作，将血液送到全身的组织和器官。但是我又确信，我处理的是一例缺氧性停搏，它的成因是患者的呼吸困难。因此我还需要给她重新输氧，让血液有东西可送。问题是她还从胃里喷东西，它们弄脏了气道，侵入了肺部，灼伤了组织，减少了氧气的输送，使我做的一切都成了无用功。

针对这一点就需要实施吸引，但我的吸痰器又不够用。我的轿车后备厢里还有一只功能更强的电动吸痰器，但把它取来需要大约一分钟——眼下这点时间会决定生死。是走是留？一个古老的两难处境。我的本能抗拒着离开的念头：心肺复苏绝对不能中断，中断就等于放弃。但反过来说，当呕吐物填满了气道，氧气因而无法进入，用按压维持血液循环又有什么意义？

最终，还是不愿丢下一个危重病人的本能占了上风：我决定留下来继续提供基础生命支持，靠凑凑合合的工具和调整体位尽可能地清理她的气道，赌支援很快会到。她的胸部随着我挤压气囊而起伏，这说明空气送进去了。在我感觉过去了许多分钟之后，支援团队来了。现场一下子多了好几双手，它们有的接过心肺复苏，有的取来了所需设备，有的从口腔和喉咙吸出食物残渣，有的插入高级气道装置好让肺部不再吸入反流的有毒物质，还有的做静脉穿刺，注入针对性的复苏药物。

我们扮演各自的角色，除了搬运设备时有些小阻碍之外，完全是一支训练有素的成熟团队。玛丽的儿子和丈夫在一旁看着，在极度震惊之中慢慢明白了现实。没过多一会儿，期待已久的时刻来了：我们摸到了脉搏，玛丽的心脏开始自主跳动了。但这一次，我们却丝毫没有兴高采烈的感觉。

"自主循环恢复"当然是一个意义重大的时刻，但到这一步，希望仍悬在半空。我猜想是肾上腺素发挥了它的神奇功效，增强了心脏的收缩，问题是，一旦我们抽开双手，任病人的身体自行运转，它还能否维持住血液循环？

在最初的几分钟里，它确实做到了，但接着就是血压下跌、脉搏变弱，虽然我们又做了一些支持性治疗，病人还是回到了停搏状态。这个过程又重复了两次：我们按心脏、挤球囊、给药，又摸到了脉搏，但这脉搏稍纵即逝，我们又重新开始复苏。

眼看这个循环无法打破，我们决定还是将她送去医院。我们将玛丽裹好，抬她穿过门前那片灌草丛，送上救护车。我们给医院发了预警，然后启程。到医院时，我向待命的医护团队做了口头交接，接下去就由他们负责。就么突然之间，我们的工作完成了。我们旁观了几分钟，然后朝外面走去。

在玛丽倒下之后的几天里，我始终在担心自己做了错事。这是每次都有的疑虑：我选择那个流程的依据是什么？忙乱之际，我是否考虑了所有的选项？独自行动是否影响了我的思维？我在决策时头脑是否清醒，是否遵循了可靠的原理，有没有衡量潜在的危害；还是因情势紧张，我误信了恐慌下的直觉？

如今回想起来，我那时似乎可以让玛丽的儿子去外面的轿车里取那套强力吸引装置。当时我的确动过这个念头，但又打消了它，因为要把装置从底座上取下来是很难的——这个操作光解释起来就很复杂，我在做新人的时候也是费了一番功夫才掌握的。那我能不能让他替我按压胸部，我自己去取吸痰器？那样对他的心理冲击太大，按压不大可能有效，但也会比什么都不做要强。在这种事后分析中，总会出现另外几种方案，而且每一种的论证都很有力。

我问同事和上司，换成他们会怎么做，我也不知道自己期待的是他们的赞赏还是批评。结果没人能给我明确的回答，这使我感到了一些安慰：看来换一种做法也不太可能改变结局。但这并不意味着反思全无益处，也不会平息我内心的论争。

我要说的是，其实怎么做都有缺陷。救人的人未必总能成功。长期来看，你不可能始终避开失败的幽灵，不为失败承担后果。能去干预别人的处境当然是一种特权，特别是情况危急之时。但干预的结果不会永远积极，对方病情越重，风险也越高。说实话：任何一种值得救治的情况都很容易被弄得更糟。

虽然我也可以在玛丽身上尝试别的法子，但现在回想，我认为自己已经做了该做的一切。不过，我也始终离那些会引起严重的甚至灾难性后果的失误不远。要避免这类失误只有两种方法，一种是事事做到完美，另一种是绝不靠近重病的人（或者另找一个营生）。第一种几乎不可能做到，但是作为抱负，它总比第二种好。

交接之后，我们在救护车里填写文件。还要清洁、补货、恢复精神，再用饼干和黑色幽默消解心中的病态，之后就要接下一份工作，奔向那令人窒息的闷热黑夜了。

这时病人的儿子和丈夫朝救护车尾走了过来。

"你好。抱歉打搅了。"

我从车厢里下来，身上冒着热汗，手里握着一瓶清水。他们紧挨彼此站着，开口说话的是儿子。

"我们只想谢谢你所做的一切。我们看见了你是多么努力地救她。"

"别客气。我很抱歉过程那么不愉快，那么……惨烈。"

丈夫的眼睛红着，但并无泪水。我一看就明白了：医院已经停止抢救，玛丽死了。但是我并不敢断定——我们在交接之后就没进去过。于是我很小心，没有贸然安慰，生怕自己弄错了。但我还是需要说些什么来结束这场会面。

"你们真好，现在还来跟我说话……在这样一个时候。"

"因为我们想告诉你，我们有多么感激。"

那个儿子跟我握了握手。

"谢谢你。"

接着两人转身走回医院。儿子的手搭在了父亲的肩膀上。

XV

莎伦一边打电话一边给我们开了门。她一眼就看到了警察。

"哎呀！"

现在是破晓时分。她伸出一根手指，把我们这些穿制服的挨个数了一遍。

"我可没叫警察。救护的在哪儿？"

领队的警官用下巴指了指我，我朝她微微招手。她继续讲她的电话，只是声音里多了一份恼怒。

"抱歉，亲爱的。我门口现在站着三个粗壮的警察，还有一个精精瘦的是急救员？我可没叫警察。"

领队的警官上前了一步。

"我们是听了你在电话里说的才来的。"

"我说什么来着？"

"你告诉他们，你正用一把刀顶着自己的喉咙。"

"你们不能进我的家。"

"让不让我们进随便你。但我们不能让急救员一个人进去。"

她直勾勾看着警官，好像是在倾听，又像是在思索。

"你可以进来。他们俩必须等在外面。"

"刀呢，莎伦？"

"咦？你已经知道我名字啦？你还没请我喝一杯呢！挺放肆的嘛你，警察先生……"

她倚在门口，一条腿搭到了另一条腿前面。猩红色的睡袍中露出了一截大腿。

"等等，我们是不是见过？我看看你左手。没有婚戒耶！"

"刀在哪儿，莎伦？"

"在厨房呗，和叉子勺子放在一起。厨具还能放哪儿？"

"你知道我们是来做什么的，莎伦。我们来是为了你好。"

"你们想搜我的身吗？"

她扯了扯睡袍的翻领，将领口拉开了一半又合上。然后她停止了动作，瞪视警官，直直地看着他的眼睛。接着她又从喉咙中发出了咯咯一笑。

"我逗你们玩儿呢。哎呀！绷着脸干吗？怎么了，宝贝儿？夜太长了睡不着？"

说着她举起一只手，在自己手腕上啪地拍了一下——

"我太好客了。我这个人老是这样。总是忍不住想说话。"

——接着她转身消失在了门厅里，一路上还在说个不停。

她吃准了我们会跟上去。

这处住宅是她那颗躁动之心的具现景观。民族风情的窗帘和营造氛围的灯光映衬出慵懒的闺房气氛，但是小地毯上却有一块愤怒的焦斑，地板上还滚着一只空的利口酒瓶。一只黑白相间的猫咪从厨房中蹿出，急匆匆躲到了一只沙发后面，沙发上胡乱堆着皱巴巴的衣服，几只心形靠垫上绣着"永远爱你""世上最好妈妈"等字样。壁炉台上装饰着香烛和线香、毛绒玩具和生日卡。墙上挂着一些照片，是身着校服的孩子们，中间穿插着某女子的几张内衣艺术照——是更年轻时的莎伦吗？

"人家老是这么说我，说我不知道什么时候该闭嘴，话太他妈多了。所以才没人帮我。他们不知道该拿我怎么办。怎么了？就因为我有什么说什么？因为我能看穿他们的鬼把戏？因为我不是阳光女孩，不够纤纤细腰、岁月静好？他们想让我怎么样？我就是停不下来嘛。他们就是想让我闭嘴，对不对？对不对？"

她把目光转向了我。

"喂？你怎么想？是打算来聊一会儿，还是就让我一个人自说自话？"

"莎伦……"

"哎呀他说话了！我还以为你只会盯着我傻看呢！别害羞嘛，宝贝儿。"

"能告诉我今天晚上发生了什么吗？"

"哎哟——！你们这些人，就不能问点新鲜的吗？个个都说一样的话。你们是不是没有多少搭讪套路啊？"

"大概是没有吧。"

"你想再换个法子问问吗？"

"不太想，莎伦。"

"哦，我看出来了。今晚来的是个暴脾气。"

"我就想知道你怎么了，莎伦。那样我们才好帮你。"

"我怎么了？那就要看情况了。不介绍一下你自己吗？"

她伸出一只手，垂下手背，像个公主在等别人行吻手礼——或是在期待主人喂食的拉布拉多犬的舌头。我轻快地、事务性地握了一下她的手。

"我叫杰克。"

"你结婚了吗，杰克？"

我哈哈干笑了一声，仿佛她说了一个笑话。

"问你呢？"

"能告诉我你为什么打电话叫救护车吗？"

"哈哈！别逃避我的问题嘛——！"

她点了两支茶蜡，随手把火柴扔到了小地毯上。火柴落下时火苗熄灭了，但我还是朝地下瞥了两眼，确保它没有复燃。

"我没有逃避你的问题，莎伦。"

"那你倒是回答呀，帅哥。"

"我不认为这和我的工作有关。"

"我看见了，你手套下面戴着戒指呢！"

她将茶蜡放进陶瓷香薰炉，加了点精油进去，然后饱饱地吸了一口气。

"你看我多聪明？做你的上司都行。"

"这个我不怀疑。"

"你们这些人，个个都一样。进来的时候都是这副表情。你们是等不及要走是吧？等不及要滚蛋哦。"

"不是这样的。"

"你们当我傻呀。"

"莎伦，我只想专心处理眼前的事。"

"什么事？"

"不如你告诉我发生了什么？你还没说你为什么要打电话。"

"我跟你说，杰克——你真叫杰克？如果你对我笑笑，我就全跟你说。你真是个好看的小东西啊。像个唱诗班小男孩。可是你太正经了。笑一笑嘛。对我笑笑呗，杰克？就笑一下下？"

"莎伦……"

"或者只笑半边？就左半边脸笑笑？"

她用食指顶住面颊，将嘴角扯出了一个没有笑意的弧线。

"你瞧？这又不难。"

如果不是今天，不是今晚，我或许还有精力笑一笑，迁就迁就莎伦，活跃一下气氛，甚至还可能和她调笑几句——但会及时收住。总之，如果不是今天，我会搔到她心里那个令她拨打电话的痒处。

时间越拖越久，越拖越久，莎伦也变得愈加不配合。她含糊地说起了自我伤害，隐隐提及了之前遭遇的不公和她混乱的家庭生活；说起她和社工取消会面，和护工的敌对遭遇，在半夜 3 点在电话答录机上留下愤怒的留言；说起所有人都误解她的一百种原因。但说来说去，她就是不肯回答一个直白的问题：为什么要把我们招来。我的每一个建议都遭到了她的冷落：她不肯去医院，咬定了没有亲友会接我们的电话，嘲笑我们把她转给精神组的尝试，还宣称她已经联络了所有能联络的人但没有一个能搞定她的事。

"莎伦，你有什么疾病吗？"

"你看，我确实有。"

"是什么病？"

"心理健康，心理健康，全他妈是心理健康问题。"

"哪种心理问题？"

她轻蔑地斜睨着，一巴掌拍在椅子的扶手上。

"我脑袋里的化学物质失衡了，行吗？我这不是胡说。不是为了要别人注意我瞎编的。"

说着她站起身，踱起了步子。

"我绝对没有说你瞎编，莎伦。你有没有被确诊过具体哪一种精神疾病？"

"哈！别假装你不知道！大家都了解我。大家都了解我莎伦·史密斯。"

就在这时，她把胳膊伸到了沙发后面。我身边的警员上前一步，这似乎把她逗乐了——

"别紧张嘛，警察先生！"

她抓出了躲在沙发后面的猫咪，把它在空中甩出了一道夸张的弧线，仿佛要扔出去似的，但接着就把猫收回来抱到了臂弯里。她用鼻尖蹭猫咪的头顶，还在它耳朵后面挠了挠。

"有孩子吗，杰克？"

"你说什么？"

"我说你有孩子吗？"

"莎伦，你打电话叫救护车，不是为了问我有没有孩子吧？"

"不是吗？你怎么知道不是？"

"你还是告诉我你哪里不舒服吧。"

"他们叫什么名字？"

猫咪发出了响亮的呼噜声。

"莎伦，我们别扯太远了好吧。"

"你是不敢告诉我吗？你觉得我会怎么样？到你家去绑架他们？虐待他们？把你的臭小子们偷走？就像他们对我那样？"

她把猫咪放到地上，用手指向我的额头。她的脸上全是怒意。

"你会这么想吗？把你的孩子带走？就因为有别人做过这样的事？因为有人把我的孩子带走了？最后只留下我孤零零一个

人。孤零零地过我的狗屁生日。只有桃子味利口酒，喉咙上还顶着一把刀！不是第一次了！对！不是第一次了！我每次都咋呼！都打电话求助！警察每次都来敲门，弄得大家全看得见。哎哟，莎伦家又来警察啦！她这次又怎么了？开车撞进房子正面院墙了？把家砸了？还是点着了窗帘？你要知道我的诊断吗？拿去看！"

她抓起一盒药，从房间那头丢了过来。我接住药盒，正要查看药品名称，第二盒就又——

"拿去看啊！"

——从我脑袋边上飞过。接着又是一盒。

"拿去！"

一盒接一盒，她把药丢向房间另一头的我。

"拿去！拿去！拿去！拿去！拿去！统统拿去！"

事情就这样来来回回，闹个没完。我们仿佛被困在了机场候机大厅，出港信息屏出了故障，所有字母无限滚动。她的一些长期问题，我们已经清楚了。至于今天是怎么一个情况，我们又可以做些什么，虽然相持了两个多小时，我依然毫无头绪。莎伦不肯离开家，也不让我们打给她的监护人。可是只要我或那位警员表示要走，她又会抄起刀子挥来挥去，或者扭开厨房的煤气。我看她绝对是成心的，甚至还带了些创意。老实说，她确实是一个老练乃至狡猾的谈判对手。可如果她是在谈判，我又弄不清她想谈出什么结果。她的最终目的是什么？究竟想要什么？她的行为中有一些平平无奇的元素，仿佛是在走流程，但这又不代表她不想这么干——我很快就发现了这一点。

"我知道你不喜欢我们问你问题，莎伦。但我们不知道你的要求就没法帮你。"

她坐到沙发上跷起了二郎腿，手指敲打着电话——她刚才说这部电话的电池已经用完了。

"我认为，我们现在有两种选择。"

"我不会去急诊部的。我哪儿都不去。"

啪嗒，啪嗒，啪嗒。

"好吧，那我可以把你转给——"

"危机干预组？你要说的是这个吧？你们的套路我都熟。我他妈的已经久经沙场了。告诉你，别想。"

"为什么不行，莎伦？……你究竟想要什么？"

"有没有人跟你说过你长了一张校长的脸？和你说话就像又上了一回学似的。一点儿没幽默感。或许你入错行了。想过换份工作吗？老天爷——！我在告诉你我生活里的那些糟心事。你却只会翻来覆去地说那么一句：'为什么打电话？为什么打电话？为什么打电话？'你是鹦鹉吗！？"

"莎伦……"

"别再这么叫我的名字！"

我不再说话。

"你们这些混蛋全都一个样。开救护车的，做警察的，还有什么危机干预组。一个个装出关心的样子，用一副软绵绵轻飘飘高高在上的恶心语气对我问这问那。但实际上你们根本不关心，早就等不及要走人了，对吧？我就他妈是你们的累赘。你们只想找个借口把我打发给别人。'我们送你去急诊部吧，莎伦。我们把你转给危机干预组吧，莎伦。'是啊，那样你们就可以去别的地方潇洒了。开回车库去喝你们的免费咖啡。去照顾一个不会让你们这么蛋疼的人！"

对于我们表现出的关心程度，她或许也没说错，但她太自大了，认为自己与众不同，让我们无力应付。我看她是不知道，这种话我已经听了多少次。她不是第一个声称没人帮得了自己的人，也不是第一个用怪异行动证明这个说法的人。

事实上，我认为她真正想要的是有人陪伴。她再怎么气势汹汹、卖弄风情、充满敌意，再怎么自称与众不同、无人能救、自称咄咄逼人没人喜欢、自称支离破碎早已不能修补、自称周围人全都拿她没有办法，在我看来，她终究只是一个孤独寂寞的人，她向往有人陪她度过一段时光，虽然她引起注意的手段是攻击和毁灭，虽然她打电话求助却又对来者挥动武器，虽然她故意躺到地上却又期待被人扶起，还在半夜两点将家具丢出二楼窗户吵醒邻居。也许这整出悲剧的核心，是她无法将自己的创造力用到别的事情上去——她只会像现在摆布我这样精心摆布别人，而无法建立健康的关系满足自己的需求，为此她只能天天召唤急救服务。

"莎伦，你真是这么想的吗？你真的认为，干我们这份工作的一个一个的人，都在故意敷衍你吗？"

"宝贝儿，我看你的眼神就知道了。你不想待在这儿。你不想帮我。你和其他人没什么两样。上次你们的人就是这样的。急诊部的护士见了我也像见了狗屎。还有危机干预组的那群大屁眼子：'莎伦，你咋的啦？我先把腔坐稳喽，咱好好儿唠唠。'他们根本拿我没辙，我太麻烦了。"

说话间，她瞪了我很久，眼神充满恨意——

"太，他妈的，麻烦了。"

——说罢她走出了房间。

我必须给她一些什么。她毕竟打了求救电话。虽然自我到场之后，她做的每一件事都在干扰、阻碍救治过程，但救治的原则并没有变。医院看来是送不成了。我的最佳选择是把她转给危机干预组的"那群大屁眼子"。于是我给他们打了电话。神奇的是，这时候竟然有人接听。他们说现在无法与她通话，不过明早上班了会打给她，争取也来看看她。我拾级走上楼梯平台，来通报这个消息。莎伦正在警员的监视下，凭栏吸烟。

"莎伦，我想你还是没改主意，不想去医院吧？"

"医院对我改主意了吗？"

"所以我为你打电话给危机干预组了。"

"把我扔给另一群王八蛋？"

"明早他们会打给你。哦，应该说是今早晚些时候。再过大概五个小时。"

"那会儿我已经睡了。"

"尽量别睡。"

"呵！"

"他们会在电话上跟你聊几句。接着可能还会过来。"

"我已经告诉你我不感兴趣了。"

"好吧，但你还是打电话求助了。"

"我要的不是那种帮助。"

"我一直在尽力为你找人。我做得未必完全称你的心，莎伦。但我不想丢下你一个人。"

"你是说你不想惹麻烦吧。"

"不是的。"

她看都不看地弹掉烟头。烟头在空中划出一道弧线，掉到了下面的地板上。

"莎伦？"

她一头钻进卧室，正要关门，但警员伸出一条胳膊，把门又撑开了。这扇门很薄，在膝盖和肩膀的高度都磨出了凹痕。莎伦双手扒住门板，想再把它关上，但警员的胳膊很坚定。

"哦？你要来硬的是吧？"

"莎伦……"

她推开警员冲出卧室，绕过楼梯平台朝楼上跑去。我们还来不及说些、做些什么，她就向前一倾，磕到了台阶上面。这不是跌倒也不是跳跃——她就这么直挺挺地向前扑了下来。事先没有作势，没有预警。就这么简单地一扑。根本不容我们反应。

"莎伦！"

她骤然滑落，一路翻滚，在铺着薄地毯的楼梯上撞出一串梆梆声。她的动作既令人震惊又完全随意。她的身体连滑带滚，最后砰的一声撞上楼梯底部的墙壁，侧身倒在地上。她现在躺在了门厅的正中，凌乱的睡袍几不蔽体，露出一截一动不动的肉身。这一番变故，在两秒钟内就结束了。

我好像悄声骂了一声脏话。

"莎伦？莎伦？"

我从楼梯上一步两级地冲了下去，在她肩膀边上蹲了下来。我的脚也本能地伸向她刚刚扔下的烟头上踩了踩，以防万一。我在莎伦的斜方肌上来了一下疼痛刺激，但她没有反应。我搭她手腕，感受到了脉搏，又给她脸上扣了氧气面罩，用手电照了照她眼睛，然后用双手把她的头摸了一遍，检查有没有肿块、出血或更糟的东西。在这之后，我按下对讲机要了一辆救护车。情况发生了变化，现在只能送院，不容商量了。我做了几项刚才她不会允许的基础检查，比如心率血压之类，还在她的胳膊上绑了压脉带，以备插套管针之用。她身子一缩，开始动了。

"你醒了吗，莎伦？能听见我说话吗？我叫了救护车。你的眼睛能睁开吗，莎伦？"

她没有睁眼，但蹙了蹙眉，睫毛也颤了一下。

"不要紧的，莎伦。你知道自己在哪儿吗？你在自己家里。"

她的眼皮动了两下。

"我叫了救护车。你从楼梯上摔下来了。"

这下她的眼睛睁开了，她直直地望着我。

"莎伦，尽量别动。"

她的眼睛眨也不眨。

"我们马上送你去医院。"

"不，我不去。"

听到她开口说话，我松了口气。

"跟我说说哪里疼。"

"我哪儿也不去。"

XVI

　　这个路口不能算是十字路口。它更像是两把叉子，一把插入了另一把，尖齿朝两边扭曲。宽阔的柏油路面上分布着多条车道，简直像飞机跑道，路面上刷着不同目的地的简称。

　　路灯仿佛俯视的巨人投下它们的光圈，交通信号灯从四面八方刺破夜空，无休止地指示着当行当止。引擎咆哮着急躁，车喇叭尖叫着不满。行人在圈着围栏的安全岛上徘徊，骑行者在车流中花样穿行，上身低俯，仿佛在测试坐位体前屈。当红灯变绿，大小车辆纷纷给足油门彼此赶超，轻型摩托也在车流中频频变道超车，摩托车上表示"实习"的L牌仿佛透着歉意，因为不这样它们就迟到了。

　　这是一个名副其实的"交叉路口"，是不同世界的交会处，是各色人等匆匆来去的地方。这里有咖啡馆、便利店和街头小贩出售着各自的商品，有志愿者或受雇者分发传单、菜单、报纸和宣传册。大多数人只是路过，即将前往别处，但也有不少人停留下来，在咖啡桌前，在长凳上。还有那些没有别处可去的人。一个男人瘫坐在地，从膝盖高度对行人喊话，另一个人举着谴责世人的牌子，还有个人穿着莱卡紧身衣，正挂在一块路牌上做引体向上。

空中散发着一丝紧张之感，它来自道路，来自车站，来自城市的生活节奏。它埋藏在时刻表和交通堵塞之中，表达它的，是一曲城市蓝调的语法。摩擦、燃烧、警报、诺言、音乐、动态、汽笛、狂躁。一切都在停止和启动之间周而复始。

最左侧的车道属于公交巴士，它们冲进车站，把人像填货似的吸进肚子，接着再冲出去；它们左推右挤，在前进的车流中保持自己的位置。有一辆开往东边的公交车停下了，透过水雾覆盖的车窗，乘客们已经看见了马路对面他们将要换乘的另一辆，那辆车开去南边，就在三个路口之外。他们从第一辆巴士里涌出，急匆匆奔向交通灯，身后拖着购物包和婴儿车。然而时机不对，他们才刚走到安全岛，对面那辆双层巴士就开走了。只有那几个怒闯红灯穿过六条车道的莽夫赶上了车。还有一个人刚跑到马路中央，绿灯就再次变红，他被困在了车流中间，尴尬地左看看右看看，直到红灯再次变绿，才蹦蹦跳跳地到了对面，同时还和几个目睹他窘境的陌生人一起哈哈笑了几声。

像这样的博弈，充斥着整个白天和夜晚的大部分时间。一群默默无闻的小人物在世间赶路，想要节省几分钟时间，快点到家。事故就是这么发生的。人人都知道这不安全，有风险，人人都读得懂路缘上的黄色事故标志，但还是相信概率会保护自己，相信悲剧会去别处寻找猎物。

伤者躺在车道上，脑袋枕着路缘。天色很暗，他的身体被巴士的阴影笼罩着，就在一只垃圾桶旁边。他脸上头发上的血已经干结，外套撕破了，衣服也都磨坏了，上面满是灰土。他的两条腿别扭地折向左边，一只鞋子已经不在脚上。

接到任务时，调度说是心脏停搏，但现在我看得出他还有呼吸。现场已经有了一名急救者，也属于"快速响应组"，是应奔跑呼救而来的。四周全是行人和车辆，匆忙、喧嚣而刺目。现在是晚上 10 点。

事发地是车站前面一点的地方，那辆巴士已经打开双闪，封堵了车道。我把车停在了巴士旁边，想多挡一挡其他车辆，但车流仍不断地挤过来，都是停下来瞥一眼，然后迅速离开。

我还没到伤者跟前，对讲机就嗡嗡响了起来，要我报告现场情况。我向调度报告了眼前的情形：人受伤了，但没死，更多细节待随后报告。调度告诉我创伤组已经派出。我拍了拍那名急救者的肩膀。

"你好，伙计，有什么要帮忙的吗？"

"还在检查他的伤势。我看他 40 来岁。被一辆轿车撞了。"

"有人看见具体情况了吗？"

"听说是从巴士后面走出来时被撞的。"

我们这个地方距离横道线差不多 20 米。

"轿车司机说他当时时速 30 迈——谁知道真的假的？还说挡风玻璃上撞出了一片蜘蛛纹。我还没亲眼去看车子的受损情况，车就停在那边。"

我沿着马路望去。只见那边停了一辆高级轿车，车窗全黑，离伤者差不多 100 米——如果当时的时速真是 30 迈，那撞人之后可开得有点多了。

"了解。创伤组已经出发了。"

我走到伤者的头顶后面，双手搭在他肩上。

"朋友，我是救护车。能听见我说话吗？我们希望你保持静止，不要动。"

我又将双手挪到他的头部两侧。我的那位同事一直在准备氧气，现在他伸过手来，将氧气面罩套到了伤者脸上——不料伤者蠕动身子，呻吟一声，伸手把面罩推开了。这不是我们希望看到的。他受了强力冲撞，使我们不由得怀疑他脊椎骨折。我们想让他保持静止。任何不必要的动作都可能导致灾难性的神经损伤。

"我们会帮你的，尽量别动。"

我试着把他按住，但这反而惹恼了他——他挥起胳膊想推开我，然后半坐起身子，把头转了过来。他喊了一句什么，但我只听见一声含混的咆哮，声音卡在了他的嗓子里，要不就是卡在了他迟钝的脑子里。我不确定他是说了一句话还是发出了一些噪声——他是脑震荡了吗？还是喝醉了酒在骂骂咧咧？接下来得费劲跟他讲讲道理了。

公交站的人群眼看着这一幕在几米之外上演。没有人提建议，也没人试图干预——真叫人意外。一般来说，这种场面下总会有一两个行家出面，评说两句或是谈论赔偿，但我发现，他们感觉到了，今晚的事应该交给闪着蓝灯的人来处理。

在创伤现场，急救人员总喜欢故作镇定。做这一行仪表至关重要，你必须装出一副见惯一切的样子。手脚残废需要截肢？家常便饭。遭遇撞车危在旦夕？见得多了。身中数刀血流不止？每天都有……

但现实可没这么简单。虽然谁都不愿承认，但实际上，干这份工作的人，大多数在接到血腥残酷的任务时，都和看《急诊室的故事》的普通观众一样兴奋——区别只是你们在客厅一角的电视屏幕上看，而急救员要在现实世界里忙乱。枪击、卧轨、高坠，这些都是急救世界中激动人心的工作，也是上好的戏剧素材，因为它们会突如其来地改变人生，当你到达现场时，生死仍悬于一线。就像在大众之间一样，在全国各地急救中心的餐间，同行们说起这类任务时也都心怀敬畏，只是比外人多了一丝讥讽和淡漠。

因此，当你轮到了这样紧张刺激的一班，你的搭档或许就会放出那句众所周知的狠话：

"我再也不和你搭班了！"

等你把棘手的任务都接过一遍，同事们或许还会给你起个"死亡大夫"或"创伤磁铁"之类的绰号。这些指责都带有打趣性质，意思是你的任务都太"玩儿火"了，但这样的任务也是对你的认可，是承认你在急救这一行是凭实力赢得的肩章。

没人会问你和某个有自杀倾向的精神病人共度的三小时是怎样的情形，他们不想知道你是怎么看出那人精神有问题，怎么判断他需要帮助和支持，又是怎么说服他去医院的。而如果你第一个到达轿车撞树的现场，司机伤势致命，你无力回天，那么大家都会在之后的两周里追问你事故的恐怖细节。

起初我也被这种偏见洗了脑。只要不是每天挽救一条生命、一条胳膊腿，我就会觉得自己多少有些无能——仿佛冥冥中有一股崇高的力量左右着谁的车去哪个现场，而这股力量不放心将那份可敬清单上的某项任务分配给我。我会自嘲地说起那些还没有接过的任务（主要是创伤性质的），并为其中流露出的失败意味而愤恨：

"去过致命的刀刺现场吗？还没有？也没见过开胸？严重车祸呢？还有外伤性停搏？你不怎么接创伤的活儿吧？什么，你还没去过枪击现场？你真是在这一带工作吗？"

这种想法当然是无稽之谈。对不同类别的任务下这样的价值判断是粗鲁无礼的。出于同样的偏见，在有些地方，腿上中刀的青年会在几分钟内得到各种资源的救治，而髋骨骨折的长者却必须苦等几个小时才有人来帮忙。对我们来说，这些严重创伤和偶然死亡只是工作中的点缀。但我们每经手一个病例，都会产生真正的影响——有人失落，有人伤心，还有人颓废——即便受影响的人我们再也不用亲见。

　　伤者的脸上仿佛开了油酱铺，布满淤青和伤痕，它们并非全部来自今天的事故。他的鼻子歪在半边，不再和面孔垂直。他的意识也模糊得很。我们对他的一切安抚，起的似乎都是反作用，于是我的同事放弃给他输氧，转而检查他的胸部、头颈和四肢。同事掀开伤者的衣服，用手掌摸索，轻轻地按压他的身体，并尽量不在此过程中激怒他。如果用量表来评估他的意识状态，15分里我会给9分：他呻吟着，想要说话，眼睛睁不开。我看他并不知道自己遭遇了什么。

　　我已经放开了伤者的头部，他也不再挣扎，但我们不能始终这样袖手旁观。我们必须找到他与高速金属物体相撞造成的生理后果。我们不会在这里当场为他治疗，但得保护他不再受伤，并阻止一切恶化。我们必须尽可能为他包扎、将他移动，使他舒服一点。我们或许还要做一些更为关键的干预。一切都要尽快完成。但现在看来，这些似乎都不可行。

　　又一辆快速响应轿车到了。这将是一场倾巢而出的救治，因为我们得到的情报是心脏停搏，现场又是大庭广众。新来的救护轿车上有一名急救者和一名实习生，后者热切地想做出一番成绩来。警察也来了，开始封路，将川流不息的车辆引上另一条车道。但是可以转运的救护车还是没来。

我们开始剪开他的衣服，露出皮肉，寻找伤处——从四肢查到躯干。我们给他盖了一条毯子，尽量在一片混乱中为他保持一点尊严。他的胳膊和胸口都有擦伤，就像穿着衣服从行驶的摩托车上掉下来的那种。我们试着摸他的肋骨，但他疼得直往后缩。他的身上有几处看似淤青的地方，很可能下面还有更深的伤势。

有人去检查了那辆轿车的损伤：

"引擎盖凹陷一大块，一只车灯撞碎。挡风玻璃也碎了：不光是撞出蜘蛛纹，是副驾一侧完全凹进。是极严重的撞击。车速只有 30 就怪了。"

第一个到达现场的同事正在采集数值。他在伤者的手指上夹了一小只探测仪，还试着给他绑上血压袖带。但伤者一点不配合。他的反应越来越激烈，一边推开我们，一边要站立起来，不明白这些人为什么要骚扰他。

我们翻找到了他的钱包，因此知道了他的名字：帕维尔。他身边没有同伴，没有亲朋可以配合我们、安抚他并提供信息。他从哪里来？家里还有谁？

"帕维尔，帕维尔，尽量冷静点儿。"

那些认识他、关心他的人都在哪儿？是在外国吗？无论他们在哪儿，此刻，他们全都不知道他遭遇了什么。

"帕维尔，伙计，我们是来帮你的。"

我很怀疑他能否听懂。我甚至不知他能否听见我的声音。我试着通过语气让他平静下来。但我的声音淹没在了暮色的纷繁躁动之中。

第四辆救护轿车来了：又有不明情况的人需要现场讲解了，也又有人要掺和进来出主意了。现在伤者的身边已经围了五个人，却好像谁也没干成什么。俗话说人多打瞎乱：

"咱们给他输点氧？"

"我们已经试过了——"

"得先把他固定住，让他别动。"

"办得到就好了，伙计……"

"他不让我们碰他。"

"他反应很激烈。"

"申请调创伤组来了吗？"

"已经在路上了。"

我担心事情正在偏离重心，或者原地踏步。我觉得自己应该更坚定地说出想法，但我不是第一个到现场的人，总觉得不好开口。我现在远离自己的日常区域，不认识在场的其他同事。我是在指望来一个医生指挥全场吗？还是我不想硬充行家，生怕自己刚抓起缰绳就被摔个四脚朝天？

又或许，我是在等待那个更英勇的自己能站出来——我一直想象在这种时候会出现一个那样的我：一个挺着胸膛跨立在现场的男人，一个抬着下巴、用冷静又权威的眼神扫视众人的男人，一个声音沉稳、比所有人都低八度的男人，一个雨水在身上弹开、永远不觉得冷的男人。

人们总打趣说，急救人员穿的是超级英雄的外套。仿佛这套宽松的绿色制服蕴藏着某种神秘力量，一穿上就能使人镇定似的。和绝大多数同行一样，我从来不认为这是一份英勇的工作，但我确实有一份隐约的期待，期待它从我身上激发出不同的一面，期待某些情境会将我逼出超越现况的强大力量，那时我就会从不知哪里得到一重更加权威的人格，从而掌控全场。

但这里的现况，简单得多，不过是：一起平常事件，我人在现场，应对也和平时一模一样。我还是原来的我，看见留着大胡子的酒吧保安会害怕，冬天上晚班时要穿两双袜子。但这并不意味着我没有作用。我没有变身出另一个人格，我仍是一个相当平常的人，只是做着一件略不寻常的事。

鉴于伤者目前是这样的状态，我们无法控制，我决定埋一根针到他胳膊里去。这样至少等医生一到场，就可以给他输点药让他放松下来，或者直接把他麻晕了，再往后的事就好办了。

"各位能帮我一把吗？"

伤者已经在坐起身子，嘴里嘟囔着什么，也开始要睁眼：他比刚才更躁动了。我猜，当你受伤吃痛，不知刚才发生了什么、自己又身在何处时，你最不希望的就是有一群陌生人聚在你周围，其中一个还在往你胳膊上扎针。因此我下手的时候相当小心。

我在他的右臂上绑了一条压脉带。我的同事则在他左臂上绑血压袖带——我怀疑这样是测不出血压的，但至少能在我扎针的时候让他分心。

"没事的，伙计，我们是来帮你的。"

他的臂弯处有一根突出的静脉，十分清晰。我抓住了他的手腕。这时，袖带开始充气，他低头望向左臂。趁这个机会，我尽可能平稳地将套管针轻轻刺入他的右臂。有那么一刻他没有动弹，套管座里出现了一段回血。我拔出针芯，丢到一边，迅速旋上管帽。伤者突然感受到了这处新伤，一把抽走了胳膊，但他晚了五秒钟。

"帕维尔，别……"

他挣扎着想站起来。我看见大救护车已经开到。他扯掉了血压袖带，环顾四周，好像看见了什么又好像没有看见。他脸上一片茫然，刚站起来一半就又一屁股坐了回去。这时，创伤组的轿车也到了。套管已经扎入他的右臂静脉，但还没固定。他挥舞胳膊时，这截小小的塑料装置也跟着来回晃动，随时有被甩飞的危险。一名同事抓住他的胳膊不让动弹，我们费劲地贴了几条胶带上去，又用一卷敷料裹了好几圈。

当这项小小的任务完成时，我们的队伍里又多了六个人，三个是创伤组的，另三个来自大救护车。有时候，你在又冷又黑的街头苦等半小时也没有一个人来，还要努力向患者和路人解释为什么你没有帮手；有时候，却会来一支足球队那么多的绿衣人。

有同事简单介绍了一下情况，然后新来的医生开始自己评估。他可能还在疑惑，为什么我们的治疗没有多大进展；或许接下来他也能体会我们的难处。

"这根套管针一定要注意。它插好、固定好了吗？"

"还没往里输液，但已经用胶带固定了，肯定在静脉里。"

"很好，我看先输点药让他放松，然后考虑做 RSI（快速顺序插管）。"

果然，第一剂药下去不过几分钟，伤者就像换了个人。我们扶他躺上担架床，创伤组开始快速顺序插管——先把他弄晕，再插一根导气管进去。现场有许多双手在协助，于是我倒退几步，给他们腾地方。现在轮到大救护车上的那几位唱主角了，他们是监护人，是运送者。我这个先来的一下子成了多余的人，我只是个占位的，是临时保姆，一个路人。我又退开了几步。

周围突然平静了下来。巴士站上的旁观者已经走空。就连过往的车辆也变安静了。伤者被抬上救护车，后车厢关上了车门：一场精彩的公演谢幕了，收进了一只盒子里。一切紧张、一切混乱都浓缩进了这短短的一刻。没有突击式的营救，也没有大胆的干预。往静脉里插一根针算不上什么光荣壮举，但有时，这个最简单的动作却可以打开紧锁的急救之门。

XVII

"我不想叫救护车的。"

"真的不想？"

"我跟他们说了别派你们来的。"

"好吧。"

"我说了我不需要你。"

"行吧。"

"他们说：'救护车很快就到。'我说：'救护车？要救护车干吗？'他们又说：'请不要吃东西或喝东西，把宠物都关起来。'但我们这儿根本不许养宠物……接着我就担心起来，心想，哎呀，可能我真病了？毕竟他们是专家嘛。然后你就来了。我说，就没有别的地方的什么人更需要你了吗？"

"别担心，常有的事。"

　　我是一张人肉安全网，一块人形活动靶，一台路上洗地车。我还是一台实景机器人，听命于遥远数据中心的算法。我是全市上百份文件中的一个名字，是一只悬挂罪责的钩子。

　　今晚是一个狂乱的夜，急救员人手短缺。调度台不断广播无人响应的任务，有些已经等了几个小时。我正开着一辆轿车，本该去救治最严重的病例。但每次我摁亮绿灯，却总会被派到像安德鲁这样的病人身边。

　　我不是在实施治疗，不是在对抗灾难。我没有干预，没有营救，也没有缓解什么、改变什么。除非我申请，不然不会有救护车来接应我。我确定城里的某个地方真有病人，只是我已经很长时间没有遇到过他们，都快要忘记病人长什么样了。

　　在这样一个夜晚，我的主要目标是用尽可能少的运送救护车，转运尽可能多的病人——在保证安全的前提下。我要让这套飞驰在卵石路面上的系统运行得尽量不磕绊，还要在出现意外时担起责任。这主要是某种锻炼，为的是排除风险。

　　安德鲁和他的女友住在一个崭新的街区，卫星导航上还没有标记。进了大门是一片一体生活空间，厨房、餐厅和休闲区皆囊括其中。一切都显得时髦、明亮、简约、新鲜。他们穿着配对的拖鞋，墙上贴着艺术电影的海报，隐藏的扬声器里播放着低保真舞曲。平底锅在炉灶上冒着水汽，模糊了窗子——这是中断的一餐，已经做好但还没开吃。安德鲁的女友摇晃着一杯葡萄酒坐在沙发上，两腿压在身下。空气中弥漫着蒜和迷迭香的气味。我要不是此刻身穿绿色制服，或许会像是来赴宴的：仿佛我应该带的不是氧气包和除颤器，而是鲜花和红酒。

"请进来坐吧。要喝点什么吗？"

"不用了，谢谢。"

"喝点水吧？要不来杯茶？"

"太客气了。还是跟我说说哪里不舒服吧？"

一般来说我会先做监测：血压，血氧含量，或许再做个心电图。但是看安德鲁的状态，我觉得等个一两分钟也没问题。他身上不出汗，面色不苍白，呼吸也不急促，完全没有痛苦不适的样子。

"我打那个电话只是想问问建议。"

"打 999 ？"

他摇了摇头："你别介意啊，我根本没想叫救护车。我在网上查，说要打 111。"

"好吧。"

"我就是肩膀这儿疼，"他说着指了指左肩，"已经疼了两天了。问题是，我好像对布洛芬过敏。我吃了扑热息痛。我就想问问还有什么可以吃的，比如能不能再加点可待因什么的。"

"明白了。"

"可是我根本来不及问这个。他们一个劲儿地问我疼痛有没有蔓延到胸部，我是否觉得恶心，呼吸怎么样，头晕不晕。他们叫我吃阿司匹林。'肩膀痛吃阿司匹林？'我问他们。他们说'胸痛可以吃'，我说'我胸不痛'。接着他们就告诉我已经派你出动了。我说'我真不觉得我需要救护车'。"

"可我还是来了。"

"你还是来了。"

你难道不厌恶那些醉鬼吗？不为那些浪费时间的人抓狂吗？当打电话的人只是流鼻血或踢到了脚趾，你难道不窝火吗？

这些都是老生常谈，每一句我都听了许多次。这也是一个无法逃避的事实：我的许多时间都花在了没什么大病的人身上。

我接到的荒唐任务足可以写满一本书。我的任何一位同行都可以。但我怀疑，那很快会成为世上最沉闷的书。起初或许还有一阵恼怒的悸动：有人打 999，只因为家里温度计的电池用光了，或是想让住房办公室给他们另找一个住处，要么就是他们的血压平时很高今天却正常了，或者是他们到了医院停车场但找不着去急诊部的路。然而这种悸动只能维持半页，接着收益递减法则就会起效，你的情绪会越发低沉。

外面有人滥用急救服务时，这种滥用是容易让人窝火。但如果滥用来自内部，甚至就内在于急救系统的运行方式之中呢？

安德鲁的情况就是一个很好的例子，而且远非孤例。安德鲁不认为自己需要急救响应，也没有提出这个要求。当一名急救员出现在他的公寓里时，他感到的是惊异和尴尬。不仅如此，他还特地拨打了一条旨在缓解 999 电话压力的线路。

　　结果却适得其反。那么，这个案例和其他相似案例的后果是什么？后果就是，我这个急救员，又多了一份额外的职责：要一个一个地纠正那些过分警惕的任务分派。有时我一个班次上下来，都看不到一个负责运送的同事，因为我遇到的对象没有一个要用到救护车。

　　这有什么不对？首先，这是急救服务力量不足的根源之一。其次，在其他某个地方，有人为真正的重病号打了求救电话，病人危在旦夕，却迟迟等不来响应。

　　安德鲁 28 岁，是一名年轻的职场人士，在当地还没有全科医生：他太忙了，顾不上把医疗关系转过来，况且他也从不生病——至少在今天之前没生过。他向我描述了疼痛，指出了位置，并说明了疼痛会在什么情况下加重。我给他连上设备，做了检查。设备一连，之前串门的错觉就消失了。

　　"是什么时候开始疼的？"

　　"周五我去攀岩的时候。我伸手去够一块凸起时，感到有些刺痛。周六早上睡醒时，整块胸大肌都在放射痛，就在这儿。"

　　"使用胳膊的时候会不会加重？"

　　"只有某些动作会，就像轻微电击似的。说实话，那感觉像是压到了神经或是拉伤了肌肉什么的。我在电话里就是这么说的。但他们好像没听懂我的意思。"

安德鲁的血压堪称典范。他一分钟呼吸约 8 次。他的心率很慢，才 46 下——是健康的那种慢。他的心电图也无可挑剔。

"你经常运动吧？"

"偶尔是会动动。"

他的女友在一旁大笑道："他今天可是难得在家！"说着她掰着手指数了起来：足球、攀岩、游泳、跑步，还去健身房。

"你知道自己心率很慢吗？"

"这会儿是多少？"

"46 跳。"

"对他已经算快的了。"

"他们给我检查过心脏，从没查出过问题。"

确实，在我见过的人里，很少有像安德鲁这么健康的。

救护车的车厢里有一只大象，正在将车胎越压越瘪。如今的急救服务是可以做些边边角角的修补，比如督促员工多跑几个病人、鼓励病人走其他医疗途径，但救护车工作始终有一个最大障碍，就是一直被大量地委派非紧急任务。这已经是一线的常态了。

急救员会被委派的任务有五种：

- 危重病人
- 病情不紧急但需要由救护车送入医院的病人

- 需要救护车但无须入院的病人
- 需要入院但无须救护车运送的病人
- 不需要救护车也无须入院的病人

问题在于，需要救护车的是前三种情况，而真正派出救护车的主要是后两种情况，特别是最后一种。

关键的一点：为什么这么多非紧急情况会被求助电话判断为特别紧急的情况？这是个复杂的问题。

大部分紧急电话都是在恐慌中打出的，致电人并不具备医学知识。其中往往还牵涉沟通障碍和时间限制，不容接线员深入调查。还有一点是这类交流的关键特征：接线员无法看见病人（未来或许会有改观）。简言之，因为诸多因素，使这种情况下很难开展病史采集。

不过我还是要说，这些障碍没有一个是不可逾越的。我们已经创造出了复杂细致的算法，这可说是 IT 时代的一大贡献。

比如今天晚上，接线员认为安德鲁有胸痛，于是快速响应，叫他服用阿司匹林，以防他是心脏病发作。显然，是安德鲁说的一些话触发了分诊系统中的这条线路。

但是在我这个现场医务人员看来，他并没有心脏病发作的迹象，就连胸痛也没有。消除这种错位的一个方法是将这两次交流进行比对核查，从而厘清最初的误解（或正确的诊断）是如何产生的，然后设法在将来避免误解（或重复正确的诊断）。

要消除一切混淆或许并不现实，但做些改进肯定是可以的吧？

　　要我说，安德鲁有超过 99.9% 的可能并无大碍。我已经了解了他的完整病史，评估了所有我能评估的项目，也排除了一切我能排除的风险因素。不过，微小的可能性始终存在。

　　如果我让一千个安德鲁待在家里，嘱咐他们继续吃止痛片，去看全科医生，那么到头来，这一千个安德鲁中或许真有一个会重病不治。一旦那样，我就成了为他诊治的最后一个专业医疗人员。我无法预知未来，但有一种情况始终是可能的：在千分之一的场合中，我出于某种倦怠，会错过或漏记某个重要的危险信号。

　　按理说，这种两难应该只和医治患者有关，但实际上，它也免不了牵扯机构的责任，有时还会为个人招来罪责。要避免担责，显见的做法就得把每一个病例都转去医院，这也是医疗行业的流行做法，但这又会导致那一千个安德鲁，外加成百上千个巴利、克莱夫、德里克、艾德和弗兰克，把急诊部的候诊区挤得水泄不通。正是为了避免这种眉毛胡子一把抓的局面，我才要花费上班时间，把这类病例先筛选一遍。

　　当然，警惕仍是一种智慧，尤其在可能牵涉生死的时候。但是这种担心错失，担心受责备、受起诉并为可怕的后果担责的心态，是一柄双刃剑。当有人被不当分诊，当医生下了错误的医嘱或是提前放他出院，从而酿成严重后果，这时，责任的链条是很容易追溯的，由此在各种意义上付出的"代价"也很容易清算。但是更难追溯，并很可能在多方面造成更大代价的，却是过度警惕的心态对于其他病人的危害，那些病人可能已经被正确分诊，却得不到应有的照顾，因为急救者都被派给了非紧急病人，这部分病人借助语言的技巧或粗糙的假设，反倒被排入了更高的响应等级。

安德鲁和他的女友等不及要共进晚餐了。他们没有分我点饭菜，但很愿意为我冲杯咖啡。

"别客气了，谢谢。你们就自己吃吧。我要去外面的车上写文件了。"

"你要是愿意的话就在这儿写吧？"

于是我在桌边坐下，勾掉了所有的方框，记录了自己的出勤，他们则在一边吃着香气四溢、略带焦味的鸡肉，啜饮着葡萄酒。他们问了我几个常见问题，像是刀刺啦、浪费时间的人啦，还有闪着蓝灯行驶之类的，最后再次为拖我出来道歉。餐桌上其乐融融。

我回到车里，亮起绿灯后，就又被派去了梅维斯女士那里，她因为手腕骨折，已经在躺在地上苦等了三个小时——只因为她的等级较低，比不上一个在攀岩时拉伤了肌肉、想知道该吃哪种止痛药的 28 岁青年。

XVIII

这个病人就是薛定谔的猫。他周围罩着盒子，蒙着布，无法接触，状态未知。这个男人处在生死之间的迷离时空，最后的结果仍悬而未决。

我刚刚泡好一杯热茶，他就不打招呼地闯进了我的生活。屁股后面的对讲机振动起来时，我连茶包还没挤干净。

任务是一点点传来的。起初是等级和电话号码：最高求救等级，也就是前面的五个问题里，头两个都答了是。这意味着求救者报告病人已经没有呼吸，或者呼吸带有杂音。这可能是心脏停搏——也可能是那人正在睡觉。

我在走向轿车的途中，调度报全了地址：当地的一家超市。我发动引擎——可是刚泡好的这杯茶怎么办？我把大半杯倒在了停车场上，但也怀着侥幸留了一些，万一任务取消了还可以喝两小口。我开车向目标驶去，亮起蓝灯，疾啸的警笛为我在车流中辟出一条去路。我来了。

屏幕上闪出了更多细节：35 岁男性，报称失去意识，呼吸状态未知。典型的模糊信息。患者是倒在厕所隔间里的。求救者无法接近，叫他也没有反应。患者可能是昏迷了，也可能癫痫发作，还可能是更糟的情况。不过他也有可能只是把手肘撑在膝盖上沉思了片刻。具体情况要到了现场才知道。因此，在人行道上停好车后，我带上了所有能带的装备：氧气包、除颤器和急救包。要是再回车上取就太麻烦了。

我在一众晃晃悠悠的顾客间穿行。一个面色惨白的男人叫住了我，他身穿大号外套，牵一条拉布拉多，手机还举在耳边。

"在这儿！"

他挂掉了手机。

"是怎么回事？"

"他不接我电话，人在隔间里。"

"他在里面多久了？"

"十分钟？一刻钟？"

"你是他的什么人？"

"这个嘛……"

"是朋友吗？"

"算是吧。对了，我觉得他是吸了什么。"

"为什么这么说？"

"他就是为了吸那个才进去的。"

他帮我挡住厕所大门，指向一个隔间——

"人就在里面。"

——然后他就消失了。我再也没有见到这个男人和他的狗。

厕所里悄无声息。整个氛围平平无奇。没有拉起屏风板，也没有超市经理把顾客挡在外面。一位老先生正站在小便器前吹口哨。另一个人在等着墙上的洗手液机往他手上挤泡沫。这不像是一起紧急事件的现场。是有人恶作剧吗？

这间厕所长宽各三米，墙上贴着米黄色瓷砖，灯光是黄色的，说话时会有洞穴般的回声。空气中弥漫着厕所里常有的尿骚味。地板看着是干的，但并不能说明这里有多干净。这里有两个小便器、两个隔间、两只自动出水龙头和一块婴儿护理台。一个隔间正关着门。我上前用力敲了敲。

"哈喽？里面有人吗？"

里面是不是有人含糊地应了一句？不对，是正在小便的那人发出的声音，他转头望向身后的响动，惊讶地哼哼了一声。我又砸了两下门，依然没有动静。我走进旁边的隔间，站到马桶上想往隔壁看看，但想想还是算了：要是我伸头过去，正和一个坐着运功发力的顾客四目相对怎么办？那个打电话的人看上去并不完全可靠，况且人还跑了。或许是我被算计了？但调查总是不能不做的。那个隔间在开门之前，里面可能藏着各式各样的病人。开门那一瞬间可能出现各种结局，包括没有结局。

再说隔板离天花板特别近，本来也看不见。于是我又匍匐在地，从门底下朝里面看。这样是不是更猥琐？小便的男人现在公然盯着我了。我本以为会看见一双鞋和一团脱下的裤子，然而我实际看见的却是凌乱的一堆：衣服和肉体，物什和四肢。具体是什么情况很难说清，但里面显然有一个遇险的人类，因为某种原因昏倒在地。这下我确定我必须进去了。我推了推隔间门，有目的地用力敲了几下：

"你好！能听见我说话吗？你在里边要紧吗？"

接着我检查了一下门锁。是那种滑动锁，应该不难拆开。门的合页是朝外开的。我抽出绷带剪，轻轻伸进门和板壁间的空隙，想要拨开门锁。但是剪刀在门锁光滑的金属上直打滑，一点也拨不动。我又试了几次，但始终没有进展。

就在这时，不知从哪里冒出了一个超市咖啡店的人，他碎步跑进来，将一把黄油刀伸进门缝，轻轻一滑就打开了锁，然后又抽出刀碎步跑了出去。和刚才那个打电话的人一样，他干完自己这点活儿就消失了，仿佛从没来过似的。

隔间的门开了。空气中随之升起了一丝紧张。我的眼睛消化着面前的景象。一阵加速的颤动击中了我的身体：我迅速评估，同时形成着急救方案。

里面是一个需要帮助的病人。他身形胖大，年龄或许有50，也可能是30。他没有坐在马桶上，而是双膝跪地，佝偻在马桶和隔间门之间，就像一只从高处扔下的布袋，又像在以一种意外的姿势跪拜。我看不到他的脸，因为它向前垂着，陷在那坨硕大的肚子中间。

他显得惨白，发蓝，发灰。没有动作，也没有呼吸。

地上有一只小玻璃瓶或者说玻璃管，几个小纸袋，一支注射器。我心中闪过了一段推理：他过量使用了某种药物，然后向前瘫倒，就像一只被刺破了的充气筏，把脸埋进了硕大的身躯中，正在他自己的肥肉里窒息。

我用力摇晃病人的肩膀，摸了摸他的脉搏，但这也就是做做样子。我真正需要的是让他平躺下来。我双手抓住他那两截又粗又软的手腕，身体后坐，使出全部力气一拉。他的身子向前倾倒，像砧板上的一块肉似的朝我滑了过来。我一边把他拖出隔间，一边扳住他肩膀，笨拙地给他翻了个身，使他正面朝上，再把一只脚垫到他的头下，防止他在地砖上撞坏脑袋。他身体的每个部分都在向外摊开，仿佛要流到最低处。最后他四仰八叉地躺在了厕所中央的地面上。

我掀起他的T恤，从除颤器上取下电极板，拍到他胸口上，然后打开了仪器。观察他心律的同时，我也给球囊面罩连上了氧气。心律在屏幕上出现了，很慢，有心跳的形状；但又太弱，产生不了脉搏。

我跪到病人的头后方，手指交叉，掌心向下，放在他胸口中央。我绷直手肘，挺直背部，开始有节奏地向下按压。我几乎使出了全部力气，一按一放，一按一放。一，二，三，四，五，六，七，八……一直按到三十下。

接着我撤开双手，抱起他的头，将他的鼻子和下巴抬高。我左手托住他的下巴，右手拿起球囊面罩，放到他口鼻上。我用拇指和食指捏住面罩，将他的下巴向上一托，牢牢贴住塑料面罩的垫圈，形成气密状态，然后在球囊上挤了两下。病人的胸部升起、扩张、降下，升起、扩张、降下。这一步持续了两秒。我按下对讲机上的紧急按钮，接着将双手放回病人胸口。我再次绷直手肘，使劲向下按压，并再次数到了三十。

对讲机嗡嗡响起，我向调度报告了最新情况：病人心脏停搏。调度说大救护车还有几分钟到，他们还会增派一辆轿车。警察也正在赶来。我又挤了两口氧气进去，抬头看见一名保安正从厕所大门外探头进来张望。

"喂！伙计！"

"怎么了老大？"

"能过来帮我一把吗？"

我将双手放回病人胸部，再次开始按压。

"好。"

"你到病人身边来，跪在我这个位置。我们得给他做心肺复苏。看到我怎么给他按压了吗？我要你完全复制我的动作。"

保安跪在了病人和隔间的当中。

"把手放这儿。用最大的力气向下按。就像我这样。按三十下，就用我这个速度。三十下后停，我给他输氧。明白了吗？"

　　保安点点头，将双手放到病人胸口。他注视着病人没有生气的脸——他只是听见动静想进来看看是怎么回事的啊。

　　我先给病人通了气，然后告诉保安可以开始按压了。我在边上帮他数着："一，二，三，四，五——"

　　他一边按压，我一边将一只小型气道稳定器轻轻放进病人嘴里，以免他的舌头堵住喉咙。

　　"——二八，二九，三十。好了，停一下下。"

　　我挤了两口氧气进去。

　　"好了，再接着按。你做得真好，继续这样就行。"

　　保安看上去吓呆了，但他还是遵从了我的指示。他的按压维系着病人生的希望。

　　"心脏病发作"和"心脏停搏"常被合并使用。我怀疑这个病人是心脏病发作，就是急性心肌梗死，即冠状动脉堵塞导致的心肌死亡，但他的心脏同时也停搏了，即心脏泵血功能中断或严重下降，结果血液不再流向重要器官，尤其是脑——实际操作中，就是他的脖颈上摸不到脉了。

　　我认为其原因很可能是呼吸衰竭。要么是药物扰乱了调节他呼吸功能的线路，要么就是他在嗑药之后瘫倒，致命地堵塞了气道。但真正关键的问题还是他在黄泉路上走了多远。他停止呼吸有多久了？这造成了多大的损害？如果治疗得当，还能把他再拉回来吗？还是他已经走过了关键节点，一去不返？

打开厕所隔间门的那一刹那，我已经有了薛定谔之谜的部分答案。但最重要的那道谜题，即病人是否还能存活，却依然悬而未决。这个意义上，病人现在仍隐藏着，仍锁在一道门里。他仍处在亦死亦活的叠加状态。真正的谜题，不是在我的视线之外、发生在上锁隔间里的事，而是眼下仍在进行的事，它同样发生在我的视线之外，发生在病人身体的细胞和器官内部。就是这片隐藏的领域，我要以保全生命的名义尝试介入。

警察到了，接过了心脏按压的工作。那名保安像之前的两个人一样消失了，再也没有出现。当支援的救护队伍到达时，现场有了充足的人手来加强治疗。我们做了所有能做的检查，排除了其他病因，还针对嗑药过量和缺氧做了治疗。我塞了一根压舌板到病人嘴里，抬起他咽喉处的组织，查看他气道中是否有异物、呕吐物、分泌物等其他东西阻碍了呼吸，接着又塞进一根橡胶气道装置为他改善通气。一位同事在他的胫骨处扎入一个针头，输入肾上腺素、盐水和纳洛酮，以逆转我们认为的阿片剂的作用。心脏按压也始终没有停下。

药物的作用可说是立竿见影：不到两分钟，病人就有了脉搏。我们停止按压，记下了时间：在这神奇的一刻，他恢复了自主循环。我们来时见到的是一个没有脉搏的病人，现在他有了。但故事到这里还不算完，他还远远谈不上治愈。

我们稳住他的状态，做了所有检查，又给他输了些纳洛酮，然后清理了现场。周围空间狭小，就算有了好几个帮手，要移动病人也很困难。我们将他抬上推车床，但他的胳膊大剌剌地从两边垂了下来。我们将这两条胳膊绑在担架床的栏杆上，好不让它们摇来荡去。在一小群超市顾客的注目下，我们一边用球囊给他通气，用监护仪查看他的心跳、确认他有脉搏，一边将他慢慢地推向救护车，准备运去医院急诊部。

当我们抬病人上车时，他的生死仍悬于一线。他稳住了血液循环，对治疗也很快有了反应，但这无疑是肾上腺素的作用。肾上腺素能激发积极的初始反应，但后续会有更消极的长期结果。他现在正处于静默状态，我们还不知道接下来会怎样。

然后，就在我们准备发车时，病人抬了抬肩膀，腹部向内收缩，胸部也扩张开来：他刚刚靠自己呼吸了一次。我们在高峰时段的车流中穿梭，他也继续呼吸，我发现自己在祈祷他能活下来。我当然会这么想。他是个年轻人，在这世上还有大把年华，不是一个即将寿终正寝的慢性病人。急救工作有时会遇到这种场面：虽然气氛悲伤，但死亡似乎是恰当的归宿，因为患者的生命之路已经走完。但也有许多时候，我们是在帮患者打一场保卫战，纠正一个必须纠正的错误。

在讲究礼仪的场合，我们对死亡往往避而不谈。我们知道死亡是存在的，它始终若隐若现，可是我们不想给它太多关注，以免它有非分之想。但也有的时候，你一连几周无论在哪里都会看见死亡。

一开始，你希望每个人都能被救活。这是人之本性，也是值得自豪的事。你会想，只要把工作做对，你就能纠正一切偏差，避免一切悲剧。但很快你就会发现并非如此：大多数心脏停搏的人都撑不过来。这残忍的真相会将你的热情砸得粉碎，逼你认清自己的位置，面对一个严酷的现实：你是谁或者做什么都无关紧要，该发生的总会发生。关键是，你要受现实，但同时仍全力以赴。死亡乃是常事，幸存才是例外，你只能恪尽本分，将其余托付给薛定谔的神秘盒子。

但我始终学不会心平气和地接受不可避免的结局，总还是要因为别人的遭遇，自己也悲伤痛苦一番。我明白修炼心态的好处。做这份职业必须有超然的态度：你投入的感情越少，遭遇惨败时就越不会有挥之不去的挫败感。我也不是相信另一种态度就更好；只是，你平静地默认惨淡的现实，在内心举手投降，这种姿态固然能抚平情绪上的高峰和低谷，但正是这些峰谷提醒我们想起自己的使命。直到现在，我仍不确定自己是否乐于主动接受这种麻木。

我们到达医院时，病人已经恢复了自主呼吸，那是动物一般的深深喘息。我们交给医院的，是一个原则上已经救活的人。我们把他拖出了坟墓，至少暂时是这样。我们有理由抱持谨慎的乐观，但我们仍不清楚他的身体到底缺氧了多长时间，这又对他造成了多大的伤害。

救治的最终目标是所谓的"活到出院"：病人能在救治结束

之时走出医院，无论这一过程多么漫长。我希望这个病人也有这样光明的未来——虽然我的内心也不乏疑虑。这又是一个盛放着多重现实的薛定谔之盒，其中的谜团只能靠时间解开。

XIX

"今天感觉怎么样，弗兰克？"

"上楼我再告诉你。"

弗兰克一个转身，把我晾在门口，开始踩着沉重的步子上楼，朝他的房间走去。

"就在这下面告诉我不行吗？"

"可是他们在偷听呢。"

"谁？"

仿佛回答我的问题似的，公寓经理出现在了门厅：

"哎呀老天，他不是又给你们打电话了吧？……别听他的！别听！他这人可坏了！"

我今天来是为了见弗兰克，但这位公寓经理或许也能提供一些信息。

"他今天已经叫过救护车了吗？"

"昨天叫的，还有前天也叫了。真对不起。弗兰克，你打电话前应该先跟我们确认的。"

弗兰克在楼梯中间停下了。

"你到底还给不给我做检查？"

"当然，我这就跟你上去。"

我上楼时，弗兰克正在他的房间里来回踱步，一边把他的手机后盖拉下又推上，推上又拉下。每次走到窗口，他都会拧开百叶窗，看向外面的街道，左看看右看看，再把百叶窗重新合上。接着他又开始踱步，把手机后盖拉下推上，把百叶窗拧开又合上。然后再次踱步。

"你哪里不舒服，弗兰克？"

"大救护车怎么没来？"

"你先告诉我你怎么了，我们再看需不需要救护车。"

"他们应该派救护车来的。"

"你知道流程的，弗兰克。你得先告诉我你怎么了。"

"嘘！"

弗兰克耸肩缩头，又走到窗边向外张望起来。

"按理说救护车现在都该到了。我说了我胸痛。"

"现在还胸痛吗？"

"好像。"

"你听好，弗兰克。只有真正需要时，他们才会派救护车来。"

"你意思是，你让他们派他们才会派？"

"没错。"

"那就让他们派呀，我非去医院不可。"

"去是能去，但是去了干吗？"

"我有权坐救护车。既然我打电话说我需要救护车，我就有权得到一辆！"

"现在你恐怕只有我。我们先梳理下情况，再看该怎么办。"

"你就是干站在那儿闲扯！你没有尽到你的本分。你应该做点什么对吧？来给我检查啊。你就应该把我送医院！我不想梳理什么情况，我就想去医院。"

"那你过来坐下，我给你检查。可是弗兰克，你到了医院想让他们做什么？咱们怎么跟他们说？"

"反正我不能待在这儿，我不喜欢这儿的人。"

"你是说这里的员工？"

"还有住户。全都不喜欢。他们也不喜欢我。他们总惹我生气，弄得我紧张兮兮。"

"所以你是心烦意乱？"

弗兰克噌地起身，打开冰箱，从里面取出一瓶汽水，喝了长长的一大口。然后他再次走回窗边，拧开百叶窗帘，一边左看右看，一边若无其事地打了个嗝。

"弗兰克，你的身体有什么问题吗？"

"我刚对你说过了！"

"你觉得不舒服？还是哪里疼？"

弗兰克动作夸张地一屁股坐到了扶手椅上。他做戏似的深深吸了口气，盯着他的手机，然后拨出了一个号码。

"你这是打给谁，弗兰克？"

他的手指在椅子扶手上不住地敲打。

"弗兰克？"

"我在打电话叫救护车！行吧！我需要一辆救护车！"

"这儿已经有我了，弗兰克。"

"你又不是救护车，你对我一点用处都没有。"

电话接通了。

"你好。对，是的。我需要一辆救护车好吗？！"

他的脚开始不耐烦地敲打地板。他报出了地址。

"我胸痛。对，胸口里面痛。嗯？你说什么？"

弗兰克听着电话，皱起了眉头。

"不，他在这儿……不，他是开轿车来的……我是说——不不，他就在我面前……你说什么？"

弗兰克把手机递向我。

"他们想跟你说。"

我从弗兰克手中接过手机，报出自己的身份，然后解释说，是的，我在现场，和弗兰克在一起，我还在对他评估，不，我们还不需要救护车。我对接线员道了谢，挂断了电话，把手机还给了弗兰克。他看也不看就一把抢了回去。

"好了，弗兰克，跟我说说你的胸痛吧。"

人人都认识弗兰克。大多数人都被他召来过不少次了。还没见过他的人也都熟悉他的事迹。对本地的急救人员而言，弗兰克既可说是职业生涯中的坑，也可说是一枚荣誉勋章——全国还有许多像他一样的人物。

"我上礼拜往弗兰克那儿跑了三次。"

"我们连着两次被派到了他那儿。第一次把他留在了家里。出门刚转个弯儿，摁亮绿灯，就又被直接派回去了。"

"你们让他上车了吗？"

"他还会一直打电话的，对吧？"

弗兰克个子不高，身材粗壮，留着大胡子，这个外形和他像小青年儿一样端肩缩头的走路姿势很不协调。他的脸上总带着一副不耐烦的表情，仿佛全世界都要谋害他。在种种不满之下，弗兰克抱怨的始终是同一件事：某人没有按他的吩咐做某事。

他通常会先打电话说自己胸痛，他知道这不会被置之不理。但迄今为止，还没人发现他的心脏或肺部有任何毛病。不是因为没人给他查过。他可是这样一类病人：急救人员上门时，他身上可能还留着上一次做心电图的贴片，或是臂弯里还贴着刚才抽血留下的棉球。他比我还年轻，身体也很健康，如果40年后，类似今天这种形式的NHS依然存在，那么弗兰克很可能还会一天打好些次电话叫救护车。

他会逼得你发疯，但并无恶意；喜欢摆布别人，但又不具威胁。他就像一只狗，从不咬人，但每次你刚要出门它就在地毯上撒尿，就当着你的面尿，仿佛在传达一条信息：你得对我负责，你不能不管我，不能留我一个在家。他的要求任性且毫无悔意，但又是在强迫性地渴求关注。他的需求是真实的，但指错了方向。

我花了许多时间和弗兰克这样的人周旋——刚开始这份工作时，我完全没料到会这样。这是件隐蔽的苦差，又几乎无法拒绝。当初没预见到这个，也许是我天真，但我绝对想不到，会有一个病人占掉我生命这么大的比重——我觉得我这周见弗兰克的次数都超过见我自己的孩子们了。或许，这样的夜晚不免会激发出那一串我常被人问起的悠久问题：转行开心吗？现在的工作是我当初期待的吗？还会回老本行吗？还有一个不那么老生常谈的问题：我到底是怎么想的，竟会放弃愉快舒适的办公室工作，来干这份差事？

每每这种时候，我就会想到轮班工作对社交生活的毁灭性打击：我已经很少有机会享受真正的"夜晚"了。但我转而又会想到这种作息对于育儿的实际好处：我可以在别人上班的时候享受珍贵的休息机会，可以送孩子上学，做早场电影的唯一观众，或是在工作日和那群霸道的退休老人一起在超市购物。但它也蚕食了家庭生活：在我们家，其实是两个单亲家长在分享同一个住处、同一张床和同一批孩子——但我俩并不总能分享同一个生活。

工作时，我会感谢在外游荡的自由，甚至时不常逆行开车；

但为了这项特权，我也得在凌晨四点半起床上班，并且一天中大部分时间都必须费心寻找下一个尿尿的地方。

当然，以上种种也是对任何一份职业的典型评估，任何人都可以套用到自己身上。但是我猜想，当朋友们问我转行是否开心时，他们更想知道的是我在情绪和心理的满足感上和以前有什么细微差别。我怀疑他们真正想问的是这个：和从前相比，现在的我觉得更满足、更充实吗？

答案很简单，我肯定，任何人在面对这个问题时，几乎都会给出同样的答案：看你是在什么时候问我了。当我护送一个病人来到导管室，看着之前在工作单位心脏停搏的他恢复了生气和呼吸、接着就要接受心脏修复时，我肯定会说，干这份工作相当开心。在这一刻，纯粹的职业满足感臻于顶点。但另一些时候，一个周日的早7点，我在风雨中骑车回家，想到刚刚13个小时的工作中遇到的那些好斗、好辩、醉酒、疑病的对象，我就会满脑子都是那些与我有截然不同的人生选择的朋友，一想到他们还躺在舒服的床上没有醒来，我心中就会升起上面的最后一个问题，默默地盘桓不去：我到底是怎么想的？

"你得帮我搬走。"

"你是什么意思？"

"这个破地方，你得帮我搬出去。"

"搬去哪儿？"

"回从前的地方。"

"为什么，弗兰克？"

"他们不照顾我。"

"谁们？"

"工作人员，这儿的工作人员！"

"你要他们怎么照顾你？"

"他们搞得我很紧张。还不做饭给我吃。"

"他们还应该给你做饭吗？"

"他们还老在睡觉好吗？！"

"他们现在就没睡，我刚在楼下见着他们了。"

"你不是来帮他们的！"

"我知道。"

"那你为什么总是站在他们一边？"

"没人在站边，弗兰克。他们是什么时候睡觉？"

"夜里。"

"好吧。"

"我就是夜里紧张难受。"

"弗兰克，这里是辅助生活机构。他们没有义务为你做饭。"

"你根本没在听我说话是不是？我想回从前的地方去。"

"那儿比这儿更好吗？"

"是的，那儿的人对我更照顾。"

"那你为什么搬出来？"

"是他们赶我出来的。"

"他们为什么要赶你？"

"因为我欺负那儿的工作人员。"

"好嘛。"

他这句话脱口而出，丝毫不加掩饰。

"那么……你动手了吗？"

他摇摇头。

"我就是冲他们叫骂好吗？！还打碎了几样东西。"

上次见弗兰克时，我安排了一辆出租车送他去急诊部。那是一个冬夜，病人要等几个小时才能等来急救人员。弗兰克当时焦躁不安，想赶紧看医生。他乘出租车去了医院，随后走路回家，到家后又打了999。他告诉后面的那个急救员，说他这一次一定要乘救护车去医院。

"我觉得坐出租车不安全。"

"怎么不安全？"

"要是半路上出事怎么办？"

"你觉得会出什么事？"

"什么事都有可能！我觉得不安全！"

大多数人讲这类情况时都会添油加醋，好博取听众的同情。但弗兰克不会。弗兰克的直率是显而易见的。看起来他不觉得这有什么好羞愧的，因此也不受羞愧感的约束。他在说起他曾欺负照顾自己的人时，说起从医院走路回家后再叫救护车送他回医院时，都丝毫不显得难堪。对他来说，这些事情无须辩解，倒更像是支持他的持续请求的证据。

"你为什么欺负人，弗兰克？"

"他们没有认真工作，让我很生气。"

"那不是和这儿的人一样吗？"

"不！那里还是好些。在那里，我的房间挨着办公室，我随时能呼叫他们。"

"在夜里？在你紧张难受的时候？"

"在这里他们根本不管。他们什么都不做！我要死了他们也不会管。"

"你经常呼叫他们吗？"

"只在我需要的时候。"

"可是办公室在楼下？"

"你刚才也看见他们了对吧？你在楼下跟他们说话了啊！我去医院的时候会跟他们说。他们必须让我搬回从前的地方。"

"你知道他们不会这么做的吧，弗兰克？"

"那就让我搬去什么新地方。"

"弗兰克，急诊部不是干这个的。他们没法帮你搬家。"

"那你打算怎么办？"

"我？"

"对，就是你。你打算怎么办？我胸痛。"

"我已经给你检查过了，弗兰克。你一切正常。"

"我胸闷，非常闷好吗？！我就感觉，如果你不给我叫辆救护车，就会出大事。"

"比如什么事呢？"

"我不知道，反正是坏事。"

"我们要不去找经理谈谈吧？"

"谈谈，谈谈！你们这些人就知道谈谈谈！"

"我知道，谈话很累人是吧？诶我说弗兰克，你又要给谁打电话？"

弗兰克又拿出了手机。

"喂，马文吗？哦，那马文在哪儿？对，你又是哪位？啊？我想搬出去。就今晚。你得让我搬回老地方。我在这儿一晚上也待不下去了，现在就得搬走。我已经把急救叫来了。我不舒服。我胸痛。我越来越生气了好吗？！我感觉要有坏事发生了。得有人想想办法。"

看来对方是马文的替班，也是一名社工。两人的对话走的还是我和他走过的那条老路：那是弗兰克的怨气铺成的破旧高速路，是他不愿考虑的其他方案组成的环岛，是被他的顽固堵住的死胡同，末了还是他得不到满意答复时的紧急停车点——他会放弃对话，挂掉电话或是气呼呼地走开，就像一个特技演员跳下一辆行驶中的汽车。这次他是打给社工，但也完全可能打给他的堂兄、老爸、全科医生、护工。他在寻找一名盟友，一个可以批准他诉求的人，但偏偏今晚没人陪他玩。

　　弗兰克周围的人都在努力帮他克服生活中的障碍，但无论谁做什么都不够。实际上，他的交往对象大部分都对他怀有一定的责任感。从一方面说，他真幸运能有这样一张关系网。但这里也蕴含了严重的制度化危害：他在心理上几乎完全依赖于他人，自己的责任感已消失殆尽。他不再需要创造、培育、赢得任何东西或为任何东西而奉献，这意味着他在人际交往中只有索取，毫无付出。他就像一个不用长大的孩子，他也不知道还有什么别的活法。

　　这种错位让我感到备受煎熬，在一周中的任何一天都会让我心脏停跳，因为上面的那些死胡同、环岛之类的比喻，感觉越来越像是真的了。我体会到了一种漫长旅行之后的疲惫，区别是在这段旅途中，你停车熄火后，发现自己又开回了出发的地方。我想和弗兰克更有成效地打交道，想给他施加点影响，但每每事与愿违：我表达的所有关心都像在往火上浇油。你无法为任何事情斥责他，因为他不会表现出任何要改变的意思。

　　我不禁开始担忧起自己还有多少耐心了。它会不会越变越少直至消亡？这类遭遇本来应该对我毫无影响的。我的许多同行都已经习惯了工作中的这个部分，甚至会怀着感情谈论那些老打电话的人，虽然他们也深深知道，这类工作和我们的使命相去甚远。我明白这种态度能让生活变得轻松，我只是不知道，这样一圈圈地打转我还能坚持多久。

　　我想到了自己一次次地一连几个小时连哄带骗地帮助难缠

的病人，想到了自己消耗的心力，还有事后那种身体被抽空的感觉。我想到了第二天当我改换成父亲的角色，听到孩子们说我买的面包不对，说他们已经不吃奶酪了，说今天他们要光着脚上学不然就不去等等，我又变得如何缺乏耐心。我想到自己是怎样闹了一点脾气，又如何为它的迁怒性质感到羞愧。难道在职业考虑之外，我对他人的安康已经毫无耐心了吗？我祈祷生活中不要发生什么大事，不然哪天我可能会忍不住对某个病人发火。那会置我于何处？我不知道那是所谓的"照护事业"包含的短暂情绪波动，还是一种对性格的持久损害？如果是后者，那是我愿意做出的牺牲吗？

假如这是一部小说，现在就该见分晓了。到这个当口，弗兰克和我都应该看明白了才对。没有什么脱胎换骨，而是一个教训，一点变化，一份希望。

然而生活并没有小说温柔。我们都坚守立场。最后是弗兰克让步了。

"算了，都算了吧。我要出去了。"

"好的，弗兰克，随便你。"

"我会再叫你来的。"

"你肯定会。"

XX

在重大车祸之外，最让大众好奇、敬畏和不安的急救任务，就要数刀刺和枪击了。原因很好理解：只有在这些任务中，急救员才会表现得像电视上的样子——但其实那种样子在平日的工作里是不太会出现。谁要是出了这种任务，第二天准会有同事来打听，或许还能登上新闻。

暴力袭击符合既迷人又吓人的典范标准。人们担忧这类袭击在当代社会中泛滥，担忧年轻人毫无意义地夭亡，担忧案件可能和帮派、毒品、有组织犯罪、贫困及不公有关，当然还担忧自己认识的人也可能牵连其中——这些焦虑都只会加重震惊和畏惧之感。

不过老实说，对于某些地区的急救人员，刀刺和枪击可能很快就变成了家常便饭。起初它们似乎是不得了的事件，因为大多数人对此都没有经验。但是我敢说，用不了多久，一种例行公事的感觉就会占据上风。这或许是因为，这类事件激起的夸张反应往往与伤势本身并不相称：浩浩荡荡的急救车队疾驰到现场，发现伤者只是胳膊上划了道口子。又或许是因为，就算伤势严重，我们在现场也做不了太多治疗：就是输氧、包扎、插静脉留置针，再迅速送去合适的医院。一眨眼工夫就完事了。

刀刺和枪击，乍看之下颇具现代骚动的特征：警戒线随风招展，警笛回响不息，蓝色的警灯耀眼夺目。但很快，它们就会变成纷繁的急救工作中普普通通的一环。

屏幕上的描述这次一反常态地具体：

男子年龄未知，受枪伤，无呼吸

我不由吃了一惊，反复读了两遍。看来没有什么好怀疑的。

此时我正在一辆救护车上，夜晚已经过去一半。这一班的前半部分相当清闲，我们把一些病人送去急诊，把另一些转给他们的全科医生，没费什么力气。我原本已经断定，后半夜也会这么平平无奇地度过。然而事实证明，摁亮绿钮的时候，你绝不会知道接下来是什么任务。

我们离事发现场有三公里远。那是当地的一家夜总会，出了名地乱，来自各个文化、各个地区的人都混杂在这里。调度给了我们一个会合点，和事发地有几百米的安全距离。我们开到那里，和另一组人、另一辆轿车一起等待进场许可。

这种间歇时刻每次都很奇怪：某地发生了可怕的事件，有人急需我们帮忙。我们整装出发，跃跃欲试，随时准备出手。但现在我们却干坐在车里，等有人让我们继续。收音机里传来轻快的流行歌曲。行人来来往往，投来好奇的目光：他们身边怎么没有病人？救护车不是应该忙得脚不沾地吗？

我们看见远处闪起蓝色警灯。一分钟后我们接到了指令：

警方已到，请进场

快速响应组和另一队人迅速冲了过去。我和搭档殿后。

现场沐浴在附近外卖店和酒水店的灯光之下。街上全是警察和看热闹的，我们到达时，警察命令人群靠后。现场渐渐展露出来。我们在一条岔路上发现了伤者，躺在两排停靠的车辆中间。一辆警车停在路口，封锁道路的同时，也为昏暗的现场打过来一些光亮。

周围很吵：有人尖叫，警方控制人群，远处路上还传来持续的砰砰声。我的同事们跪在柏油路面中央的伤者周围，就着闪烁的蓝色警灯查看伤势。一名警员正在按压他的胸口。急救箱、医疗包和氧气瓶粗粗地摆成一圈。我们到达时，他们正在剪开伤者的衣服。现场流血很少。

开轿车的同事只比我们早到几秒钟，但他们已经放好电极板，装好了球囊面罩。调度的信息"完全准确"：伤者无呼吸。

"我们测到了心律，但是无脉电活动。他嘴里有血。哪位递一下吸痰器？"

　　有人把吸痰器递了过去。几名佩枪警员介绍了他们了解的情况：

　　"他是在这里倒下的。"

　　"可能中了两枪，具体还不确定。"

　　"我们到时，他已经没呼吸了。"

　　"我们把他放平，打开他的气道，做了心肺复苏。"

　　我的一个同事替下了警员，继续做胸部按压。快速响应组的那个人仍跪在他头部后方。

　　"谁能给我一个气道管卷包？我要插一根 iGel 喉罩进去。谁那里有吗？"

　　而我抓起自己的套管针卷包，跪在伤者的右臂旁。

　　"有人报告创伤组了吗？"

　　"正在报告，他们五分钟后到。"

　　我在伤者的二头肌处绑上压脉带，他的臂弯上显出了一条明显的静脉。我挑了手头最粗的套管针，心想创伤组来了可能要给他输血（我们仍不知道他的确切伤势）。我清洁了他的胳膊，然后往静脉里插套管针，插好后给套管盖上盖子，冲洗一下，用胶带固定。接着我将一袋补液连上输液装置，贴好输液管，打开调节阀，让液体流动起来，再把输液袋递给一名警员：

　　"能麻烦你当一回输液架吗？"

　　他接过补液袋。跪在伤者头顶的医务人员建好了气道，又用听诊器听了他的两肺。接着就该分析他的心律了。

"大家都停一下。现在快速检查心律。"

我们注视屏幕。远处的砰砰声仍在继续。

"好的，屏幕上有心律了。能摸到脉搏吗？"

"各位，做三点脉搏检查。"

"有脉搏吗？"

"颈动脉无搏动。股动脉有吗？桡动脉呢？"

我们必须大声喊，才能让彼此听见。

"没有！"

"没有！"

"明白，我们继续按压！"

"等一下各位。继续按压前，先把他扶起来检查一下背部？"

于是我们抓住他一侧的胳膊、肩膀和头，把他扶起来摆成坐姿，然后迅速检查他的背部有无伤口。

"很干净，没有伤。"

"很好，重新放平。继续按压。"

按压重新开始。

我对伤者没有任何了解，我也乐得保持这种状态。我看得出他很年轻，可能就二十出头，样子也很健康，未来有大好人生在等着他。我没怎么看他的脸，因为那对我的工作没有帮助。我没必要知道他是否有兄弟姐妹或者小孩，是不是在上大学，是不是一位有志向的音乐家，是不是被开枪者认错了，还是受了什么牵连，或者他是不是早就被警方盯上了。

在一线待久了，就会走上这样的冰冷轨迹：和真相保持一点距离。我们无须知道名字，无须明了个人细节。响应刀刺或枪击的任务，几乎最能体现紧急救治和"正常"生活之间的心理落差——在这种对比之下，我们的形象恐怕并不特别正面。如果我们存心想让自己心烦，那就不妨到伤者身上去找找共鸣，思考其遭遇的悲惨之处。但实际上，我们更倾向于在熟悉的细节面前转开目光，去做和共情相反的事，因为在将种种动人心魄的标记剥离之后，也还是有一个伤员需要我们治疗。

这种反应是不是有一点冷血？我们到底是在着眼实际，还是在否弃自己最基本的人类反应？对于救治对象，我们真的这么缺乏关怀吗？如果说我开始担心这份工作会使急救人员、特别是我自己心态麻木，那么此刻显然是我反思的一个起点：因为此刻发生的事情完全超出了我的预料。我一直走在一条越出正常边界的旅途上，去的地方、见的事情都是之前从没有想象过的。我增加了对诸多世事的了解，却也不知不觉成了一个希望更少，或许积极性也更少的人。我担心工作正在重新塑造我，将原来的我无情地扭曲。现在的我虽然仍怀着最大的善意，却对死亡渐渐麻木了。

突然之间，眼前的一切平静了下来。

　　救治仍在进行，但换了一种沉着的气氛。无休止的砰砰声已经停下，突如其来的寂静让我意识到噪声会造成多大的压力。创伤组正巧也在这时赶到了，他们是两个穿着连体服的医生、一个急救员和一个检测员。他们散发出老练和权威的气质，为现场注入了新的宁静：他们每个动作都有条不紊，丝毫没有一惊一乍。更好的是，在最近的一次心律检查中，病人有了脉搏。

　　这意味着可以停止心肺复苏，开始转运了——然而现在却还不是庆祝胜利的时候。情况看来仍旧十分惨淡。如果病人的伤势和眼下不同，我们或许还有其他事情可做。他要是大量失血，我们就给他大量输血、修复伤口。他要是胸部有穿透伤，我们就给他针刺减压——就是为了治疗制造一处穿刺伤，放出胸膜腔内的空气，为肺扩张和重要的血液循环去掉阻碍。在最严重的情况下，创伤医生还会打开胸腔，在这个和手术室有天壤之别的路边，尝试开展某种快速手术。这些都属于最后一搏式的关键治疗，是当死神占据上风时的非常手段。但这些情况都没有在这里出现：我们能做的不过是稳定伤者情况，并将他送去创伤中心接受进一步治疗。

　　创伤组给伤者插了管，我们将他抬上救护车准备转运。这项工作的重心是既高效又有条理，不能一味急赶。伤者维持住了脉搏，说明心肺复苏工作到目前为止是成功的，但这仍没有纠正使他心脏停搏的最初那个问题，即没有修复他的子弹伤。

　　当他们关上救护车门，亮起警灯开走时，我不由怀疑这位伤者还能否存活。又一条年轻的生命可能在这场阴暗而俗套的街头袭击中夭折，这次不是因为身体衰竭或意外事件，而是因为另一个人类的任性选择。结束一个人的生命，什么时候变成这么平淡无奇的一件事了？

当我写作本书时，拿刀动枪的犯罪事件再次成了新闻头条。在最近一连串致命的刀刺事件之后，政治家和执法者纷纷对公众发表声明，各相关利益团体也都评述了这类犯罪的复杂成因，并问出了我们能做什么又该做什么的棘手问题。

对于急救服务部门和创伤医院，这类暴力袭击接连发生令人沮丧，我们一再感到愤慨，似乎已经成了常态。不过常态中也有波动，只是这波动让人觉得犯罪的势头仍在不可阻挡地上升。我们常听人说，犯罪活动出现峰值是因为相互关联的事件连环发生，或是一次袭击激起了另一次报复性的反击。

许多这类案件都发生在公众的认知以外，或许新闻里发了几条不起眼的报道，获得了当地一点小范围的关注。大家都有一种观念：虽然那些案子发生在我们自己的市镇中、自己的街道上，但它们还是主要局限在某个小圈子里，涉案人要么是帮派成员，要么是吸毒者，甚至是参加了什么阴暗的入会仪式。我有几次在晚上去过严重袭击的现场，我满以为第二天会看到相关的新闻报道，结果新闻里连提都不提，我不理解为什么它们不配被报道。但是当一场又一场的危机不断叠加，累积的压力必须得到回应时，人们心中的积怨就会时不常地倾泻出来。

袭击案件发生频率越高，伤害越重，显然就能引起媒体的报道和社会的更广泛忧虑。但这不仅仅是数量问题。我还有一种感觉：新闻曝光和社会关切的程度，还与袭击案的类型和受害者的身份有关——这两样都体现了暴力袭击和我们所谓的"主流社会"有多接近。帮派间的偶发冲突或长期敌对事件或许令人担忧，但毕竟不像另一些袭击案那样会颠覆更为传统和广泛的公共经验，从而引发强烈的震动。换句话说，我们似乎对某些受害者特别关心，对另一些就比较冷漠了。

这种倾向有一些令人不安的地方，因为它暗含着一套受害者等级。尽管我们多半也能明白这是一种相当典型的人类反应。无论我们将它归结为歧视、共同经验、媒体的某种偏见，还是我们自身那一套潜藏预设的后果，它的根源必定是自我保存的简单本能。我们是在衡量自己该以何种身份对这类事件表示担忧：是抱有关切的远观者，还是有一天自己也会卷入其中的潜在受害者？离自家越近，坏消息就越可怕。

这里有一个悖论：在得知受害者牵扯进非法活动时，我们反而会觉得心安。因为这样的牵扯能说明案件不是随机发生的，危险好像就离自家大门远了一些。我们可以安慰自己说我是安全的，因为我没有卷入那个滋生事端的世界，也会离它远远的。

从许多方面说，这也是急救人员的心态。面对肆意的屠杀和频发的暴力所造成的后果，应对此类流血事件的一个简单方法，就是将它装进一只盒子，再贴上一张简单明了的标签。这类事情离我们太近了，使我们无法安心。它们就发生在街道上，那正是我们生活或工作的地方，是我们的孩子搭校车上学的地方，是我们的父母走路去药店或街边店的地方。我们需要有个"说法"可以抱住，否则我们永远都走不出家门了。

因此，当我们在私下里听说某起袭击涉及帮派活动，或受害者在当地早已声名狼藉时，我们就会一把抱住这条信息不放。它让我们多了一丝安全感，也让我们能继续工作。

当然，时间久了，你必定会反思这种故作超然的态度到底效果如何，也必定会反思这种态度是否有益于我们对世界的认识，我们和其他人类同胞的交往，我们对于是非的判断，最终还有我们自身的精神健康。

XXI

叫救护车这个举动，似乎会释放出许多英国人内心的那只小狗。它既可爱好玩，又令人头疼，还带着一种奇特的安心感。在怀着激动的心情参与急救时，一个个表面理性的人也很容易兴奋地上蹿下跳，叽叽喳喳地献上他们觉得有用的建议，不厌其详地描述自己的贡献，那样子活像小狗腆着肚子邀人抚摸，或是在期待一顿骨头大餐。

那天中午刚过，我就接到任务去救治一名不省人事的女性，事发地点我很难找不到，因为她就倒在一个繁忙的火车站外。然而，就在我快到现场时，我看到了另一名成年女性，她正在一条繁忙公路的公交车道上跳来跳去，两条胳膊在空中划着大圈。虽然她肯定已经发现我看见了她，但这幕哑剧丝毫没有停下的迹象。她仿佛是在希思罗机场的跑道上指挥飞机，双手一齐做着夸张的"切菜"动作，告诉我该把车停到哪里。

确实有一些时候，我是感激有人为我指路的。凌晨 3 点在密集的楼群中寻找没有门牌号的公寓，对于独自开轿车出勤的我确是一种试炼。但是，当遇见有人沉迷于善人的角色无法自拔，在高峰时段的车流中都要像跳跳虎一般蹦来蹦去时，我就知道这回要对付的不仅是病人了。那感觉就像是你妈妈在熙熙攘攘的学校操场对面向你招手，并用越来越响亮刺耳的声音喊你的名字，你要是不作答，这声音会尤其刺耳。于是，就像任何一个自尊的青少年会做的反叛那样，我承认，我是在遵循标准的工作流程（虽然并非硬性规定），全然不顾那个向我热切指路的女人，径直开车驶过她的身边，停在了她前方十来米的地方。

我还没来得及熄火，她就赶到车旁，打开了驾驶侧的车门。

"你没看见我吗？我一直在招手。"

"哦，看见了。谢谢你啊。我是想给救护车腾出点地方。"

"你不就是救护车吗？"

"是说大救护车。"

"哦，明白了。她在那边。好像还有呼吸，但人昏迷不醒。"

"好的，让我带上装备。"

说着我朝后备厢走去。

"哇！你带的东西真多。像一间移动医院啊。我能帮你拿几样吗？"

"那谢谢了。"

我把三个包里最轻的那个递给她，她接过去，碎步跑向病人，我跟在后面，稳重地大步前行。急救人员要时刻注意不能表现得过于急切——对某些同行来说，这或许是他们在这份工作中最擅长的事。不过我们之所以很少撒腿奔跑，不单单是出于观感的原因：在十几个激动叫嚷着献计献策的旁观者面前保持冷静，这不仅是庄重的外在举止，也是内心的修为。做这份工作始终要扮演好角色。

车站外铺着地砖的广场上，病人正仰面平躺着，身边守着三名旁观者，外加我这位新助手。他们每个人都像憋了尿似的躁动不安，急切地想显得自己有用处。与此同时，旅客组成的人潮来来往往，看到有别人放下原本的计划见义勇为，他们都松了一口气。

我注意到的第一件事是病人的胸口正在上下起伏。挺好，至少说明她还有呼吸。第二件事是她身边有两只塞得鼓鼓囊囊的旅行箱，身上还穿着一件厚厚的外套和好几层衣服，而此刻是一个温暖的夏日午后。我放下急救包和除颤器，跪到她身边，搭上她的手腕感受脉搏。

"她还好吗？"

"你觉得是什么病？"

"我们做得对吗？"

"你这是在做什么？"

"不敢相信，这么多人路过竟然不停下来！"

"我们能做点什么吗？"

"你会救活她的吧？"

病人很可能比我年轻，但看得出她的人生饱受磨难，它们就像用伤痕写成的传记一般刻在她的脸上，使她的外表比实际年龄苍老许多。她特别苗条，简直骨瘦如柴，皮肤也很苍白，稀疏的头发油腻腻的，牙齿上还有几个缺口。她的脖颈和下巴上能看见灰色的污迹，就像在观察指纹时撒的粉末。她的左侧颧骨上泛着黄色，那是眼睛被打青后留下的印记。她的手很脏，开裂的指甲上结着一层污垢。她纤细的前臂上满是淤青和各种伤痕。这一切都指向了今天发生的事。

"她是怎么了？请告诉我们吧。"

在这个四人欢迎委员会中，有两个看见我就知道离开的机会来了。但是另外两个太过投入，眼下还不想走，而是注视着我的一举一动。

我捏了病人的耳垂，用笔压她的甲床，又掐了一把她肩上的肉，但她始终没有反应。她呼吸微弱，还打着战。我闻不到酒味，也没看见任何新伤。

"你不做些什么吗？"

"你不准备救她吗？"

我抬头扫了他们一眼："什么？"

"你看起来不是很积极嘛。"

有时这种话会触怒我。我会在心中抱怨这些搞不清状况的旁观者，咒骂他们这种一惊一乍的帮倒忙精神，但表面上我又会露出浅浅的微笑，感谢他们的帮助——坐飞机的时候，怎么没人因为稍有一阵湍流就去敲驾驶舱门，主动要求代飞行员驾驶啊。不过话说回来，控制人群原本也是急救工作的分内事。时至今日，我已经能平静地看待这股令人发疯的热情了：他们不过是一群担忧的路人，陷入了紧张的剧情里无法自拔，再加上互相怂恿，便将内心的关切投射到了我这个衣衫不整的急救员身上——谁让我是响应了他们的求救电话的人呢。我也不能说他们有什么过错：我的外形举止本来就令人失望，不符合他们想象中的英勇营救者形象。好在我还没让眼前这两位彻底绝望，我要让她们度过难忘的一天。

"好吧，两位女士。我需要你们帮我一把，可以吗？"

两人都迅速点头答应：

"愿意，当然愿意。"

"快告诉我们该怎么做吧。"

面对质疑我大可以反唇相讥，但更好的做法是让她们觉得自己派上了用场。

"你们能帮我把她摆成侧卧姿势吗？"

两人大感荣幸，怯生生地跪在病人的身边，仔细观察我的动作，确保自己不会搞砸。我们仨一起将病人朝右翻转 90 度，使她面朝向我；再把她的胳膊腿摆成火柴人儿跑步的姿势，好让她不会平躺回去。她四肢软趴趴的，像橡皮泥似的任人摆布。

"你们能帮我把她的胳膊从外套里脱出来吗？很好。再叠到她身后，放在她头下面。叠外套，不是叠胳膊……很好。"

我掰开她的下巴，在舌头上轻轻放了一只气道保护器，再旋转着把它送到位。它现在居于咽喉深处，能钩住她的舌头，以免产生伤害。

"这是为了不让她吞下自己的舌头吧？"

"嗯，可以这么说。"

我看她忍受了气道保护器的侵入，没有把它咳出来或吐出来，这说明她已经深度昏迷。

"好，请把那个包递给我。"

我从包里取出一只透明面罩，连上氧气，然后将它用带子套在病人头上，这样后面就能用它盖住病人的口鼻。接着我又取出另一只包装袋，里面是一根鼻导管，我将它一端插入除颤器，另一端绕过病人的耳朵放到她鼻子下方。我再将一小片塑料盖在她嘴唇上面，让我可以快速观察她的呼吸。

"你们能抬起她的胳膊吗？"

我给她的胳膊绑上袖带开始测量血压。我又在她的手指上夹了血氧仪，给她测了耳温和指尖血糖。我一边行动一边解释自己在做什么。我意外地发现，这并没有使我分心或是变慢，反而令我的动作更流畅了，也使我的两个帮手安下了心。不，不只是安心，她们还兴奋了起来。

"你认为她到底出了什么毛病？"

"这个嘛……"我不想把话说得太死，"有好几种可能。"

"我们觉得她可能是吸了太多海洛因？"

"唔……有这个可能……"

我一旦说得模棱两可，就被她们抢占了先机。

"就是，我俩都看了上礼拜的《救护车》节目，电视上放的。你看了吗？"

"没有……"

"拍得可好了。"

"我可能正好在工作吧……"

"你真该看看。"

"嗯，大概是应该看看。"

"可长知识了。"

"是吗？"

"iPlayer 上肯定也有。"

我取出药品包，撕开包装，然后四下摸索寻找针头。

"那里面有些病人可真是那什么！"

"哦，很够呛是吗？"

"可不是！"

这两位看来会成为一生的朋友。

"那里面有一个男的，和这个女的有点像。"

我从药品包里取出一只药水瓶。

"那男的就是嗑药过量。"

"就是海洛因。"

"真可怕。"

"你觉得她也是搞了这个吗？"

我两眼仍注视着病人。

"要我说很有可能。"

"真的吗？"

"哇哦……"

自己的猜测得到认可，她们的反应可不仅仅是高兴而已。虽然中间还躺着一名不省人事的女子，她们还是喜滋滋地相互对视了一下。但是这还没完。在凭直觉做出诊断之后，她们又备受鼓舞地插足起了治疗环节。

"这样的话……"

"嗯？"

"你是不是会给她用纳尔坎？"

这时我正要掰开药水瓶。对，正是纳尔坎的瓶子。

"抱歉，什么？"

"你会给她用纳尔坎对吗？就是叫这个名字吧？"

"纳尔坎？"

"电视里就是这么叫的。"

"对对！他们给那男的用了纳尔坎，然后他就醒了。"

"哦是吗？"

"他们是用针打进去的。"

"然后他就醒过来了，再然后骂了他们两声走开了。"

"你也要给她用纳尔坎吗？"

真的已经到这个地步了吗？我已经习惯了和路边指手画脚的大善人打交道，也习惯了车祸现场那些自告奋勇的民间专家，还学会了在患者家属批评我的救治手法时报以耐心的微笑。我甚至还专门练习过向旁人解释：我不是要毒死病人，只是在用药物帮他们减轻疼痛。

但我还从没有被围观群众指导过该用哪种药。

谁说电视没营养来着……

注射纳尔坎（这是纳洛酮的一个商品名）后，我开始迅速查找嗑药之外的其他原因——这不光是要向她们证明干这行不是看两部纪录片，或者正巧人在现场这么简单的。任何一个有自尊的手艺人都喜欢留上几手，况且这名患者或许还另有隐情。可是，一切线索都指向了这两个外行人第一次瞎猜得出的结论：患者的瞳孔缩得很小，外衣口袋里有一只吸毒用的玻璃烟管。而且，当我查看她的胳膊准备插套管针时，她的静脉清晰地显示了频繁皮下注射的痕迹。

一辆救护车来了，我向他们介绍了情况。在两位新帮手的参与下，我们将病人抬上了担架床。就在这时，传说中的纳洛酮突然发挥了奇效：病人咳出了气道保护器，睁开了眼，胡乱张望了一番，接着毫不犹豫地把手伸进口袋，掏出一只三明治，饿鬼似的塞进嘴里。我们想把三明治抢走，但她突然变得很有力气。她推开我们，狼吞虎咽了几口。可就在我们将她推向救护车的途中，她又徐徐陷入了之前的昏迷状态。上车后，她已经再次不省人事，只是这次塞了一嘴的面包。

救护车上的医务人员用镊子从她嘴里掏出了几大块嚼了一半的面团投进垃圾箱，上面还牵出了几丝唾液。这位同行用吸痰器吸掉病人嘴里的唾液，然后重新装好气道保护器，使她的气道保持开放。同时我们又给她注射了一剂纳尔坎，电视上播过的那种。接着就等救护车送她进急诊部了。

当我从救护车上下来，好让他们走时，我又在后车门外看到了那两张面孔，她们正四目圆睁，急切地想了解最新情况。如果她们有尾巴，眼下肯定在来回摇摆。虽然这么说，但她们不过是想确认自己的牺牲是值得的。

"女士们，谢谢你们的帮忙。没有你们，我肯定应付不来。"

这件事是好是坏，或许要看你从什么角度评价。一方面，病人来之不易的一点逃避现实的时光被她们提前终结了，她的一天毁了，所以肯定不会感谢她们。但另一方面，她们也确保了她明天还会活在世上——虽然明天或许还要有别人再救她一遍。说到底,她们只是做了任何人都希望别人也会为自己做的事：为一个需要帮助的同类多出一份力。我不能说她们做得有什么不对——毕竟这就是我这份工作的目的。

XXII

清晨时分，前门洞开。不知这究竟是遵守还是抗议门内入口处的那张告示——

各位住户！！请务必不要使大门保持时刻开启。谢谢！！

四下无人。我跟随警察进到里面。地板上溅着血——这块亮晶晶的棕色油毡地板多半是为了掩盖这样的泼溅设计的吧——但那些血滴仍然泛着新鲜的光泽。血迹沿楼梯向上延伸。

"哈喽？有人吗？"

无人回应。

这是一栋爱德华时代的大型联排房屋，里面分割成了一个个单间，住满了无名的异乡人，他们只有在当局不注意的时候才会出来。每个单间的门都上着一把大锁，走廊里堆着一摞无人认领的邮件。公共区的木质家具已经磨掉了漆，泛出了黄色，空气中始终弥漫着一股油烟味。软木墙板上还贴着其他告示，要求住户不要大声放音乐，要正确分类垃圾，还有火情应对指导。

我们循着滴滴答答的血迹走上楼梯。4号房门上的一个棕色手印，显示这里就是我们的目标，于是两名警员敲了敲门，又试了试门把手。

门打开了，里面小得像只盒子。一只电暖器占据着房间中央，一小片烹饪区域贴着靠里的墙壁，一盏床头灯照亮了一角的地毯。地板上摆着一张皱巴巴的床垫，上面盘腿坐着一个秃顶赤膊的男人，宛如一尊绝食的佛爷，他就是詹姆斯。他身材消瘦，30多岁，正用一件揉作一团的沾血T恤按住自己的左前臂。他抬头看向我们，表情仿佛一个在班里尿了裤子的小男孩。

"伙计们，我真抱歉。"

詹姆斯挪开那团T恤，露出割得乱七八糟的胳膊。他用一把剃刀割了自己十几下，在本已长平的旧伤织就的网上又叠上了一片新伤的栅格。它们看起来血淋淋、凶巴巴的，还盖着一层新结的痂。

我问他用的是哪把刀，他向一把当桌子用的木椅点头示意。椅子上有一把崭新的剃刀，就放在它的包装上面，刀刃上沾着一窄条三角形的血迹。

"就这一把吗？"

他点点头。

"能不能让我们检查一下？"

他站起来让两名警员仔细查看了一遍，然后又坐下了。

"这些伤都是你自己弄的吗，詹姆斯？"

他点点头。

"你还在自己身上割了别的伤口吗？"

他摇摇头。

"你有没有吃过什么药？做没做过别的自残的事？"

"没有。"

"好。那你现在觉得怎么样，伙计？"

"觉得自己真傻。"

"你能告诉我到底是怎么回事吗？"

詹姆斯耸了耸肩："和以前一样。稍微喝了几杯，心情糟透了，也睡不着觉。于是就割伤了自己的胳膊。没什么新鲜的。"

"具体喝了多少？"

"四听。"

"嗑什么药了吗？"

他摇摇头。

我查看他的伤口。它们大多只是皮外伤，也已经结了痂，但也有几道割得很深，必须缝针才行。詹姆斯看出了我的想法。

"我不要去急诊部。"

"好吧。"

"我是认真的。"

"我们先来看看这些伤口，它们可能需要好好处理一下。"

"我不想要你，伙计。我尊重你的工作。但我不会去看急诊。"

今晚发生在詹姆斯身上的事情既不新鲜也不离奇，他也不想装出新鲜或离奇的样子。他没有试图让剧情升级，没有跟我们玩游戏、编故事。当我为他清理并包扎伤口时，他低头盯着自己的鞋，把情况实实在在、原原本本地告诉了我们。

他患有抑郁症，每天都喝酒。他不工作，不看望家人，朋友也很少。他曾被送进过医院，有很长的自残史，每两周要去和一名社区精神卫生护士见面。这三行字就是他的人生简况。他就是社区里的那种典型人物：状况不佳，却得不到足够的医疗和社会支持。他这种处境并不少见，一周中的任何一个下午，你都可能无意间从广播里的新闻特写中听到这样的故事。

当然，詹姆斯的情况比这要复杂一些。他对自己的问题有一种简洁明了的洞察，虽说这种洞察没有把他从这副枷锁中解放出来。谈到自己的行为造成的破坏，他语气平淡，并没有自怜自哀的调子。

"你有什么亲近的人，我们可以给他打电话吗？"

他摇了摇头，手里摆弄着鞋带。

"没有家人？"

"没有。"

"朋友呢？"

"也没有。"

"总有什么人能联络吧，詹姆斯。"

"那就是我妈了。"

"那我们打给她好不好？"

他又摇了摇头："她不会接的。"

"她不想和你说话？"

"差不多就是那样。"

"我们换一部电话打过去怎么样？"

"她会知道是我的。不用接她就知道。"

"你上一次见她是什么时候？"

"她忍我忍得太多了。她不理我好久了。"

"我们至少要试试吧？"

"不行，她自己也不容易，不能再给她添麻烦了。"

谈起近况，他摆了摆手。他对自己的酗酒问题直言不讳，说了自己如何地依赖酒精，过去又怎么数次戒酒失败。有时他真希望自己别再喝了，但有时又觉得酒是自己唯一的朋友。现在，年过三十的他已经接受了自己就是一个酒鬼。

"他们费了很多力气给我戒酒。"

"谁啊？"

"每个人。护工，家人，你们，还有医生。"

"你和这套系统打交道已经有一阵了吧？"

"我不是没有过好转的机会。"

"机会不会一去不返的。"

他摇了摇头："还有别人呢。机会该轮到他们了。"

关于急诊，他态度坚决：

"他们不懂该怎么对待我这样的人。"

"你这话什么意思？"

"他们会让我在一个房间里干等六个小时。没人会来跟我说话。等我终于忍不住要走时，又会有人进来，问我那些我早就被问过了一百遍的问题。他们管这房间叫'安全场所'。他们唯一关心的就是确保我不自杀。关于精神健康，有一件事你很快就会知道：没人想跟你扯上关系。"

悲哀的是，他说的都是实情。我们如今接到的求救电话，越来越多都是围绕着精神健康危机的了。但我们的急救医疗系统是为了应付生理问题而建立的。根据我的经验，我们为精神障碍患者提供的服务，尤其是"工作时间以外"的那些，实在是非常落后。近来，公众对精神健康方面的资源表达了相当的担忧和关切，当局也承诺要投入资金并改善服务。有些方面似乎是在改进。但你要是为这类报道感到鼓舞，你就应该在半夜为一个自残的病人寻求帮助试试：这类病人差不多都会被送进急诊部。而就像詹姆斯和他的许多病友解释的那样，急诊部是他们最不想去的地方。于是，精神障碍患者往往本就处于最低谷状态，此时还会进一步觉得医治他们的人都巴不得抛下他们去接待别人。

这样的态度在急救人员身上显著吗？我希望并不。照我的猜想，大多数急救人员在收到精神障碍人士的求助时，内心的反应都更接近于惶恐，因为这种情况超出了我们的专长范围；此外还有沮丧，因为我们帮不上这些病人。

出精神健康任务时往往要同时注意两个方面：一是直接的身体表现——病人有没有嗑药过量、自残或是胸痛之类的情况；另一个就是背后更深层的心理问题。虽说病人求助的原因背后肯定有多种复杂的情绪和社会因素，但通常获得优先处理的仍是身体因素。对那些服药过量或自残的病人，肯定要先医治身体，然后才谈得上精神健康服务。仍处在酒精或药物影响之下的病人，甚至得不到精神健康组的接待。而这又会不可避免地延缓甚至阻碍他们接触医疗体系中对他们最为有益的部门。

急救人员更愿意应付身体上的紧急状况，而非其背后的精神或情绪危机，这倒并不令人意外。无论在医院内还是医院外，从事急救医疗的人都习惯于解决问题。我们喜欢找到问题，实施方案，我们的脾性也都习惯于看到结果。我们愿意把自己看作干预者、反击者、危机解决者。我们自豪地将自己定位成果断行动的人，而不是沉溺于苦恼的人。

对于我们这些喜欢简化的人，这意味着要按照一套逻辑优先级来解决问题。一种疗法不起作用，我们就接着试下一种。病人哮喘发作？沙丁胺醇雾化吸入。不起作用？加点爱全乐，准备送院。还是难受？再加点氢化可的松，打亮警灯。还是没有好转？改用肾上腺素，并猛踩油门。

　　然而精神健康危机却无法雾化治疗。你不能给抑郁发作的患者注射一针幸福，像给糖尿病低血糖患者注射胰高血糖素那样。在这个领域，事情并不是这样线性可量化的。

　　要是在刚开始做这份工作时，我会对这类任务感到张口结舌：没有脚本可供依照，也没有既定策略可以遵循。没有指南会告诉你怎么跟精神障碍患者交流。我感觉自己总是在即兴发挥，尽量把事情做对，尤其是当病人的状态无法确定，病情不仅关乎精神健康，还涉及家庭纠纷、成瘾、失业或各种常见的复杂社会处境的时候。我必须查看各种蛛丝马迹，避免犯错。万一后面出了岔子，有几个问题你一定要证明自己问过。但这么做对于现实生活中的交流没有多少帮助：人不是一张问卷，不可能像一道选择题似的打钩完事。

　　身体上的紧急状况牵涉的是特定的问题和有针对性的疗法，只要找对原因，就能做出恰当的处理。但涉及精神健康类的求助，以及被划分到这一类别的社会和人际关系方面的危机时，我要面对的却不是某一类疾病，而是一个复杂并且常常紊乱的人。我要判断这个人的处境，确定能做什么或者该做什么。这对我的要求，主要不是做好一名医务人员，而是做好一个离患者最近的同类。我要乐于倾听，又不能过分介入。关于这门技艺，是没有说明书的。

　　我起初的想法，是我们有责任解决遇到的任何一个问题，因为我们是病人求助的对象，也往往是他们最后的希望。然而随着时间的推移，我渐渐认识到，这并不总在我们的能力范围或者职责范围之内，甚至病人都不会这样要求我们。和詹姆斯这样的病人接触多了，我就学会了使用自己的另一套技能，这或许也是我人格中的另一个部分。我不可能递上一种药物治好他的心病，也不可能用魔法消除他长期的困扰。我能做的不过是像个普通的人那样和他交往，同时确保他的安全。说到底，像詹姆斯这样的病人需要的，其实是一份真诚的回应，一次细致的人际交流，而不是急救员的简历中那些为人称道、大放光彩的创伤急救案例。

"詹姆斯，我知道你不想去看急诊。可是我真的不想把你这么留在这儿。我也很担心你那条胳膊。有几道伤口割得很深。"

"我自己有数。我会把伤口弄干净，自己换药，我都会。"

"这样伤口是长不好的。"

"你看过我胳膊上的其他地方吗？"

他指着两条前臂上的几十道伤痕。他显然是个右利手：左臂上的伤痕更加齐整。他说他自己有数，他已经自残了许多次。现在他甚至不再觉得这有什么危险了。

"但是你看，危险还是有的。"

"我已经听过了各种说法，说我会感染、失血过多等等。但我还活着不是？我知道对自己这么做很糟糕。我不是假装满不在乎。我又不傻。但人就是会做许多糟糕的事情。"

"你打算再伤害自己吗？"

"现在还不会。你担心了？你愿意的话，可以把剃刀带走。"

"你没有别的剃刀了吧？"

"没有了。"

"好。那么你现在感觉好点了吗？"

"你是说从我割伤自己之后？"

"我问的不是这个。"

"我感觉不一样了。是不是好点了呢？我也不知道。"

"还疼吗？"

"你说现在？"

"是的。"

他想了想。"还疼。我本来也知道会疼的。"

"你在下手前就知道会疼？"

"我知道割下去会是什么感觉。"

"詹姆斯，有件事我必须得问：你有在想搞点别的事吗？"

"你担心我会自杀？担心你会担责任？"

"倒也不是这样。"

但这时他的脸上浮现出了一丝微笑。这样的对话，詹姆斯已经经历过许多次了。他和救护车、警车都打过太多次交道，知道我们所处的立场。

我们既然解决不了他的问题，又能够做些什么来帮助他呢？

就为他减少一点孑然一身之感吧，哪怕只是片刻也好。我们从未接受过精神病学的沟通训练，也没有他们的服务手段，但这时候其实做一个人就够了：也许他想要的也不外是人的陪伴。

我们试着劝他去医院，可他还是拒绝了，我们也绝没有理由强迫他去。我尽量安慰自己他不会危害自己的生命。我填好了规定的表格。这表格对他毫无帮助，只是能让我的文书在三个月后接受某间办公室的评估时显得好看一些。我把他转给了一位可以紧急联络的值班医生，聊胜于无吧。

出去时，我们又看到了大门口那张友善的告示。我们特意在身后关上了大门，不确定自己这么做到底对还是不对。

XXIII

999 的求助案件很少会是电话里听起来的样子。来电人往往宣称兹事体大，但总有些详情是他没告诉你的。那可以是一个隐藏的背景、一出家庭大戏、一次沟通失败或是一锅惊慌失措的大杂烩：总会有些什么东西给简单的事实涂上一层色彩。医学危机从不在真空中发生。我在入行后最先懂得的一个道理，是问题很少会像电话里听起来那么糟糕。

但是偶尔，问题也会比电话里听起来更加糟糕。

55 岁男性，半昏迷，在一公园内

这是一次含糊不清的分诊。调度说病人半昏迷，但又说他还有意识。由此定下的优先级是"2 级，无须后援"，即情况比较严重，需要 8 分钟内响应到位，出动的轿车要闪起蓝灯；但另一方面，情况又没有严重到保证会派来有送院能力的大救护车——真需要这样的车，我也只能到了现场再行申请。这样的派遣，相当于遛狗的时候把狗屎装了袋，但把这个黑色小袋子放在了人行道上，而没有丢进垃圾箱。

病人有可能"病得不轻"。他昏迷的原因可能是血压下降，也可能是心律异常，或者低血糖、心脏病发作、血栓或是中风。但他也有可能只是在打盹，或者喝醉了。根据病人的年龄和任务描述中的含糊判断，任何情况都有可能，加上他又身处公共场所，情况可能更为复杂。

我停下车子，有人示意我前往百米外的一个足球场。我的风险天线微微上调了一格。三个运动装束的男人正跪在湿漉漉的草地上，中间躺着个人。我脑子里瞬间蹦出了"心脏"这个词。我抓起全部急救包和除颤器，朝几个人走去。

我一边走近，一边在脑袋里组装各种线索——没有跳出任何危险事件。病人还在呼吸，但是闭着眼睛。他的身体还有肌张力，脑袋还抬着。没有醉酒迹象。没有出血，没有呕吐，也没有武器。地上很湿，但他依然躺在地上。周围的人也没把他抬到附近的长椅上——为什么没有？几名旁观者关切而又平静，没有显得慌乱，也看不出吵架或打架的样子。病人穿的也是运动装，但是松松垮垮，看样子他只是偶尔锻炼。他的面孔、头发和衣服都沾湿了。之前是下过雨，但他身上的不是雨水。

不过最显眼的迹象，还是病人的颜色。他的皮肤是灰的。不是 20 世纪 80 年代浴室用品的那种白色、粉色或浅桃色。而是灰色。灰得像沾在肮脏人行道上的污泥。灰得像甜菜制糖厂冒出的烟。灰得像一块墓碑。

当我来到病人身边，还没开始了解事情的原委，连病人的名字都还不知道的时候，我就确信他是心脏出了问题。假如我还有工夫琢磨一下现在的情况，我会承认，这个念头给了我一阵职业上的悸动。

三名旁观者都是病人的朋友，我从其中名叫尼尔的人那里了解了情况，边听边给病人搭脉。"我们在公园踢球玩，一点儿也不剧烈。"脉搏有点慢，测测血氧。"他先是有些晕眩。"我取出血压袖带，但绑不到上臂上。"跟着脸色惨白。"于是我剪开袖子。"我们扶他躺到地上。"脉搏偏慢，但血氧水平正常。"他没说哪里疼，但也没多说别的。"血压也偏低。是右心室心肌梗死吗？我抓起心电图的电线和贴片。"他没有昏迷，但显得思维混乱——总之不是特别清醒。"我按下对讲机——该给病人升级了。"他的心脏有点问题。血压高吗？我们判断是心绞痛。"我给病人贴上心电图贴片。他身上有好多汗，草坪上有好多水，一切都湿漉漉的，贴片贴上去又掉下来。"他上礼拜做了一些检查。好像是血管造影？"我把电线举在他的胸口，心电图开始打印。对讲机也嗡嗡响起。

"呼叫总台。我正在出勤。能把病例级别提到超 1 级（需要紧急支援）吗？"

有些日子我感觉自己总赶不上趟儿，落后一步。激荡人心的情节都结束了，我才姗姗到达现场。病人的发作已经停了，昏迷者已然醒转、自己坐巴士回家去了，刚才浑身泛蓝没有生气的婴儿正哇哇大哭、肤色鲜红，痛得惨叫的男人也打起了呼噜。

也有几次我正好在现场附近，一会儿工夫就到了。对方大瞪着眼睛迎接我："哇！你来得真快！"就好像聚会时我到早了，主人还没吹完气球。要不我先出去转转，晚点再来？

也有些日子里，我在问题发生之前就到了现场。因为有人提前就打了求救电话说：他们有的感觉自己马上要昏迷了，有的确信自己就快发病了。有人打电话说，有个男人看上去摇摇欲坠；还有人打来电话，说担心自己不出几天会出水痘，因为他的伴侣刚刚出了水痘，他现在不知所措。有几次我甚至接到过预约：叫我去某公交车站等一位失去意识的病人，而他乘坐的公交车还要十分钟才会到站。

偶尔，我也会在某位病人的世界即将坍塌时，及时赶到他的身边。

眼前的男人即将心搏骤停。他瘫倒了，呼吸要停了。肯定会这样。他的反应越来越微弱，身体即将待机。他的心脏正在经历某种电信号和血管方面的灾变，已经到了举白旗的边缘。它很快就会停止有效搏动，不再向脑部供血。

幸运的话，他只会出现轻度的心律失常，靠电击就能恢复：

病人在急救人员面前出现心室纤颤，存活的概率是很高的。但根据我的经验，纤颤往往会突然发作，而非逐渐恶化。这个病人的每一个警示迹象都符合书中的描写。

心电描记图打印出来了，打得哆哆嗦嗦：一个躺在湿草坪上汗流浃背的病人，对于一台捕捉微弱电信号的机器来说是一大难题。但情况已然明了：描记线的形状丑陋而愠怒，显示着病人冠状动脉阻塞，造成了心律失常，使泵血动作变弱。这些原本都可以治疗——如果病人看上去不这么像个死人的话。

我正在目睹并亲身参与一个人急剧衰弱走向死亡的过程。不到半小时，这个原本在和朋友们踢球的人就瘫软在了死神的候机厅里。现在的关键是能否阻止他继续衰弱下去。接下来十分钟，我的举动可能毫无用处，但也可能决定病人的生死。

对于这样的情形，一个文明人自会做出共情、怜悯、焦急等等恰当的反应，但眼下这些反应没什么帮助。我感觉到的反而是一股兴奋之情，仿佛一只器皿终于要派上合适的用场——比起刚入行时的踌躇，现在的我已经有了长足的进步。接下来我的处理节奏将会攸关生死，我的训练、实践和环境将在这一时刻罕见地汇合。身处事件核心的我，心中升起了一股可耻的欢欣。我心跳加快，大脑的转速也提高了那么一点。我预测着，响应着。一切多余的思绪都被丢到了一边。我关心的不再是分析病人的病情，而是分析我自己的行动：我能为这位病人做些什么？我的行动必须遵照怎样的顺序？

我接好氧气面罩，勒到病人头上。我对病人说话，解释我的行为，但现在的他已几乎开不了口。我派了一名旁观者到我的车上再取些药物和设备来，又吩咐另一个人去给大救护车指路。我扯掉心电图仪的电线，在病人的胸口改放了除颤器的电极板。我抓起套管针卷包，在病人的胳膊上找起了静脉：他的静脉很不明显，但在我的努力下，似乎找到了一根。每隔几秒，我就瞥一眼除颤器屏幕上的心律，同时也留意着他的血压和脉搏，并听着前来支援的救护车的警笛。

"他有家人吗？"

"他妻子就快来了。"

我在心中梳理了一遍可以使用的药物，但情况时刻变化着。病人目前还有脉搏，但呼吸正越发缓慢、沉重。我抓起球囊面罩，让病人平躺下来。救护车已经驶到停好。我托住病人的下巴给他戴好面罩，再轻轻挤压球囊给他送气。我迅速瞥了一眼除颤器的屏幕：心律很慢，但仍有生命特征。我希望救护车上的几位能明白事情到了什么地步。我抬眼望向球场彼端的他们，松了口气：都是熟人，个个机灵，我不必多费口舌解释。

我跟他们说了事情的经过，并和他们一起把病人移到一张黄色软担架上：那是一块结实的长方形布料，边上有一圈提手。我们都明白，病人即将需要我们全力抢救。病人的朋友们都显得大为震惊，但还是帮着把他抬出了公园。这件事很麻烦，因为病人身上连着各种设备，但大家在情急之下迸发出的精力让事情变简单了不少。

当我们将他放上担架床时，我意识到在刚刚这两分钟里的某个时刻，病人已经不再是尼尔、那个我在公园中救治的男人，而是变成了一具躯体、一台我们正努力使之重启的故障机器。我的思想变化是连续而非自主的，这或许是在保护自己免受创伤；又或许人在面临一个说到底属于生理层面的问题时，自然会采取这条更高效的思路。这是我所有病人的最终命运吗：都变成一道道无名谜题，等我去求解？

就在这时，病人的心脏停搏了。

他的颈动脉不再搏动，这意味着大脑接收不到新鲜的含氧血了，其他重要器官也是如此。就算他的身体仍在努力呼吸，那也已经变得难以察觉。没有了循环供血，生命维持过程就会开始关闭。

心脏监护器显示他的心脏仍有活动：心内的电通路还在尝试以正确的顺序发动心肌，心肌本身或许也还在收缩，只是幅度太小，无法形成搏动。

这不是我希望的结果。

我希望的是在屏幕上看到室颤。那会增加病人的生存机会。心肌梗死往往会诱发室颤——前面的塞缪尔就是如此。由于心律失常发作突然，且常常可以通过针对性电击来纠正，因而在其他方面都健康的心脏病人，有时在电击之后能够恢复得相当好——尤其当停搏发生在公共场合，要是在救护车上就更好了。

曾经有经历过室颤并迅速恢复心律的病人，在恢复后问身边的人自己刚刚是不是小睡了一会儿。甚至有传闻说，有病人在发作前说了半句话，恢复后又说完了后半句。

然而不幸又悲惨的是，这个病人的心脏直接跳过室颤，进入了所谓的"无脉电活动"：心电依然畅通，泵血功能却坏了。

于是，当病人的妻子赶到并询问情况时，我开始觉得他恐怕是救不回来了。

"看情况尼尔怕是心脏病发作。我必须对你完全实说，抱歉我必须这么直白。他没有了呼吸，心脏也不自主跳动了。现在是我们在帮他维持这两样活动。"

我的这些话显得多余——她自己看得出尼尔的世界正在坍塌。但该说的话还是要说的。她双手掩面，手肘缩到了胸口。

就在公园停车场里，我们在担架床上开始了复苏。我们按压他的胸口，以此将血液送往他全身。我们插了一根气管插管，用气囊将氧气挤进他的肺部。我们使用了合适的药物。我们用了几分钟时间使一切有条不紊地进行。跟着就是关键时刻：如果还有转机，就是现在了。

他的身体没有反应。

我们将病人运上救护车，向医院发出预警，又亮起了蓝灯。一路上我们不住按压他的胸口，将氧气挤入他的肺部，把药物推进他的静脉。但他的心电信号还是越变越弱。

赶到医院时，病人的心脏已经失去了任何自主活动的迹象。

我们把他交给了医院团队。他们继续抢救了一小会儿，按压、送气，就像我们刚才做的那样。

然后他们停了手。

XXIV

　　这是一个明朗而无情的秋日，你必须前倾身子才能行走。这种天气，伞只能留在家中。我们把车停在了一条隧道里，前面就是快速响应组的车。公寓塔楼的门禁已经砸坏，但大门反正也没锁。大堂里有几只袋子，电梯里有一汪液体，镜子上抹着乱七八糟的鲜红色，希望只是番茄汁。有什么东西在发出臭味。我们乘着灯光忽闪的电梯铿铿上升，出来后是一条走廊。我们在一套公寓的门上敲了敲，然后等着。良久，终于有个身着睡袍的女人来给我们开了门，眼睛却盯着我们的脚看。这女人肩背隆起，双下巴，头发稀疏，肌肤苍白松软。

　　"早安，夫人。"

　　她没有回话。

　　"是您叫的救护车吗？"

　　她还看着地板。

"请问我们的同事到了吗？"

她什么也没说，只是站到一边，把我们让进了黑沉沉的房间。

"你好……？有人在吗？"

"到里面来！"

我们循着声音，穿过客厅来到一间狭小的卧室。里面有一张单人床、一只五斗橱和两个人。其中一个是第一急救人，正弯腰背对着我们。另一个人在她身下，那是一大摊交错的四肢和油腻的肥肉，看着像是被卷起来随随便便丢在了地上，一半身子还丢到了床底下。我看见了一只脚、一条胳膊和两瓣硕大的屁股，屁股上长满了毛，耷拉着一条短裤。其余都是无法辨认的赘肉。我心头不禁闪过了扭扭乐游戏*的惨烈画面。

这副姿势是很令人迷惑，但真正令人担忧的还是病人喉间发出的怪声。他每次呼吸，汗津津的皮肤一张一弛，一声恶心的咕哝就会经由咽喉爬出他颤抖的身躯，传遍狭窄昏暗的房间，这咕哝声比呻吟更痛苦，比打鼾更邪乎：

"噗——嗝儿——！"

跟着是一台机器自由下落时微弱的嗖嗖声和咔嗒声，然后又是一阵费力的喘息：

"噗——嗝儿——！……"

这声音来自一个已经失去了知觉的人，是一种有东西即将

---

* 按要求将四肢移动到垫子指定位置的游戏，常会形成多人肢体扭曲交错的场面。

分崩离析的动静。

　　这曾经是一份终身职业。无论业界风潮的涨落，不同职业的兴衰，有一件事始终不变：人总会生病的。做这一行，永远不愁没有主顾。

　　你刚入行时是技士，之前可能做了几年患者运送或者护理工作，要么就是参过军。入行后你会出一阵子外勤，然后朝着你的目标努力，成为一名医士。如果你有一个不错的搭档，一个你可以信任并容忍一连 12 个小时的人，就像一桩古怪包办婚姻里的另类伴侣，那你就可以长久地干下去了。如果你够上进，你会申请调去直升机或危重救治部门。如果你受不了病人或者伤员，你会因为自己的门路或别人的投诉而借调到别的部门。如果你很懒，那么就和笑话里说的一样，你会转到管理岗。如果你不擅长社交，像我似的，那你就会开轿车出勤。

　　但后来事情起了变化：新人入行，学习了基本知识，但是等你一个转身，他们就辞职了。外勤人员的离职率越来越高，很少有人再长期从事这项工作了。

　　也许这就叫上进吧。以前的人在入行之前都有了点工作经历，也都带着一点开启新事业的感恩之心。我当年就是这样。但现在的新人都是大学刚毕业，满脑子都是下一步跳去哪儿。这些人大多是正规的临床医学生，二十出头，抱负远大，还没学会怎么给暖气片排气、怎么给博洛尼亚肉酱调味，就要天天面对死亡了。他们不再觉得这份职业是终点、是顶峰，而只把它看作前路的垫脚石。还是他们受不了了想要逃走？

我常听人说起急救员的其他出路：去医院急诊部或手术室，去做紧急护理医师，去做社区教育。但这些机会大多意味着你要告别充满活力和喧嚣的院前救护世界、转而投入一个波澜不惊的领域。你可以说这是临床职业生涯的进步，但我总怀疑这个变化并没有那么积极。现在似乎出现了一种新的氛围，大家慢慢意识到：如果你不够当心，这份工作迟早会叫你倒霉。

我这位同行仿佛一只绿色的火烈鸟，笨拙地趴在病人身上，给他输氧、连心电图仪、检查所有可以检查的让这个巨人轰然倒地的指标。数字全都正常。没有迹象显示他头部受伤、癫痫发作或是低血糖，就连血氧含量也显示正常，虽然他吸气吸得那么痛苦。那么，他又为什么会在这间昏暗斗室的一角、纠结成了这样一团对外界没有反应的肉堆呢？

看他的样子，似乎是故意摆成了这个别扭的姿势。就好像有人把他这副毫无还手之力的身体拖到此地，然后恶毒地打了个结似的。他一定正经历着巨大的痛苦——如果他的身体还能感受痛苦的话。加之各种拘束因素：他脸朝下，背朝上，姿势扭曲，不得伸展。也难怪他连基本的呼吸动作都这么辛苦了。

我们可以挪动他的身子让他舒服一些，但我们必须弄清楚他是怎么落到这步田地的。他是跌倒还是昏厥了？是在地上爬行还是想躲起来？是在找什么东西吗？他是不是脑子一时错乱、故障，才摆出了这个最难挪动的姿势？原因我们只能靠猜了。现在的他就是一部接错了线路的机器；是一只被打败的猎物，也是困住这只猎物的陷阱；是一个表演脱身术的人，但中途竟忘了逃脱法门。

他无法告诉我们任何信息，也不能响应最基本的指令。我们询问那个为我们开门的妇人（可能是他母亲？），想从她那里得到一点帮助。

"劳驾，夫人，能告诉我们发生了什么吗？"

但她不知嘟囔了一句什么，别过脸去走开了。

"请跟我们谈谈好吗？这男的是你儿子吗？"

她溜进了卫生间——

"我说夫人？"

——她在里面锁上了门。叫救护车的一定是她，但是自我们到场之后，她就没说过一句话。

我们暂且假设，男子是脑功能突遭破坏，但具体是什么破坏我们只能猜测，在这地方也不可能找到多少信息。他得接受验血、拍片，需要送医院急诊部。眼下我们不大可能进行任何有效治疗，也没法让他更易于挪动。

总之，我们眼下主要面对的不是一个临床问题，而是运输难题。我们需要把他从地上弄起来，放到椅子上，抬去救护车，送入医院。这才是我们在这世界上的基本任务。我们请求了再来一队增援，但在等待的时候，我们也不会干站着眼看他的情况越来越差。

他是死沉死沉的一大块，是一大团滑腻松软的赘肉。他身上没有着力的地方，无法推拉，也没有可以抓握的把手。每一个角度都有肥肉溢出，每一处边缘都像是用湿黏土塑成。他就是顽固的重力本身。

将病人从他们的私密困境中解救出来并送上一张医院的病床，这是急救的一项基本工作——或许是最最基本的工作。但这份工作要付出什么？正是让病人无法动弹的那些特征（体型、虚弱、生理衰退），让负责救护他们的人备感辛苦。

如今，起重设备的进步已经在急救工作中有所体现。但是在院外环境中，由于房屋排布杂乱，加上病人会在各种稀奇古怪的地方昏倒（抱着马桶、挂在树上、扑在只能向里开的门上、身子一半在阁楼仓里面一半在外面），起重设备再怎么巧妙，也只能解决部分问题。于是，当时间紧迫，又要将一具沉重而不知配合的躯体从一个逼仄的角落运出，往往就需要快速思考，随机应变，再加上一身蛮力了。

有些人认为这是一个充满活力的职业：从业者四处奔波，时抬时举，多数时候都在走来走去。但其实这是一份相当静态的工作。我们或许是远离了办公桌，但许多时候还是要坐着。工作中的运动元素零零星星，对健康无甚益处，再拿今天遇到的这个问题来说，这些元素还往往出现得突然而异常，足以增加受伤的概率。认为这门职业能保持身材的观念统统是迷信，看看我们这么多的病假单就知道它是错的了。

这些病假单中，有抬举时伤了肩膀的，有屈腿时、跪下来做心肺复苏时伤了膝盖的，有你以为早已消失的刺痛，有因为别扭的动作、抬不动的重量受伤的，有在长长的一周轮班之后旧的运动损伤复发的，当然还有腰背问题。

这些都是家常便饭了，但除此之外，还有其他因素的伤害。对许多同行而言，这伤害是经年累月的轮班：这就像永远在倒时差，令人头昏脑涨、肠胃紊乱、心动过速或是意识模糊。有些人身体伤了元气，再也无法恢复到某个水平以上。有同行请了长病假，从此一去不回。还有的人性格发生了意外的突变，他们或是被自己目睹的景象打倒，或是被弥漫在身边的各种悲伤击溃：有人产生积怨，有人感到痛苦；有人因为对酒或别的什么上了瘾而开始全面崩溃；有人和爱人分了手，于是一下子发现了工作的冲击深入骨髓。虽然不愿承认，但到头来，我们和那些病人并没什么两样，而我们每天瞥见的，不过是他们痛苦挣扎中的一点点。

就工作而言，这些问题或许是压垮有些人的最后一根稻草，是另一些人启动终结过程的契机。而只要还在做这份工作，在67岁退休前，我们所有人就都有义务抬着病人走下楼梯，那么，这些伤害至少是持续的警告，提醒我们别把未来想得太美。

我们这位不知姓名的垂死病人为自己做了一件好事：他是倒在强化木地板上的。我们移开家具，一人抓住他一块凸出的身体，这样就能拖动他了。我们在他身下垫了一张床单，以防拖动时他汗湿的皮肤黏在光滑的地板上，倒退着一下一下把他从卧室拖到了相对宽敞的客厅里，再把沙发顶到一边，直到他像一名巨大的新生儿似的侧身瘫在了地上。他对于这番生拉硬扯毫无反应，但他的身体放松了、舒展了，呼吸也随之变得更加平和、安静，更像正常的呼吸了。

到了这处开阔的地方，我们终于看清了他的脸。他现出了一个人的样子来。

"先生？能听见我们说话吗，先生？能睁开眼睛吗？"

我们依旧不知道他的名字。

"我们把你从卧室里弄出来了，明白吗？现在我们要让你坐到我们的椅子上，然后带你去医院。你能捏一下我的手吗？"

仿佛一尊复活节岛的石像，他的一切都显得巨大而且头重脚轻：他那颗秃脑袋是一只锃亮的穹顶，方形的下巴好似凸出的山岩，臃肿的脸仿佛一只面具，上面装饰着两只长毛的耳朵和一只塌扁的鼻子。我们用手电照了照他的眼睛。瞳孔有反应，但他没有避开光线。他出现这种情况是第一次吗？跌倒多长时间了？他的一侧面颊上压红了一块肉，仿佛一颗踩扁的樱桃，上面印着卧室地板的花纹。他的一圈胡子上都沾满了唾液和鼻涕。我们给他擦了一把脸，也抹去了他头上的汗。

　　我们的下一个难题是将这死沉死沉的一坨从地板挪到椅子上。我们知道硬抬不是办法：每次我们用尽力气将他向上抬起，他都会从我们手中滑走；他的重心始终不曾离开地面。于是，我们让他侧躺下来，把他的髋部和膝部都摆成直角，再将搬运椅也侧面朝上摆在地上，轻轻挪到他屁股下面，让他的身形能贴合椅子的形状。我们用座椅上的带子将他绑好，再连椅子带人一起翻转，使病人仰面朝天并呈坐姿。然后我们卡住座椅的两个后轮，将椅背慢慢向上抬，最后将椅子立起来。这一系列动作不优雅也不轻松，但毕竟有效。我们给他裹了条毯子，将绑带扎紧，氧气面罩戴牢。我们环视这间公寓，看还有没有别的需要注意，接着便朝那台湿漉漉的电梯走去。

　　推病人前往救护车时，一团灰尘猛地刮到我们脸上，我的一条腿还裹上了一只蓝色塑料袋。附近的鸽群在劲风中只得来个大转弯，在半空中躲避着阳台和卫星天线。两排树木一齐弯腰，仿佛是在行礼。

　　上了救护车，我们用那块毯子帮忙，以别扭的姿势绷紧肌肉，又将他从座椅上拽了下来，接着最后使一把劲，把他放到了床上。大约半分钟后，第二队急救人员来增援了。

　　"哦，看来你们都搞定了？"

　　"是啊，伙计们，来得真及时……"

　　我们通知医院马上就到，然后发动了汽车。

　　我们会我把病人交给随便哪个医生，然后便再不会知道是什么原因造成他奇怪地跌落，他的结局又会是什么了：他只是又一个沉默的灵魂，被我们关注了一个小时，接着便永远消失。明天我们会感到腰酸背痛。

不久之前有人问我：这份工作有没有保质期？"保质期"这个词用得很恰当：有些活计，你只能干上一段有限的时间。如果在救护车上工作真的像传闻中那样，不可或缺、令人满足、丰富而又安全，那么它当然不应该有一个能干多久的限度吧？但我很快就会发现，事情并不总是这样的。

XXV

那个男朋友来迎接我们时，说出了那句永不过时的话：

"她不知道你们要来。"

这句话我从前也听过，它一出现准没好事。他跟着说道：

"我觉得她看到你们不会太高兴的。"

我们可不想听这个。

"好吧，那你想告诉她我们来了吗？"

他还没告诉她，因为知道她会生气。她一生气就会有排山倒海的麻烦。他把冲突向后拖延，希望我们身上的制服能缓和气氛，但这一招很少奏效：现在她只会觉得我们是在合伙骗她。

我们跟着他走进去时，那女的转过了头，眼睛乜斜着，里面全是醉酒后的怒意。

"他们，他妈的，是谁？他们，他妈的，来这儿干吗？"

她坐在一只沙发上，手里抓着腿上的一只帆布背包。

“宝贝，你放松点。”

他过去搭她的肩膀，可是她站起来一嗓子把他吼了回来——

“不许！碰我！”

——跟着又一屁股坐了下去。男的摊开双手：

“好好好。你冷静点。我找他们是来帮你的。”

她一拳砸在咖啡桌上：“我才不要谁他妈的来帮我！”

她抬起眼睛来打量我们俩。她的动作一冲一冲的，说话也是一截一顿。

“我不想有人碰我。这种事。我经历过。我知道我的权利，警官。”

“他们不是警察，杰丝。”

“闭嘴！现在，我告诉你们。我不想有人碰我。要是你们。要是你们碰了我。那就是违背我的意愿。就是，就是袭击。所以，别他妈的碰我。知道吗？”

我不清楚我们走进了怎样一个现场。这似乎是情侣拌嘴的余波，但也可能是更大的威胁。房间里还有一位女性，正尝试抚慰患者，但看不出她是家属、朋友、室友，还是问题的一部分。

调度给我们分配任务时，说有人过量服药。我猜是这个男朋友做了什么事惹恼了杰丝，于是一道闸门打开了，更大的矛盾倾泻而出。他现在想让我们挥一挥魔法棒，使一切回到原点，而患者根本不想我们来。我觉得她以前应该接触过急救服务，也隐约感到了下一步会怎么发展。我问她男朋友：

"到底是怎么回事？"

带着焦躁而抗拒，杰丝站起身，在房间里大步走动，差点绊到了矮矮的咖啡桌。男朋友对我们说了什么药片什么酒，但杰丝脚步踉跄地费力走来，甩起帆布包打断了他。走过来时，她用恶狠狠的口气说道：

"少——管——"

然后直逼到我的面前："他妈的——闲事！"

接着就噔噔噔走出了公寓。另外那个身份不明的女人也碎步追了出去。

我大可以少管闲事。但我很清楚，今晚的闲事不能不管。

我现在主要是担忧我们的位置。这套公寓位于二楼，前门出去就是一条楼梯平台，沿楼的正面横向伸展，把各套公寓连到楼梯井。平台外侧几无遮挡，只有一道齐腰的栏杆。我们沿着平台走到了楼梯那儿。她已经顺着楼梯上了三楼。

我们并不清楚发生了什么，也没有时间调查。我们只知道杰丝很气、很凶，多半喝醉了酒。从她的举止推测，她以前怕是有过极端行为。我怀疑她能够做出相当危险的举动——对自己，或是对别人。

我们爬上楼梯，发现她倚墙而坐，冲着楼梯下面骂骂咧咧。我对她自报了姓名，并问她能不能跟我说说她经历了什么。

"不行，你他妈的不配听。"

我刚才已经按下对讲机，这时它嗡嗡响了起来。我暂时走到一边说：

"总台总台，可以派警员到我目前所在的位置吗？"

"明白，你们安全吗？"

"我们很安全，但病人烦躁冲动。"

这时那个男友也顺着楼梯上了来。这好像拨到了某个开关，杰丝突然站起身来，开始踢栏杆、扯扶手，探身向男友骂出了一连串刻薄话，嗓门越来越大，音调越来越高，最后发展成了一声声尖叫。她的狂暴指责变得越来越具体，越来越骇人，中间夹杂着像是她说她遭受过暴力对待，夸耀自己也给对方留下了伤，并威胁以后还会这么做之类的话。我感觉形势发展不妙，也想给房间里的气氛降降温，于是我朝她的方向走了一步：

"杰丝，我请你稍微看我一眼。"

她停下谩骂，直盯着我，圆睁的双眼里满是仇恨。

"别，他妈的，靠近我。"

她刚才那副东倒西歪的样子瞬间消失了。她突然醒了酒，蓄势待发，像是要随时扑过来。我转头对他男友说：

"伙计，你要不先下来？给她点时间缓缓？"

"我他妈的才不需要时间缓缓！"

那男的倒是巴不得后退几步。当他退下时，杰丝就靠在栏杆上，劈头盖脸地向他倾泻咒骂和唾沫。男的终于也停下来，用指责来回击——说某一次她和他的朋友一起过了夜什么的。这种话可没法让她冷静。

等男友离开视野，她开始在狭小的平台上踱来踱去，寻找新的目标。她从地上抓起帆布背包，摔上门，朝外面的公共平台通道走去。我的嗓子眼儿里升起了一团恐惧。她走到栏杆前，把背包甩到外面，然后松手丢了下去。片刻之后，背包砰的一声撞上了地面。

"快退后，杰丝。"

但她并未退后。她双手抓住横栏杆，把右脚抬了上去。她穿着一双沉重的系带靴子、一条紧身牛仔裤和一件军装夹克。她先是把脚踩上扶手，然后把小腿伸到外面，用膝窝勾住栏杆。

"不不，别这样。"我这么说既是对她，也是对自己。

她把自己撑起来，然后身子左倾，转动躯干和臀部，骑跨到了栏杆上，下方大约七八米就是混凝土。此时，她至少有半边身子已经越过了护栏，而且毫无退回的迹象。

要坏事了，必须做点什么才行。

我脑子里有好几个问题一齐涌了出来：她是真的想跳吗？我是真想知道吗？从三楼掉下去会要她的命吗？这要看她是怎么落地的。三层的高度，足够造成某些重伤。未经允许，急救人员不得触碰病人，但就连为了阻止病人摔断腿或者出现更惨的后果，也不能碰吗？最后还有一个自私且清醒的问题：如果她跳下去时我正好在边上，那样会显得我很糟糕吗？

这些想法只持续了一刹那，就被另一个更加本能的反应推到了一边。

我伸手抓住了她外套上的松垮面料，结结实实地抓了一大把，然后赶紧往回拽。我两脚自动宽宽地分开，边拽边退后了一步：要是她铁了心往下跳，我可不想被拖下去。有那么一小会儿，我们相持不下，然后她就猛地向我倒了过来，双腿撤回，两脚再度踩上了平台，身子也站回了安全的栏杆内侧。

她这个后撤的动作十分流畅，落地后也没有立刻要再爬上去，这不由使我怀疑她是否真的想跳，但这一点我是永远搞不清了。刚才她是真的好险。一转眼工夫，她的男友也来到了平台上，与我合力将杰丝拉回了室内。

我再次按下对讲机，向调度通报最新情况，并询问警方到了哪里。我希望他们能早来就别晚来。杰丝虽然任由我们将她拉离栏杆，但嘴里仍在大喊大叫。她可没准备带着懊悔与合作的姿态屈服。这场斗争还远未结束。

我身在那扇通向平台的门内，面向着门站定，把我们几个都堵在了楼梯顶部这处奇怪的砖砌窑洞里。如果她非要出去，我就拦住她的去路。

情况还真是这样。过了大概两分钟，刚刚镇定了一小会儿的她就又被什么激怒了——这次不知是为什么。她蓦地伸手去够门。但我的双脚已经牢牢抵住了门框，门纹丝不动。她猛地拉了一下金属门把——

"让开！"

——又是一下——

"让我出去！"

——第三下——

"你这兔崽子！"

在她愤怒的嚣叫声中，我看见一辆警车在百米外的路上停了下来。这时我的对讲机也嗡的一声有了反应。我把对讲机举到嘴边，而杰丝见强行开门失败，转而对我发动了直接攻击。

她伸出左手来抓我，右手仍在努力拉门。

"给我让开，你这兔崽子！"

她将左臂从我的脖子后面绕过来，手掌撑到最大，像金刚指似的 * 掐住了我的两根脖筋。

"让我出去！"

她的指甲嵌进了我脖子两侧的肉里，仿佛一只被逼到绝境的动物似的死命掐我。

每一名医务人员都熟悉"注意义务"。我在入行的第一天就被灌输了这个。所谓注意义务，就是本着勤勉而专业的精神，为另一个人的福祉担起责任。这似乎是一种非常基础的冲动和根本的概念，无须别人来教。这样一项基本的工作怎么可能出岔子？有什么竟能使一名救治者放弃救治他人？

---

* 原文为"像火神星人（瓦肯人）似的［掐住］"（in a kind of Vulcan grip）。在《星际迷航》的设定中，火神星重力高于地球，因此火神星人比地球人力气更大。

试想有一个不愿接受帮助的患者，诊治者想尽职责，但患者却不让。他要表达不情愿，可能是礼貌地说一句回绝的话，也可能诉诸袭击。

在大多数职业对峙中，一方动手就标志着交流的结束。你要是在一场体育比赛中袭击一名对手（或更过分，一名赛事官员），你多半就不能再比下去了。我们常听人说，随便哪行的从业者都有权利在不受侵害或虐待的环境中工作。当然，现实世界很少会这么简单。

如果一名医务人员要走近一名喝醉的病人，却被揍了一拳，他可能会合情合理地后撤，听凭病人自便。可如果醉意使病人走向一条繁忙的公路、一条铁轨呢？医务人员是不是应该把挨的打看作战斗的伤疤，宁可继续挨打也要上前阻止更大的伤害？病人这样喜怒无常，却要我们继续救治，这样公平吗？安全吗？

你可以说，一个因官能受损而举止暴力的病人也是病人，因此我们仍负有注意义务。但理论上讲，救治者如果自己得不到保护，他就不负有注意义务。毕竟公路和铁路对医务人员也很危险。

但在实际工作中，这类两难出现时，对医护的保护大多会慢上一拍。真实世界的起伏变动极少符合刻板的假设情境。

根据我的经验，病人的敌对行为会出于多种原因。他们可能是因为疾病而显出攻击性：一个糖尿病患者低血糖发作时会变得激越，一个退休老人在严重尿路感染时会出现谵妄。在这些时候，葡萄糖或氧气的短缺都会抑制大脑功能。

　　但是也有些病人提出的是另一种难题，因为他们出现了精神病性情况：感知与现实的脱节，使他们越过了社会所能接受的行为边界。也有人在服用了某些化学物质后心理加工过程出现了改变，于是有了人际交往方面的困扰。

　　凡此种种的生理和神经病学问题都可以治疗或控制，只是难度有别。一般来说，只要解决了背后的病因，病人的行为就会平和下来。当然，也有些病人的敌意有着复杂的生理成因，轻易无法纠正。

　　"总台总台，请向警方通报最新情况，叫他们到三楼的楼梯间支援。"

　　杰丝那老虎钳似的手还掐着我的后颈。

　　"再请告诉他们病人刚才尝试跳楼，目前在攻击我们……"

　　杰丝仍抓着门，正在使出全身的力气，想推开我挤出去。现在回想起来真是奇怪：我竟然没有回击。当时情势紧迫，照理说一般人都会反击，直到袭击者停手为止：或者把她推开，或者胳膊一抡，或者踢她双腿，甚至用更狠的手法。但在那个当口，我还要努力使门保持关闭，于是不但没有回击，还说了句相当礼貌的话：

　　"请你住手。"

　　见这道命令没有起到理想的效果，我又说道：

"把你的手从我脖子上拿开。"

但她并不听我的。

我的搭档跑过来调停："放开，快放开！"

她男友也来抓她的胳膊，可她就像一条滑溜溜的鳗鱼，不停地扭来扭去，坚定而又怪异，双眼圆睁地倾泻她的愤怒。我一边牢牢顶住门板，一边又转脖子又低头，终于摆脱了她的利爪。

她失去了束缚，也失去了平衡，在狭小的平台上转了起来。我们旁观她接下来会怎么做。所有的阻碍仿佛一下子都消失了。见我们人多，或许还震惊于我们的突然转变，她摇摇晃晃地退了下来，退向楼梯，嘴里还在嚷着，一边跟跟跄跄地下了几级台阶。机会来了。

"对，继续走，我们下楼去。"

我们护送着她继续向下走，一边哄她一边带路，强作镇定地喃喃引导她。我们这面目各异的四人正笨拙地迈向事情的解决，我们在一臂距离外包围着她，密切注视着又一次爆发的迹象。她不时停下步子，转身叫骂几句，但是她的怒气已经过了顶峰开始下降，就像她的身体也终于开始疲倦地下楼梯。到最后几级时，我走到了最前面。当我打开楼大门让两名警员进来时，周围一下出奇地宁静下来。

不知你是否目睹过某位密友的几个孩子在你家大闹天宫的场面？就比如，从家具上一跃而下玩滑翔伞，把你的传家宝当橄榄球，拿你的贵重物品检测抗拉强度，等等，这样的事？这种体验会让你相当难受——尤其是孩子的家长就坐在你身旁，却一点不去管教他们的时候。

起初，你自认是慷慨的主人，要给这对家长一点余地，猜这对伉俪想必是在实践某种进步的育儿方式，很快就会出手干预。但时间渐渐推移，你的财物也遭受了更为永久的损伤，你这才明白过来：他们才不会干预。

于是你陷入了两难的境地。你不想扫大家的兴，但又相当强烈地感到必须给这些孩子划一条界线。虽然要划界线的地方在你家，但划界的责任却完全在这对友人手里。你觉得是时候给孩子们施加一点管束了，或许还应该来点惩罚，最少也得严厉地训斥两句吧。但两位朋友始终不动声色。

你胸中渐渐燃起了一团怒火，但也开始自我怀疑。刚刚发生了一件不恰当的大事，你希望在场的有关人士能做出相称的回应，至少也要承认这是不对的。然而你看到的，却是这对家长为避免麻烦而继续纵容孩子。甚至当你珍藏的一张黑胶唱片被当作飞盘扔过客厅，两人也没有一句斥责时，你不禁疑惑，难道错的是你自己——也许你就不该有这股不平之气？

我们开门告诉警员，病人刚才想从三楼平台上跳下去，是我们用身体阻止了她，然后她就袭击了我们中的一个，现在她身上还留有愤怒和暴力的迹象——当我们告诉他们这一切时，他们并没有马上咔嗒一声给杰丝戴上手铐，再宣读她的权利，也没有根据《精神卫生法案》第 136 条，因杰丝威胁要伤害自身或他人而当众拘捕她，更没有呼叫警用囚车和支援队伍。他们看上去甚至不怎么生气。

他们反倒和病人唠起了家常，看样子是想赢得她的信任：先试探性地走两步摸清地形，就像建筑工试探性地走上一块安全性可疑的平屋顶那样。

这本该是急救人员的策略。我们才是该对难缠的病人发动讨好攻势的人——因为那是我们唯一能做的事。但现在，至少在我看来，我们已经过了这个阶段，需要拿出更严厉些的手法了。

当我暂时走到一边，等待肾上腺素引起的颤抖平息下去时，我不禁开始对自己产生了怀疑：也许是我搞错了？我期待能有人为我伸张权利，期待警察能显示权威。但我看到的却是另外一幅奇景：我看到一个怙恶不悛的人居然得到奉承和纵容，而纵容她的竟是我们叫来帮忙的人。这一幕的含义很清楚了：他们来这儿是为了防止事情再闹起来。用自己的亲身在场给出明确的警示，再和对方聊上几句。剩下的还是得靠我们自己。

于是，我们在这套公寓外面度过了做梦般的一小时，这个病人才刚刚袭击过我，现在我却要努力劝说她跟我去医院。很明显，我们不能把她留下。我脖子被她抓得红肿疼痛，心里窝着一股火，还感觉一下子被掏空了似的。真是一份吃力不讨好的工作。现在我知道自己刚才为什么不反击了，因为我料到了会有眼前这一出。现在回想，一如我之所料：一切获得保障的感觉，都消失了。

　　我已经尽全力做到耐心、共情和干预。我已经尽量把杰丝往好处想，考虑了她的艰难处境，也给了她好几次机会让她另走一条路。她对我说了许多也喊了许多，其中一些话显示她过去受过伤害，这些我全放在了心上。然而光凭宽容并不能改变现状，宽容也无法约束一名袭击者，或是为她的袭击行径辩解。

　　在我那原始、愤慨、受伤的内心深处，我巴不得丢下杰丝转身就走，管它什么后果不后果。我反正是受够了。但经历了刚才的一切之后，我发现自己陷入了一种奇异的处境：我在恳求她跟我们走，就算她仍在劈头盖脸地辱骂我。因为在这半夜1点时分，这么做是收拾起这片烂摊子的唯一出路，再说她总归是受我们看护的病人。这是一个折损人格、耗费精力但又完全符合实际的做法。

　　我们无法判断她是否有能力自己做出选择，因为她不愿配合我们回答问题或接受体检。她偶尔表现得思维清晰，夸口说自己会多少多少外语、智力如何如何高超，还一口气报出了她过往的成就——包括因拒捕袭警而被指控。我不知她这算是在向我们卖弄、威胁，还是在怂恿我们改行。如果是最后一项，那她干得相当不赖。但是当我们直接问她一个问题，她唯一的反应却是骂有色人种骂同性恋。除此之外，我们当然也不能忽略她刚刚试图从三楼平台上跳下去这件事。

　　在终于要离开现场时，我们又做了一件纵容她的事：我们同意带她去一家离此地较远、离她家较近的医院。这是为了摆脱这个泥潭做出的简单妥协。那个男友也跟我们同去——他的在场有时似能安抚到她，有时却会重燃她的怒火。到了急诊部，我们要求她保持安静，尊重一下其他病人，但这就像是要求一只猫不要去追逐激光点：我们一路进去，她始终在用粗鄙的语言对身边路过的每个人评头论足。

我告诉一名女警，说我希望举报自己受到的袭击，她记下了详细情况，但紧跟着就告诉我报警也不管用。

"上面会说，她不知道自己在做什么。"

"她当然知道自己在做什么。"

"他们会说，她失控了，没法理性思考。"

"好吧，可我还是想报警，因为我毕竟遭受了侵害。"

"当然，当然。只是……你别指望会有什么结果。"

然后，在我们穿过几道门户之后，她和她的搭档就消失了。对他们来说，杰丝现在是别人的问题了。

很不幸，这"别人"就是我们。要是我觉得曙光就在眼前，那我就错了。急诊部里现在人山人海：几个醉酒的病人瘫坐在椅子上，一个穿正装的男人在心无旁骛地读一本小说，另一队警察正陪着一名戴着手铐、面色阴沉的男青年候诊，一个老太太在朝一只碗里呕吐。杰丝挨个走到这些人身边，一边还征求着男友的意见，男友转动着眼珠，无力地示意她走开。我建议杰丝坐一会儿，她听后坐了大概一分钟，接着就又躁动起来，站起身来回踱步，音量也再次升高。我看今晚是没个完了。我走上前去，用我最平静的口吻问她，能不能先坐一小会儿，等我们和护士谈过话再说。

"你他妈算老几？你他妈就是个开救护车的！我饿了！给我搞点吃的来！"

"我们先把情况告诉护士，看她们想带你去哪一科。然后我们再给你找东西吃。"

"最近的商店在哪儿？我他妈的想要一只三明治。"

"再等一会儿。"

"别他妈叫我再等了！我想吃三明治。都跟你说我饿了，开他妈救护车的！"

这时她已经冲到了我面前，脑袋歪到一边，就像电影里的坏人想要抛出两句狠话时的样子。

"要我去叫保安吗？"一个路过的护士问我。

"那有劳了。"

她去叫了。但保安始终没有出现。

我觉得真是太难了，在许多方面都是。在心底的某个天真的角落，我仍在期待着杰丝最好的一面——期待在她这层粗粝刻薄的硬壳下面，还瑟缩着另一个她。但实际上，我要面对的却是眼前的这个她，这个热衷于像播种一样播撒痛苦的人。

我向她解释她不是被拘来的，她是自愿来的医院，完全有去商店的自由，如果真的想走也请她自便。到这时我已经没有什么可以再付出的了：我没有权力强迫她留下，我觉得自己已经做了能做的一切。坦白说，她走了我反倒清净，求之不得。然而耐人寻味的是，她虽然因为"他妈的违背我的意愿"被拽到了医院而愤怒，但并没有离去。她留在了急诊部里，开始详细地数落我的过错。这使我很受启发。

急诊部的一小群医护们就这么看着，或许感到同情，或许觉得有趣，但肯定都在庆幸挨骂的不是自己。就这么闹腾了 40 分钟后，护士终于准备好交接了。这时，一个躲在安全距离外旁观的医生问我：

"她真的有必要送来这里吗？"

这真是这幕可怜戏剧中最凄凉的一刻。他觉得我送她来这儿是为了好玩吗？

我早就习惯对付喜怒无常的病人了，挨骂也是家常便饭，就连身体攻击也绝不少见。但今晚这一出最令我沮丧的地方（这种沮丧在未来的几个月里都会萦绕在我心头，使我不禁自问为何自寻烦恼）却不是攻击。我沮丧的是，那些换个场景就完全可能有类似遭遇的人，竟没有一个对我表现出一点团结甚至认同的意思；是这出戏终会消失在一片冷漠的真空之中，是我这番迎难而上竟似无谓的徒劳。

我们自己的官方途径也给了我类似的回应。当我在内部报告这次事件时，他们告诉我此事无法处理，因为杰丝没有给出确切地址。上面的调查主要集中在确认我接受的冲突化解训练是否跟得上时代，把责任又微妙地转回给了我。关于报警，那女警说的也没错：我没有得到任何反馈。下一次，杰丝还可以随心所欲地做同样的事。

眼下，我只能向护士简略描述过去三小时内发生的事，然后让她来裁定杰丝到底该不该送来。我的工作反正完成了。

走到外面，那感觉就仿佛你的邻居终于关掉音乐，结束了喧嚣一整晚的派对。宁静突然降临。我感到了一种筋疲力尽的、失重般的、魔法似的平和。我等着脑内的嗡嗡声渐渐退去，并在难以置信中摇了摇头。

我们返回站点，写事件报告。我们匆匆喝了口茶，没人得到什么表彰，就又要出发了，因为病人的电话仍在源源不断地打入。急救服务是绝不能停的，下一个病人可能真的需要救助。

我们按下绿钮。

当我们几小时后再次来到医院，我们会发现杰丝早已出院，没人给她做进一步医治。

XXVI

谁都不想接这样的任务。

清晨六点，开始上班。我们是今天的第一班。我们登上救护车，检查设备，确认没有东西丢失或放错。设备装好了，药也拿了。今天上的是短班，希望我们能轻松度过。我们一边在救护车里走动，打开橱柜，啜饮茶水，一边交流昨天下班后的活动：游游泳，看看电视，然后早早上床，等待今早四点半的闹钟。在熬过漫长一周的早起之后，周末终于近了。再救治几个跌倒的老奶奶，上下车几次，我们的工作就结束了。中间再喝一杯香浓的咖啡。这种脑筋放松的状态至少可以维持到上午十点半。

这时有人在救护车外敲了敲门，探过来一只脑袋。

"打搅了两位，调度有电话来。"

"他们可真是一点时间都不浪费啊。"

"他们派任务来了，抱歉伙计们，附近有人停搏，是个孩子。"

我们望着这个同事怔了一会儿。

"不是开玩笑，抱歉，我也希望是假的。"

"病人多大？"

"没说。你们还需要点什么吗？"

"东西我们都带了，没漏的吧？"

"应该没有。"

他从外面关上了车门。

谁都不想接这样的任务。

地址是一排商铺上面的一套公寓。我们几分钟就开到了那里，另一辆轿车也到了。公寓的大门敞开着，因为警察已经进去了。我们走过一条长长的过道，下了几级楼梯，进入了一个塞满家具和人的昏暗房间：里面有一队警察，一名双手捂脸的妇人，还有一个身着睡袍的老人。房间中央，三名警员正簇拥成一团跪在地上，一个在数数，另一个随着数字向下按压。

"嗨，伙计们，要换我们来吗？"

但他们根本就没听见，他们的全副心思都在手头的工作上。我拍了拍他们的肩膀。

"伙计们，我们是急救的，能让我们看看病人吗？"

他们转头看见了我们，脸上泛出释然的红光。他们这些人每天都和血肉生死打交道，但这次和平常不同。他们欣然为我们让路。那个双手按在病人胸口的警员问道：

"我还要继续按压吗？"

"请继续，先别停。"

他们保持跪姿挪开身子，显露出中间的病人。

那是一个裹着尿布的小小婴儿，正平躺在地板的地毯上。婴儿苍白、疲软、一动不动。看样子大概九个月大。婴儿的四肢向外张开，躯干像一只易碎的玻璃管，上面刻着道子，还绷着皮肉。一般婴儿的皮肤都是粉色，这一个却不是。活的肌肤应该泛着光彩，混合着斑点和潮红：有血液灌注的樱桃粉，有深蓝的静脉，还有充满活力的组织发出的代谢光泽。皮肤的表面应该有微小的差别和变化，诉说出生机。但这个孩子的皮肤却蒙上了一层单调、褪色的膜，仿佛一件旧物。

这婴儿有一个家，一张床，以及独一无二的哭声，或许还有一只玩具或一块毯子来伴其入睡。但是现在，为了眼下刻不容缓的工作需要，我们只把这孩子当成是一具停止运转、需要修复的人体。我们看到的是一个项目、一道难题、一套运算的起点。这里没有背景介绍，没有创新手法，只有施救过程。我来到病人头顶位置，从脚到头地看着婴儿，我没有观看其面容、询问其姓名，连是男孩还是女孩都没有考虑。

我的一名同事跪到婴儿脚边，双手兜住他/她的胸廓，用大拇指在婴儿胸口中央有节奏地按压起来。另一名同事取出一小只球囊面罩，整理好形状，罩到了那张小脸上，然后向口袋大小的两肺中挤进两小口氧气。按压的同时，她又将一根纤细的气道管轻轻伸进婴儿嘴里，并将婴儿的肩膀垫了垫，好将躯干略微抬起，从而打开气道。又通了两次气，婴儿的胸腔有了起伏，像是正常呼吸了。

这时第四名急救队员也加入了我们。在现场，我们绝不拖泥带水，但也想把事情做对，想在送院之前把流程顺利走完——一旦做完力所能及的修正，我们就通知医院开始上路。

我将除颤器的电极板放到了玩具娃娃似的躯干上，它们在无瑕的幼年皮肤上牢牢黏住。屏幕上现出了读数：这孩子没有心电迹象。我们对此并不意外。本就微弱的希望火苗继续衰微。

孩子的母亲正和警察一起站在一旁。她茫然抽泣着，不敢看向我们这边。就在我们抢救这个婴儿的地方旁边有一张床，床上探出了另一个孩子，大约两岁，她对外面涌入的陌生人似乎并不害怕，反而乐呵呵地看着我们在这个弟弟或妹妹身上猛攻，就好像我们在玩什么游戏似的。

"劳驾哪位把这孩子带走？"

一名警员从床上抱起那个孩子，走出了房间。

我们得知婴儿昨天夜里醒了一次，后来由母亲重新哄睡，但母亲今早醒来时，却发现婴儿在婴儿床上已经没了生气。母亲叫　位邻居帮忙打了 999。婴儿从前没有病史，这一阵也没有不舒服。

我们在婴儿身上查看有没有伤口、疹子、淤青等一切明显的线索，又迅速扫视了一圈房间，想找到任何使人怀疑或担忧的物品。婴儿的体温很低，但没有出乎我们的意料。血糖的读数也很低——这不一定是病因，但肯定是我们要纠正的。等一接好输液管，我们会马上给婴儿输葡萄糖和肾上腺素。

我将 EZIO 骨髓输液器对准了孩子胫骨的顶端。这是一把小型手持电钻，前端是一大根针头，能刺穿皮肤钻入骨头，让我们能将药物直接送入血流。我按下开关，马达唑唑作响，我向前一顶针头，表皮拉紧、破开。电池先是没电后又恢复，针头轻轻钻进了骨头。我拔出针芯，留下套管，在婴儿的皮肤表面设立了一个具有科幻气息的接口。这说起来像是在给婴儿上刑，但我并没有顾及钻探的血腥之处，我只在乎把事情做对。我们所有人关心的，无非是一定要把事情做对。

这是一个没有醒来的孩子。

几个月来，那位母亲第一次睡了个自然醒，这使她的喉咙深处隐隐升起了一股不安。当她借着微弱的晨光去孩子床边查看时，这一次孩子没有用咕咕的笑声迎接她的到来，两只小脚丫也没有在床垫上急切地拍打。或许是孩子还没睡醒？但是当她把孩子从婴儿床上抱起，却感到孩子出奇地沉。孩子没有扭动，没有眨眼，没有把头倚上她的肩膀，或是抱住她的脖子。孩子没有睁开眼睛兴奋地打挺，小脸上也没有绽出喜悦的神情。它就是一动不动。没有反应。木木的。

　　这位母亲经历了每对父母都畏惧的坠入无底洞一般的可怕瞬间。从婴儿床上方俯下身子的那一刻，她就在沉默中感到自己开始坠落了吗？她是一看到孩子就明白了吗？就算是现在，她明白到底发生了什么吗？

　　是时候转移阵地了。现场能做的工作都已做完，我们安装好了所有设备，履行了自己的职责，在最初的关键时刻尽我们所能创造了最好的机会。我们用通气和气道管理实现了最大供氧。我们向病人的骨髓里输液给药，包括小剂量盐水、葡萄糖和肾上腺素。我们尽力做了最高质量的心肺复苏，并维持了镇定自若有条不紊的作风，没有在意呼之欲出的悲伤思绪和抢救现场的可怕景象。总之，我们严格遵照了流程。

　　我们的下一个考验是将病人运出公寓，送上救护车。为此我们要爬一段楼梯，穿过一道走廊，踏上外面的马路，再登上我们的车，全过程中还必须始终为病人复苏。

　　这是一次三人行动。我用左前臂托住婴儿的小身躯，让婴儿的头部枕着我的手掌、双腿垂在我胳膊两侧。我的另一只手握住婴儿的躯干，在胸部中央有节奏地按压——一，二，三，四，五，六，七，八，九，十，十一，十二，十三，十四，十五——同时我的搭档在 边用手稳住婴儿的头，让气道管不掉出来，并微微抬起了婴儿的下巴，一边挤压气囊：一下……两下……都是在我停止按压的时候才送气。还有一名同事在我们前面领路，还负责带好除颤器、氧气包以及婴儿身上连着的液体和药物。

我们一行人小心翼翼，一步一步地缓缓行走，就像是一只不对称的节肢动物，两个头朝前，一个头朝后。我们一路上互相警示，绕过障碍，给按压计数，并时不时看一眼屏幕上的心律。

我倒退着走上楼梯，每走一步都先用脚后跟敲打立板，确保不会踏空。我们上了楼，开始轻轻穿越过道——

"前方两米就是大门。稍微有点门槛，出了门有一级向下的楼梯……"

——然后走到了阳光下。我心说，不知道此刻有没有人看见我们。他们会明白发生了什么吗？今后他们每次经过此地，会想起今天的这一幕吗？幸好街上很安静：孩子们还没出来上学，车也没有几辆。我们相互配合登上了救护车，将婴儿平放到担架床上。婴儿一下子显得那样渺小，就好像在巨大的白色床单上漂泊。救护车上的东西没有一样是为这个体型的孩子设计的。这么小的生灵本不该经历这些。

我推开这些感慨，专心工作。现在要重新检查一下心律，再输点药。我们将重新定位，重新评估，通知医院，然后上路。

健康人有时会遭遇伤病。我们希望不会，但人是生物体，不是机器。我们这份职业的存在，就是为了有人能在这种时候回应呼救。急救人员的理想会被工作磨灭，但正是因为健康人会得病，我们当初才选择了这份工作，并且现在依然做着。

不可否认，这份工作会使人产生一种病态的激动。鲜血淋漓的创伤和皮开肉绽的医疗难题真是让头脑格外清醒。我们都有反社会人格吗？我觉得没有。那就是心理病态精神错乱喽？希望也不是。急救人员会被他人的不幸所激励，因为病人病得越重，我们就越觉得自己有用、有价值，说白了就是一天的工作也变得更有趣了。

有一句话是这么说的：我们不是希望你遭遇伤病，我们只希望你有此遭遇时有我们在。

但也有例外。有一类工作任何急救人员都想极力回避：小儿心脏停搏。干我们这行可能对疼痛和暴力、受伤和死亡变得无动于衷。但小儿心脏停搏却无一例外，是谁都不想接的。

我们正在赶向医院，运送着一个注定活不下去的孩子。我们已经稳住了气道，按压过胸腔，朝肺里挤压了氧气，也输入了药物，但这一切并不会改变结果。我们是知道的。

我们仍会继续施救，直到抵达医院，把孩子交给等候的医疗团队为止。在那之后，我们会回到救护车上，填写文书、整理设备。我们刚才和患儿的母亲几乎没有交流。她已经跟着警车来到了医院，待会儿会有急诊部的医生跟她谈话。我们不必对她说那些判定生死的话，也不必向她解释孩子得的是什么病、医生又为什么无能为力了。我们会在外面听到她哭泣，但不必在她得知真相之时见到她的面容。

过后，同事们会问我们要不要紧——因为我们接了谁都不想接的任务。这么问好像有点太宠我们了：又不是我们失去了孩子，我们要不要紧有什么关系？工作不就是这样的吗？面对悲剧和心碎，不让自己受它的影响；身涉凄凉之境，并指望能毫发无伤地全身而退。

这一行向来有一种风气，就是淡化工作对情绪的冲击。这是大家都默认并遵循的法则。我们这些开救护车的，有着傲人的健壮性、黑暗的幽默感和英勇的谦虚，才不会被情绪那种东西打倒。当外行人问我们如何调整心态时，我们会回答，"不去想它就是了"，或者"反正得病的不是自己"。这是因为，无论多么残酷、多么直接、多么感同身受，那痛苦到底还是别人的。

在我看来，直到最近，我们才开始承认这种态度是多么地无用。我们不是站得远远的旁观者，而是亲身参与者。虽说我们不会在每次艰难的工作之后都心酸落泪，但必须承认，在这个杀气腾腾的世界里摸索久了，会产生累积效应。这些情绪应该被说出来，得到承认和正视。这些情绪真的会影响我们，会在心头留下印记。

今天，我们为挽救一个孩子的生命展开了一场近身搏斗，我们输了。但我们一直忙于救治，始终处在当下，将破碎的未来抛在了脑后。这首要的是一次临床操练。

对我们来说，这不过是一周任务中的一项。对，是一项糟糕的任务，一项难忘、悲惨、艰辛的任务，但说到底也只是对他人心碎故事的一次短暂拜访。我们履行了职责，无愧于肩章，也通过了一场成人礼。等回到家后，我们会惦念一下这个在悲伤时刻被我们近距离观察的家庭。我们可能会向伴侣倾诉几句，格外用力地抱抱孩子，再给哪位朋友打个电话。合眼入睡时，我们或许会看见那孩子渺小可怜的身躯，看见这个再也不会认识自己姐姐的无名婴儿爬下担架床，爬进我们的梦里。但这终究是别人的悲剧，我们终究会撕掉心上的创可贴，继续进发。明天又会有新的工作，新的病人，求救电话还会不停打入。

　　但是对于孩子的父母，这是永远无法饶恕的一天，是如断手足的一天，无能为力的一天，死亡的一天。这一天，地震在地上撕开了一道深谷，一切都从他们手中溜走了。这一天之后，一切都不同了。

　　我无法想象那是什么感觉。我也不愿想象。这样的打击他们怎么可能恢复？又怎会想要恢复？这打击造就了今后的他们：丧子的父母。说"恢复"是不对的，光这么想就是一种侮辱。丧亲之痛不是一种需要克服的疾病。可它又是什么呢？是一片虚无？一场爆炸？是想象了千万遍也想象不到的未来。

　　之后他们会回到寂静的家里，面对那个失去的孩子留下的故事：那张空空的婴儿床，那些照片，那批由多出的尿布和湿巾组成的苦涩存货。体检预约已然无用，只剩下挣扎的、寂静的、连绵的无眠之夜。有那么一个瞬间，他们会感到无事可做，唯有面对这个从未想象过的现实，那时，他们会说些什么、做些什么？这是一个不该存在的问题。我也不知道答案。

　　等整理停当，我们会再次待命，再被派给下一个病人。那将是一名女性，她被儿子的小学惹恼了，于是呼吸加快、头昏眼花，不知是跌是坐，总之倒在了地板上。她起初拒绝交谈，只一味地在地上滚来滚去，抱着头，捂着胸口。等她终于开口，她会告诉我们她走不了路了。我们会始终轻柔地安慰她，她则用蹙眉和呜咽来表达自己的苦恼。她根本不会知道我们刚刚完成了怎样一项任务。

XXVII

　　我是一名游客。这就是如今的我。一个偷偷摸摸的看客，一个短途知己。这些年和病人们突如其来又稍纵即逝地相遇，使我成了一位私人情感鉴赏家，一个身穿特氟龙外套的观光者。

　　我从天而降进入你的灾祸，在你视为神圣的凌乱家园里东翻西找，在脑海中拍一张快照，为自己提供了一些帮助而欣喜，最后消失于夜色之中，庆幸倒霉的是你而不是我。我和你的经历只有一眨眼的交汇，因为我对你的陪伴从来不长，不会参与你的长期挣扎。你的危机是我的消遣，你的不幸被我当成逸事，阻止你的悲剧给了我努力的方向和成果。做完这些我就走人。

　　这份工作中的人际交往是强烈而亲密的，可一旦工作结束，交情就成了过去。也不是就此遗忘，而是感情不再投入、内心不再担忧。我和病人的平均交往时间是一小时。这点时间足够相互熟悉，但不过是职业上的熟悉；足够产生共情，但只是有限的共情；也足够干预病情，但就是短暂干预，不会有长久的责任。这类交往有着明确规定的边界，但也需遵守一套更接近本能的关系准则。我是一个专业、善良、有同情心的人，也是一个冷酷无情、自我保护的人。所有这些都只是出于我的职业关切——前提是当事人在我的心中原本没有分量。

那是一个周六的下午，是一连串节庆中最盛大的一个周末——再过十天就是圣诞节了。节日气氛推向最高潮时，我正在家里修马桶，这时我接到了那个电话。

"妈？"

"抱歉打搅你了。"

"怎么了，没事吧？"

她从来不在周六下午打电话给我。

"我没打断你什么事吧？"

"没关系，我不忙。怎么了？"

我感觉不妙，脖子后面汗毛直竖。

"我在利物浦街。"

"你还好吗？"

"是你爸爸。"

"你们在利物浦街火车站？出什么事了？"

"真是抱歉。"

"爸怎么了？"

"事情有点麻烦。他不见了。"

　　我爸爸在 60 岁生日前的一个月诊断出了阿尔茨海默病。他的症状已经持续了一段时间，所以谁也不知道疾病到底是什么时候开始侵蚀他的大脑的。从确诊的那一刻起，某个神经退化的假冒者就成了第二个他，这个不请自来的同伴慢慢挖空了他的墙脚，最后将他的身份整个偷走。

　　起初只有细微的改变，而非突然的恶化。我们注意到了什么却又没提起注意，内心仍在往最好处想。我们感觉到了他的变化，但总去别处寻找理由。与他交流时，我们察觉了一条向下的曲线，就仿佛一扇大门正自行合上，以难以察觉的速度将世界关在外面。

　　疾病残忍地扭曲了他的随和天性。他开始时常怄气，对各种援助都表现出怨恨，任何没有生命的物体、任何新奇或不熟悉的东西都使他恼怒。这部分像是由衰老引起的顽固，但在这种性格的转变中，还有某种更细微、更恶性的东西。他变得依赖书面指示，开始写备忘录来协助日常活动；他开始在微小但重要的事项上误算，像是忘记关掉炉灶，或是在曾经熟悉的闹市中心忘记回家的路。阿尔茨海默病的诊断不过是证实了我们已经知道的事实，漫长的衰退过程开始了。

　　又因为他仍然年轻，仍在工作，仍然活跃、体健、热心肠，他成了附近一带最有精神的痴呆患者。他的生命中出现了一种前所未有的躁动，要通过肌肉释放出压抑的怒火：他怒的是自己被困在了一具病体当中，这身体已经不能像从前一样处理各种体验，却依然觉得自己应该有此能力；这身体还觉得自己被限制了同外界的交流，那些交流它还能恍惚辨认，但已经不能像过去一样明确识别并参与其中了。于是，这具病体总是落后一拍，总在透过一面磨砂玻璃观看那些快到它跟不上的事件。这些变化体现在了父亲的一举一动之中：他踱步，摆弄物品，翻找文件并将它们重新码齐，一遍又一遍地核实信息，把文件扯成碎纸屑，用力丢东西，朝着任意方向快速行进；他动作明确而坚定，却又混乱而暴躁，只为了在受挫之后宣泄一番，为了能找到一样东西，或是为了去往某个地方、任何地方都行。这些加上他瘦高的体格和对户外活动的终身热爱，组成了一个强有力的形象：一个一心想要达成目标的男人，他势不可当、充满干劲——但要达成的目标是什么，他却一时想不起来了。

　　我到车站时已是傍晚，站厅里挤满了狂欢的酒徒、冬季旅客和筋疲力尽的购物者。广播里放着音质粗粝的公告。购物袋的折角撞着行人的小腿，鞋跟踩在自动扶梯上咔嗒作响，醉汉们勾肩搭背，冲彼此喊叫着倾泻热情。我步履轻快地在川流的行人中穿梭，一心一意地寻找着别样的目标。我两眼朝四面八方迅速扫视，不时往站台上、圆柱旁和精品店内张望，搜寻着父亲的白胡子和他那件显眼的蓝色外套。我感觉自己像个外国人，一个在另一种现实中以另一种速度行动的生物。

他是在博姿（Boots）药妆店里走丢的，我母亲要买一瓶水，正在付钱，视线只转开了几秒钟。当她再回头时，父亲已经不见了。这是两小时前的事。

显然，对一个身体健康但智力不逮的人来说，在首都的交通枢纽走失可不是什么好事。利物浦街站汇集了四条地铁线路，还有数不清的地面线路。它有多个出口，通向周围多条道路，这些道路又通向四面八方，贯穿整座城市。而今天，刚好还是一年中最繁忙的日子之一。

我和母亲在车站对面的警察局里会合，母亲已经报警，向警方描述了事情经过，并提供了一切可能有用的信息。几名警员和蔼、冷静、专业而认真。他们告诉我们一定会尽力找人，但局里的工作实在繁忙，他们显然都分身乏术。

"你父亲带手机了吗？"

"带是带了……可他总是关机，像某种强迫行为似的。"

"他身上有没有什么 GPS 设备？"

"可惜没有。他相当抵触这一类东西。"

"真可惜。那东西值得考虑，将来或许可以给他配一个。"

这不是一句责备，但言外之意呼之欲出。而且我们发现，自己正用抱歉的口吻回答他们的提问。这将对话推到了另一个方向：鉴于找人有程序上的限制，我们的预期就只得接受限定和"管理"。在往常的交流中，我才是那个放松的专业人士，但现在我却是向对方求助的人。

我的两个姐姐和姐夫坐着一辆轿车来了。我们讨论他可能去了哪里。也许他遵循某种归巢本能，去了某个熟悉的地标，可能向西去了巴比肯、科芬园甚至西区更远的地方，也可能向南去了泰晤士河。现在只能靠猜了。

痴呆症有个奇怪的特点，就是思路难以捉摸。患者的脑子里形成的连接，只有事后回顾才能看出其中的道理。他是被人潮卷走了吗？还是跟着别人进了闸机，并登上了一列通往城市边陲的地铁？或者他只是想找个安静的地方休息一下？可能的情况近乎无限。

我们出四个人，上了一辆轿车，去搜索周边最明显的地方：每到一处就跳下车，在蜿蜒的街巷彻查一番，然后跳回车上，去下一处。我们避开吵闹的酒徒和戏院的人，钻进一条条巷子，打量一扇扇窗户，向酒吧门卫展示父亲的照片。警方也在查看车站的监控录像，但全部查一遍要几个小时。在这几个小时里，他可能遭遇各种不测。与此同时，我们的眼睛还会扫过尽可能多的面庞，寻找我们珍爱的那副血肉之躯。

任何退行性疾病都会在不知不觉间从一个阶段滑入另一个阶段。在我父亲最活跃的阶段，我们会陪他步行，以平息他那精力四射的强迫冲动。他会向着天边一直前进，像是要逃脱什么似的——也许他要逃脱的就是这种使他的心灵慢慢枯萎的病吧。我们会带着他去绿树成荫的公园或是豪华宅邸的园林，以此维系他曾经对园艺的兴趣。母亲会和他一起在家周围的田野里跋涉，或是沿附近滨海的步道行走。他就在那些地方安静地走啊走，不再主动发起谈话，只有当母亲开口时，他才会凭本能从遥远的记忆中抽几句现成的话出来，郑重作答。那张曾经欢快的面孔，此时已愁眉不展。他曾经是一个感情充沛、心思细腻的人，不摆架子，人缘很好，常用温柔低沉的语声安抚别人。而今，他只能靠死记硬背勉强答话，每说一句都费尽心思。我猜，他是在努力填补空缺，好将正常的外表尽量维持得再久一些。

　　他还产生了一种奇特的习惯。有那么一阵，他拒绝和别人并肩而行。有一次我带他去剑桥植物园，整整一天，他都缀在我身后两三步远。每次我停下脚步想让他跟上，他也随之停步。要是我慢慢减速，好让他能走到我身边来，这样至少可以装出点亲密的样子，他就也放慢步子，依然落在后面。现在说起来似乎有点可怜：那一天中，像这样的进进退退，竟发展成了我俩之间的一场竞赛——我总惦记着我的责任，时时关注着他，他却近乎孩子气似的铁了心要自己设定步调，以此保持某种独立性。结果就是我们在共处的这一天里始终走走停停，总是处在某种近乎闹剧的卡顿动态之中。我要努力保证他的安全，好几次差点就掉头往回走，叮又要给他留出空间。最后我找了一个折中的办法：我每走几步就回头看看，同时乐呵呵地大声叫道：

　　"你还好吧，爸？"

我们合力让父子关系发生了逆转：我变成了关心孩子、略带性急的父亲，而曾经乐天而镇定的父亲变成了一个爱发牢骚、一心想要证明点儿什么的儿童。疾病的大悠锤缓缓摆动，造成人际关系上的小小折辱，这又是一个例子。

我回到车站，旋即再次步行上路。其他人都回家了，去制作寻人启事、照看母亲以及和警察跟进消息。他们做的都是理性、实际的事，是在最有效地分配资源。而我却打定了主意要继续走路，也许会走上一夜，将大街小巷一条条地寻个遍。

这时夜色已深，幸好空气干燥。冷是冷，但不至酷寒。车站里的人流渐渐稀疏，附近的一些酒馆、酒吧开始打烊，另一些则刚刚开张。人行道上三五成群，都是在社交的人，按理说，一个当过律师的白发老人要是身在其中，应该会很扎眼才对。但是，如果他看起来目标明确，正像往常一样坚定赶路的话，他的样子当然就不那么突兀了。毕竟他从身体上看不出任何疾病的迹象，在别人眼里，这很可能只是一个略有些古怪、正沿着游移不定的路线回家的人，没什么好留意的。

我向东行走，走进斯皮特尔菲尔兹绕了一圈，再朝砖巷走去。*我在街道网格中之字形地走动，只想覆盖到尽可能多的道

---

* 斯皮特尔菲尔兹（Spitalfields）和砖巷（Brick Lane）都在利物浦街站稍往东一点，是伦敦东区著名的商业及文化街区。

路。我步履不停，大瞪双眼，左顾右盼。接着我又朝南走向奥德门和白教堂，再转向东边的皇家伦敦医院。只要确认了某个地方没有他，我就立刻动身去下一处。

我先走大路，将周围查看一遍，再进入两边的岔路，将边角都搜索到。我拐进商店、公园、地铁站、巴士站和后院。我在侧巷中徘徊，绕到垃圾箱后，走入楼梯井，穿过地下车库。一旦有了充分的理由，你能去的地方简直多得惊人。

换作别的时候，我绝对不会踏入这些禁地，但今天的我仿佛披了隐身斗篷似的无所顾忌：我知道他可能就在这些地方，对危险浑然不觉，脆弱又孤独。这份大胆是平常的我所没有的，我感觉自己好像在驯服这座城市，在占有它，驱逐它的黑暗。

我又遛达到了北边的贝思纳尔绿地，接着向西去了夜生活丰富的肖迪奇和霍克斯顿。人们排队等着进入夜店，嘻笑着尖叫着，一个趔趄又被朋友扶住。他们在道路上来来去去，朝驶过的黄色预约车欢呼，没有一个惧怕危险，因为青春、美貌和自信保护着他们。要是我父亲到了这个地方，他会怎么看这些人？我经过的每一个人都活力充沛、不可战胜，仿佛拥有无数个明天。我既在他们中间，又和他们相隔千里。

我拐进一条路，经过一间空无一人的酒店大堂后，蓦地看见了约翰·卫斯理故居及礼拜堂，旁边就是卫理公会博物馆。一派灯红酒绿之中竟有这样的古迹，我爸爸这个牧师肯定会为之惊叹的。但他当然不在这儿，不然也太巧了。现实又给我补了一刀：他现在可能在任何地方。我在这里胡思乱想个什么？

　　我循着周围街道的走向摸回了利物浦街，来到了车站背面的入口。眼前是一大片排气口、工业风格的管道和混凝土，它们似乎可以收容耗尽了体力的人，或是走失者。我绕过一丛丛装饰用的灌木，对着一个个阴影覆盖的角落端详。但这里同样没有他的踪迹。我又查看了车站背面的几个出口——或许他之前已经穿过其中一个溜走了？能知道是哪一个就好了。

　　我又向西去了巴比肯，钻进了那里迷宫般立体交错的道路，再去到圣保罗教堂灯火通明的圆顶之下——看到这熟悉的景象，他会不会到教堂前的台阶上，到这个让疲惫者休息、给负重者安抚的地方求援？还是没他的影子。我接着向南，跨过泰晤士河，沿着南岸那些野兽派巨石建筑一栋一栋地寻找*——那些正是他可能寻求庇护的地方，它们会让他想起文雅的过去，想起对古典音乐、戏剧和艺术的热爱。但他同样不在这里。

　　时间在一点一滴地流逝。我最初的精力正在消退，脚也疼了起来。我已经开始丧失希望了吗？也许我的信念本就是虚妄。我确信自己在做一件值得的事，但是在这样一个街道纵横、四通八达的城市，在这个住宅遍布、商厦林立，悸动、喜庆、匿名又活跃的地方，在数百万个为各自的事情开心忙碌的人中间，

---

*　作者开启步行旅程至此，不计岔路和兜转，只加和各地点间的最短路程，已有约15公里。泰晤士河南岸这一带，是泰特美术馆区。

我真的认为我自已找到一个人？

　　我知道机会渺茫。但是做我们这行的都知道一个道理：虽然大多数人都低调地从不向我们求助，但总有一些人会冒出来，其中当然有没事找事的常客，但也有真正无助的人，他们要么因为警觉的路人上前搭话而脱离危险，要么在似乎全无希望之时自行现身。由此我得出结论："不可能的数字"或许并非不可能，我们也并不像有时看起来那样难觅踪迹。伦敦或许有成千上万条街道，但是我每走一条，就将不确定性排除了一分。

　　东方泛白之时，我已经走了整整一夜。我乘上早班地铁，作为上面最清醒的乘客回到家里，直睡到了午饭时间。醒来时，我收到了一条消息。

　　在查看了几个小时的监控录像之后，警方发现有一名身穿亮蓝色外套的男子登上了开往阿克斯桥的大都会线。现在只有一件事好做了。我和妻子把孩子托付给一个朋友，驾车朝阿克斯桥驶去。我也不知道我们指望在那里发现什么。

　　现在，希望正变得越加渺茫。他已经走失超过 24 小时。我们除了不知道他具体在哪儿，也不知道他在这段时间做了什么，现在又在做什么。他坐下休息过吗？摔跤了吗？累倒了吗？受伤了吗？有没有睡觉？有的话是在哪里睡的？他有吃的喝的吗？他身上也没有钱。即使有钱，他想得到买东西喝吗？他是不是已经被某种原始的需求所支配？有人向他搭话吗？有人攻击他或占他便宜吗？我们实在不愿多想。

母亲被内疚折磨着，一心认为下一个消息就是有人发现了一具遗体。我们告诉她现在这么想还为时太早，但随着时间的推移，这种可能正在慢慢浮现出来。

一定要乐观。我们这样告诉彼此，也告诉自己。他还没到一碰就倒的地步。他那种快步行走的冲动，现在会不会也成了保护他的本能？

我的姐姐姐夫们开始在城里四处张贴寻人启事。我们现在也要变成那样的人了：一家子拿着胶带，怀着最后的希望张贴放得超大的照片复印件。一想到这里，我就感觉既可怕又丢人。警方告诉我们搜索还在继续。他们正在查看其他录像，分发细节，准备向公众发布寻人消息。

我意识到了，这就是求救者的感受：急救人员的平静安抚显得那样空洞，因为你的内心翻涌着各种灾难的可能。对于专业的施救人员，这只是履行职责，不能少做也不必多做，只要下班回家时明白自己已经尽力就行了。而对于家属，这却可能是生死攸关的事。

我自己就常待在专业位置上，用标准的口号安慰各种焦急的询问。此刻，我从说口号的人变成了听口号的，它们在我听来很不舒服，近乎冷漠。这是我在这出惊险剧中的顿悟时刻：原来这些熟练的套话竟能这样随口说出，原来它们听起来竟是如此空洞。

　　开到阿克斯桥之后，我们在车站里四处寻找父亲的踪迹。我们知道他乘上了开往这个方向的列车，但他是一直坐到了这一站吗？我妻子去向站长求助，她的话引起了站长的重视，我们被匆匆领进边上的一间办公室，坐到了一排显示器前。我们知道他是什么时候上的车，现在要弄清那班车是什么时候到的这里。站长给我们看了自昨天起的出站口和站台的录像：列车里涌出乘客，站台上先是挤满了人，然后慢慢清空。没有他的影子。他没有到这么远。

　　但接着我就吃惊地看到了一件东西。

　　我望向左边，发现就在离这把我坐了 20 分钟的椅子不到半米的地方，堆着一件皱巴巴的亮蓝色衣服。我感到胸口微微一胀。就是这颜色。我还看到了一条拉链。这是一件外套。

　　"打搅，你知道这是什么吗？"

　　"这些都是乘客落下的东西。认出什么了吗？"

　　"能不能让我看看？"

　　"随便看吧，大概是有人在车上捡到的。"

　　我拎起外套，将它展开，把手伸进衣袋——从里面摸出了父亲的手套。

　　我如同被闪电击中了一般，一下子变得激动、焦躁，一时间手足无措。我心中涌起了一阵紧迫感，还产生了一种和父亲更近了的小小幻觉，因为我手上拿的正是他走失时穿的衣服。我打电话告诉家人：找到父亲的外套了，它就在我手上。

我们得知外套是清洁工打扫车厢时在一个座位上发现的，这说明父亲在利物浦街和此地中间的某处下了车。但是这两站之间相隔 19 站，跨越 30 公里之远，而且从清洁工捡起衣服到现在也已经过去了不短的时间。眼下我们虽然觉得惊喜，却并没有离目标更近一些。

看来阿克斯桥已经不会有新的线索了，于是我们又前往附近的几家医院，询问他们昨天或今天是否收治了姓名不详的病人。没有。

从最后一家医院出来之后，我打电话到单位，请了明天早班的假。我向他们解释了家里的情况，并问他们能不能安排伦敦急救系统向各队员分发寻人启事。我的领导记下我父亲的特征，我们驾车朝家驶去。天色渐晚，老爸连续失踪两晚的前景忽然变得十分真切。我感觉心头受了重重的一击。

我再次致电警方询问进展。虽然他们语气安慰、态度专业，但我总觉得这样询问是在麻烦他们。我就是那种不能面对现实、只是一厢情愿地盼望转机的家属。警察那边也没消息。

看来只能明早去电台求助了，经过一番筛选，大家决定由我去说。到家之后，我盘算起了明天该怎么说。我写了几条笔记，确保自己不会遗漏：他是什么长相、有什么弱点，看到了他请打哪个电话。

我坐在厨房的餐桌前，昨晚彻夜行走的疲惫席卷而来，我一下子失去了所有的希望。我好想知道他人在哪里，正在遭遇着什么。他正害怕地瑟缩在某处吗？正在困惑和饥饿中孑然一身吗？有没有人陪在他身边？为什么还没有人报告看见了他？

我也看清了自己彻夜辗转街头的真实性质：那不是出于叛逆或者奉献的英雄壮举，只是不敢接受事实的懦弱。事实不仅仅是我父亲消失在了我无法触及的地方，彻底失去了保护、迷失了方向；也不仅仅是我对他无力挽救，举世无双的决心换来的只是徒劳无功。残酷的是，这些事实同样适用于占据他大脑的那种疾病。

我曾经以为，要是让他保持活跃，我或许能使他晚一点犯糊涂；要是能让他的头脑充实忙碌，或许就能制止他的衰退。我当初只是一味拒绝讨论他的痴呆症，好像这样就能拒斥它对我们生活的影响。我曾以为，我不必面对这个东西。

而今我又罔顾现实，自以为可以找到他，挽救他。但我错了。

经过这一天的忙碌，我第一次不知道该干什么了。

就在这时，我的电话响了。

"杰克？"

"是我……"

是工作单位打来的。他们为什么现在打来？是我请假请出了麻烦吗？

"我们接到了伦敦调度室的电话。现在有一队人正在西伦敦。杰克，他们找到你爸了。"

都说阿尔茨海默病是记忆的疾病，但其实它真正的靶子是人的性格。它攻击人的个性，使之变形、萎缩，接着占领新空出的这片领域，直到病人属于"自己"的空间所剩无几。

我以前总觉得，这病就是一个小偷。像布谷鸟抢占窝巢似的，它抢走我父亲的尊严，碾碎他的活力，熄灭他心中能引燃宽宏大度的火苗。我以前总觉得，痴呆偷走了他对生活的热爱。

然而，实情并非如此。实际上，痴呆什么也偷不走，因为他早已将一切奉献了出去。他将善意分享给周围的人，将智慧和幽默赠予亲友，也给子女和孙辈留下了种种热爱——包括他对旅行、惊悚故事、音乐和文字的热爱，还有对行走的热爱。他也分享了他的忠诚和信念。他这一生始终如此。他的谦逊、他的快乐已经深埋在我们心底，在痴呆向他伸出魔爪之前很久已然如此，在痴呆将他彻底摧毁之后很久也会依然如此。

今天，住在牧人丛*的一名妇女望向窗外，见一名男子在她家的院墙前徘徊。她等了等，想看他会不会走开，但男子似乎不知该去哪里。妇女走到外面，问他要不要紧。男子糊里糊涂，但能报出自己的名字，并说自己曾在一间教堂工作。妇女费了一番工夫把他请进了屋，给了他一杯喝的，并拨打了 999。

经特别要求，那队急救员将他送到了我姐姐位于南伦敦的

---

* Shepherd's Bush，在利物浦街车站以西约 10 公里。

家里。我母亲刚刚经历了人生中最漫长的一个昼夜，此时已经睡下。救护车抵达，家人终于团聚。父亲很累，但身上很干净，没有受伤，也很安全。对于周围这副无比关切的阵势，他显得相当困惑。

至此，他一共走失了 28 小时，还从伦敦的一边跑到了另一边。至于他去了哪些地方、一路上经历了什么，我们是永远不会知道了。

XXVIII

一种新疾病改变了急救人员的职业生活。

本书最早出版于 2020 年初，新型冠状病毒危机刚刚显现之时。但之后的短短几周里，2019 冠状病毒病（COVID-19）这种新发现的疾病就改变了急救人员的职业生活。以下是为本书新版添加的一章，在其中，我将对疫情最初阶段的急救工作做一些回顾。

起初是一声咳嗽："咳——咳！"然后第二声、第三声也从门后传来："咳，咳，咳！"那是有节奏又令人烦心的吠叫，是喷射空气的闷响，中间还时而夹着一声倒气。我已经连上了三天晚班，今天还要再上一天，而这一个礼拜我一直在听这样的声音。那是干燥的喉头持续受刮擦的声音，是一块刺激物咳又咳不出挠又挠不到的声音。现在是凌晨 4 点 15 分，我双眼干涩，眼皮发沉，而我们最后一个病人正在发出这熟悉的声响。

"我想他是靠在门上了。"

"他和你说过话了吗？"

"我能听见他在里面咳喘。"

"他什么时候跌倒的？"

"大概 9 点钟。"

也就是说，他已经在里面躺了七个小时。我转动门把推了推。他妻子说得没错：他的头部抵住了坚固的木门。

"你先生叫什么？"

"格雷汉。"

我冲门里说道："格雷汉？我要开一开门。你能帮帮忙，把头稍微移一移吗？"

我缓慢但坚定地朝里推门。没别的办法。我听见一声呻吟，接着又是一声咳嗽。门吱呀一声，开了大约 20 厘米，正好是我头部的宽度。我侧转肩膀，探头进去，再扭头查看里面的情况。这是一间小小的卧室，摆了一只机械床，一只医用床上桌和一只助行架，此外还散落着一些因病而生的杂物——一团团的纸巾和毯子、一只只油腻腻的半满水杯。空气中弥漫着隔离的陈腐气息，混合着尿味和汗味。还有一副穿着病号服的沉甸甸的身体，因呼吸困难而不停地起伏，脸朝下摔倒在地，卡住了门。

我从门缝里轻轻挤进了房间。我穿着隔离服，戴着口罩、护目镜和手套，就像科幻电影里那种面目不清的角色。我大声喊着说话，但隔着口罩声音还是很闷：

"我是救护车！我要把你从门上移开！"

我先检查了格雷汉的头颈，然后将他的双腿分别夹在两臂之下，像要参加世上最欠考虑的"推小车"赛似的，将他的身子在黏黏的地毯上向后拖。随着我的拖拽，他的病号服上衣也向上撮到了腋窝处。他不停地咳嗽，像在发出没有笑意的笑声："呃——呵——呵——咳！"他的口罩垂在颈部，根本没罩着脸。

我的搭档跟在我后面进了房间。现在是 3 月下旬，这样的场面已经成了我们的新常态。就在短短一个月前，"新冠"还只是远方一个面目模糊的坏家伙，关于它的传闻很严重，但我们希望那只是夸大其词。而现在，它的身影已经到处都是，像个老熟人似的紧紧跟着我们。

格雷汉是一名年近八旬的老年男性，他在卧室中跌倒，看样子已经在黑暗中对着地毯咳了很久。我们在过来的路上获悉，他已经被确认为新冠阳性，最近刚刚出院。他现在满脸通红，身体疲软，呼吸艰难。他是我们这一周繁重工作的最后一击。

2020 年春，急救人员开始面对一类新的患者。我们之前对呼吸困难已经司空见惯，但新冠病人有些不同。他们一开始也会咳嗽、发烧、肌肉疼痛，并在大约一周后开始感觉好转。但接着他们就会出现气急症状，病情随之一落千丈。我们一般在病人发病后十天上门，求救的理由是胸闷。病人会坐在自家沙发上，电视机调成静音，呼吸略快于正常，平静地向我们解释病情，说自己现在上一趟厕所就像爬一座山。我们会把血氧仪夹上他们的手指，随即发现他们缺氧严重，甚至已经危及生命。光凭观察他们舒不舒服，你绝对无法判断他们的肺部已经损坏到了何种程度。这些极度缺氧的病人怎么能表现得如此轻松？他们为什么没有胸部剧烈起伏、大口大口喘气，心脏也没有狂跳？他们的身体为什么没有因为缺氧而拼命地代偿？这是一种很有欺骗性的缺氧：发作时如此细微，病人根本不知道发生了什么。相应的，新型疾病也是这般狡猾，它伪装成某种并不多么邪恶的疾病，偷偷潜入人体。

　　在接下来的大约一个月里，我们的工作变得比以往更加简单粗暴且精简。急性程度较低的任务消失了，几乎每个病人都得了同样的病，区别只在他们位于新冠病情谱的哪个阶段。有的病人情况较好，我们就给出几条建议，让他们居家自我护理。还有的必须赶紧抬走送院，并在入院后几分钟内接受高级别的医疗干预。霎时间，我们干起了自己一直以来想象的那种工作：遇到危重病人，现场果断干预，迅速送至医院开展最终治疗。我绝不会说这样的工作状态更好，但被人需要时，内心的确会迸发出动力。在一片重大事件实时发生的激情氛围中，我们感觉自己的一进一退无不怀着绝对明确的目标。

　　有的病人明明得了新冠，调度分给我们的却完全是另一种任务：因为混淆了症状，他们认为病人是"糖尿病"或"中风"，甚至当缺氧使病人显得态度敌对时，他们还会给当成"精神问题"。我们一次又一次接到调度信息说病人"不太可能是新冠"，然而到场时却发现病人表现出了新冠的全部症状，正感到极度不适。我们不断了解到新的情况，主要不是通过官方渠道，而是靠路上所见和同事的讲述。这是一种全新的疾病，我们手上的指南只有大概的用处。新冠的特征会突然出现。病人看似已经复原，但跟着就是第二波更凶险的发作：不知不觉的缺氧，味觉和嗅觉的丧失，大量存在、令人担忧的继发性血凝块。关于这些特征的消息先是在餐间内流传，引起众人的注意，然后官方建议再据此更新。

　　我们进入的房间，里面常有没戴口罩的病人肆意咳嗽了几天：这类房间是疾病的温床，每一处表面上都盖满了病原体，空气本身也仿佛变成了一片不祥的毒雾。许多同事都病了，开始发烧咳嗽——他们就是在这样的房间里中招的吗？我们是会给病人遮盖面部，并将他们"包装"防护好之后再送医院，但我们最初的评估和治疗往往都是在传染性极强的环境中进行的。有一次我给一个病人递上一只口罩，并问他最近有没有咳嗽，他正要回答，却出于某种本能反应，一口全咳在了我脸上。也有的病人会拉下口罩，呼噜着喉咙，喷着气说话，说完再把口罩拉上。还有一位女士干脆拒绝戴口罩，我解释说她不戴口罩我们就不能给她治疗，接下来就是一场对峙。是她这个人难缠，还是有生理性的病变使她做出了这种行为？在这片新冠阴云的笼罩下，常规的医患交流也带上了一种额外的张力。

　　有些日子很残酷：病人接二连三地在我们面前恶化。我们怀疑，许多时候是病人的求救或我们的响应太迟了；我们每每出于恐惧和失落而哀恸，这样的际遇每一次都新鲜而独特。这份工作的性质意味着，我们不必面对躺满一病房的危重病人，以及后面还有更多病人要送进来的预期。对于急救人员，灾难的规模体现在重复之中，看着病人数量缓慢增加，我们也认识到了疫情的严重性。有几次当班，我们几乎每遇到一个病人都要为他连接氧气面罩，每个病人都必须送入抢救区。那里塞满了脑袋低垂、神色茫然、眼神空洞的病人，他们脸上勒着科幻片似的面罩，瘫软在担架床上，不停地被推来挪去，好给新来的病人腾地方。每送完一个病人，我们就要把救护车的每一个角落都擦拭干净，接着准备把同样的事情再做一遍。下一个任务会是什么，我们的心里都清楚得很。在最初的几周里，我们很难摆脱一种感觉：自己是在打一场必败之战。

　　我记得有一次，我在医院的走廊上等着将一个吸着氧气的病人交给院方。周围都是其他急救人员，他们的病人也全都面临着同样的窘境：一个个曾经健康的正常人，忽然都出现了肺功能缺陷。短短几周之前，这样的病例都会是优先诊治的对象，但现在医院里却新生出了一套无情的等级制度，他们只能靠边等着。已经得到评估和收治的病人拖着一部部小推车，上面搁着他们专属的氧气瓶，走不了几步就要停下来休息。我们来到了一座依赖氧气的农场，而这已经完全是常规情况了。每当有人提出这场危机只是夸大其词，或者有邻居请朋友来吃隔离烧烤，或者有人建议该让一切"回归正常"的时候，我都想让他们看看这番景象。

现在还出现了一种更艰难的新情况：家属一律禁止入院。于是在社区中，急救人员有了一项新任务：成为病人家庭和医院间的桥梁，告诉病人他们必须独自踏上这段可怕的旅程。现在只要一提"冠状病毒"，病人就会产生痛苦的联想，他们需要一张熟面孔来安抚、宽慰自己；家属也急切地想要照顾亲人，在混乱的医疗救治中替亲人说话。将他们分开，我们实在内疚。

一天，我们要将一位老妇从当地一间诊所送去医院急诊部。她几乎不会英语，身子虚弱，呼吸困难。我们刚要出发，她儿子就走了出来，一步踏上了救护车。我们告诉他，他不能跟车，但医院会打电话给他汇报近况。他无法知道母亲会遭遇什么，但显然清楚未来的可能。他绕过一团缠结的线拥抱母亲，我看着他在这个陌生而局促的环境中这么做时，感觉这是那么不妥、那么老套而又混乱。他又在车上逗留片刻，然后走下台阶，关上了车门。我们闪起蓝灯，消失在了远处。

遇到格雷汉的一星期后，我在看电视新闻时想起了他。新闻报道的是伦敦大学学院医院的重症监护室。电视里，几个医护人员将一个插了管的昏迷病人翻成俯卧姿势以帮助他呼吸。

这个过程精细费时，要八名医护合作完成。

我们要对格雷汉做的也是类似的事：他已经正面朝下趴了七个小时。我们必须把他翻成仰卧姿势，然后把他从地板上拉起来，并判断是否要将他再送回医院。我认为恐怕是要的。不过两者也有区别：格雷汉身体虚弱但意识清醒，身上也没连着各种监护仪和生命维持装置。但他毕竟也倒下了，倒在一个满是障碍和垃圾的局促房间，且浑身无力，根本无法配合我们，是一块纯粹的重物。他汗流浃背、仪表凌乱、呼吸急促，身上浸透尿液，又在剧烈咳嗽。他还是个大块头。而这里只有我和搭档两个人。

我们申请再增加一名人手。调度先是说会派一个同事开轿车过来，但五分钟后又告诉我们那位同事被派去处理一起心脏停搏，没有其他人可派了。我们只能自行处理。

这就是我们最近的上班基调。我服务的这个部门从没像现在这样忙碌过。一般来说大众不会轻易去急诊部，但他们拨打999时却没这么矜持。每一天，我们接到的急救任务都是以往平均数的近两倍，同事生病请假的数字也创了纪录。有些病人要等上很久才能得到响应，也包括格雷汉。但我们救治的病人没有一个抱怨的：他们明白我们承受着多大的压力。但这不是重点。

我们检查了格雷汉的伤势，然后把他的胳膊轻轻塞到他身子下面，攀着他的肩膀和胯部给他翻了个身。他慢慢地翻转了过来，我们把他摆成了让他舒服些的仰卧姿势。"咳，咳，咳，咳。"我们扶他坐起来，但他自己一点也使不上劲，搞得我们好像在翻动一件笨重的家具。他的身子忽然倒向一边，我们只好将他在地板上拖行一段，再给他转个身，把他的后背靠到床上。我们感到浑身热了起来。我们在他的头部、肩颈后垫了一只枕头。他的右臂软软地耷着。是中风了吗？这就是他跌倒的原因？还是他压在右臂上趴了一夜的缘故？看他的皮肤，昨晚被地板、墙壁和房门压迫的地方，全是一块块斑点，仿佛一片墨迹测试图。

"你感觉怎么样，格雷汉？身上哪里疼吗？"

他含糊地说着他的胳膊如何，厕所如何，还喝了一杯什么的。接着又断续而缓慢地发出了清嗓子的声音。我们给他倒了些水。他的呼吸又快又浅。这段时间我们尽量让病人居家隔离，但格雷汉这样子显然需要送院。

我们随口和他聊天，好像只是来打牌的，而不是在他的卧室里费力地搬动着他，又好像我们平常就穿成这副样子似的。但他只是定定地看着我们：他的举止里有某种遥远的东西，仿佛他在昨晚已经将一部分身心消耗殆尽，再也无法透过口罩看清我们的脸庞、读懂我们的安慰，甚至也看不出我们努力隐藏的疲惫了。现在的他，基本上成了一个搬运项目。

我们弯起他的膝盖，将他的双脚套进平放在地上的拖鞋里。然后我们在他的左右两侧蹲下，伸手从他背后抓住他湿透的裤腰，提他站起来，接近直立。他双腿全无力气，刚站起来就要坐下。

我转到他正面抱住他，让他的下巴靠在我肩上，两条胳膊搂住我，我的搭档趁机拉来搬运椅，我们再给他转个身，让他坐下去，然后给他裹上毯子、系上绑带。我们把他推到楼梯升降椅跟前，又把刚才的动作倒着重复了一遍。我已经汗流浃背，格雷汉还在咳个不停。

等终于到医院时，我们已经像这样抬了他五次——支撑，上提，转身，伸展，再慢慢放下。我们的动作很笨拙，幅度也有限——要是让转运部门看见我们这样，肯定血压上升。谁知道我们的防护装备在设计时有没有考虑过这样的操作？不过院前救护就是这样：有些密切接触必须临场拍板，事先不可能详细规划，因为现场总有额外的细节需要权衡。

到这时，个人防护装备已经成了公众强烈关注的话题。一线医务工作者的贡献得到了前所未见的认可和尊重，而当新闻报出防护装备缺货、不合用的问题时，这些刚刚被奉为英雄的工作者的勇敢和牺牲就更加凸显了。有人在社交媒体上发起募捐，还有愤慨的联署声援我们。工会也正式表达了关切。在急救圈了里，我们也听说了（但没敢告诉家人）有同行因感染新冠而接受重症监护的事。

接着就传来了第一批说有医务工作者死亡的消息。这样的时刻很快会不断重复，最终我们都会怀着内疚而习以为常，但最初的震惊始终像一团恶气似的萦绕胸中。当然，医务人员的死亡和个人防护装备的短缺不是一回事，但在焦虑的最初几周里，当医务人员个个情绪脆弱体力枯竭时，这样的新闻仍不免增加我们的懊恼和恐惧。死亡真真切切地来到了眼前。

每个医务工作者都有自己对防护装备的抱怨。我倒是没经历过防护装备紧急短缺的情况，因此我关注的更多是它们合不合用。合用是比短缺更微妙的问题，因为疫情期间的医患互动、急救响应都变得比平时更为复杂多样。

英格兰公共卫生署的指南虽然也认可因地制宜的重要性，但它关注的是接触病人时的临床因素，即各种临床干预分别要穿什么的问题。而院前急救工作不是在医院的格子间里展开的，除了临床因素之外，它还有环境因素。就我这个工种的具体环境而言，我感觉自己穿戴的某些装备很不合用。比如在我们对格雷汉以及上百名类似病人的救治中，风险的高低所取决的，并不是症状的轻重或是干预的种类，而是救治中要用到哪些动作，这些动作又是在怎样的混乱环境中进行的。

比如我们穿的隔离"围裙"，这种救治新冠疑似或确诊病例的标准防护装备之一，就是装备不适应环境的典型体现。在疫情暴发初期，我根据存货的不同穿过各种塑料罩衣，其中有一些坚固耐用，另一些则薄得像你一不留神会在超市买到的劣质垃圾袋，只要挂到了腰带上的对讲机就会撕破。但更大的问题在于，这种服装显然是为了室内使用而设计的。还记得电影《美国丽人》中那只在巷陌飞舞的塑料袋吗？这就是我们的难处：

每每我们走到街上，或许还用搬运椅推着一个呼吸困难的病人时，风就会把这片裙子似的塑料前襟向上翻卷。于是刚被挡在裤子外面的传染性液滴，现在反而蹭到了你胸口甚至脸上。

我开始纳闷自己为什么要穿这些罩衣：它们非但不能保护我，那容易翻飞的特性还必然会增加传染的风险。后来我渐渐明白了：我之所以穿它们，是因为我觉得自己不得不穿。我这是主动服从了一套"做得对不如看似对"的哲学。不过，我要是明确知道自己的罩衣已被病毒污染，还是会径直脱掉它。

在关于防护装备的实际讨论背后，还有一个更深刻的问题：我们到底期待我们的医务工作者承担多大的风险？一线医务人员就应该自愿承受任何高于大众的感染风险吗？如果应该的话，又该高出多少，以及为什么？当政府声明他们对防护装备的级别很满意，叫我们放心时，他们到底是什么意思？他们的分析是否纳入了某些"合理"的额外风险？甚至这样的风险有多大，他们究竟有讨论过吗？

在工作环境中，对于个人防护装备的最低要求，难道不是把工作相关的风险减少到微乎其微吗？换言之，每天要接触多名新冠病人的临床医师和护工，并不应该比一个坐在办公桌前不必面对病人的管理者更容易感染病毒。但如果真的做到了这个，又为什么要把身体较弱的同行调离直接面对病人的岗位？这无疑是默认了对我们的防护并不充分。

关于这个问题，我找不到任何官方讨论。虽然民间有大量关注和辩论，但我从未听过有人质问政治家：在眼下的这场危机中，我国的医务工作者要承受多少额外风险才算合适？

　　复活节那一周，我们接连上了好几个早班。这段日子里，在节假日上班的牺牲意味变淡了，因为反正也没什么地方好去。我们曾担心病人会因为疫情而回避急诊，但其实我们仍接到了不少新冠之外的紧急呼救：一例中风，一例心脏病发作，一例青少年胳膊骨折，还有一名妇女在花园中跌倒而重创面部。种种迹象表明，院前急救的世界正在渐渐摆脱这场新冠风暴。

　　我们在周日的最后一个任务是去一家护老所，病人患有痴呆及多种慢性病，但无须马上入院。他已经被安顿得舒舒服服，我们认为还是让他继续待在护老所比较好。我们和他的家属通了电话，他们很乐意遵从我们的建议，于是我们出门去救护车上填写文书，把他转给了一位非工作时间营业的全科医生，然后把设备都清洁了一遍。等到这一切工作完成时，我们早已过了12小时的当班时间。

　　当我们带着文书和转诊细节回到护老所时，那儿的经理告诉我们他们正准备再叫一辆救护车。他们这儿又有人病了——能麻烦我们去看看吗？还是我们已经有了新任务？

　　"老实说，我们刚下班。"

　　"哦，辛苦你们了。"

　　"我们去看看病人当然是可以的，但你还是得打电话，好让他们再派别人过来。"

接到这个任务的周末，民间对于 NHS 雇员的景仰正处于顶峰。人们在电台里高喊崇敬之情，手绘彩虹图形，还在报纸上致谢，就连首相都赞颂了我们。这时你要误以为这场危机的焦点是我们医疗工作者而非疾病本身，也属有情可原。毫无疑问，比起简单陈述新冠病毒造成的破坏，抗击病毒的战斗才是更鼓舞人心的叙事。

出外勤时，我们也亲身体验了人们的感激：我们闪着蓝灯驶过时，路边会响起掌声；有人买食物外送到我们急救站；病人即使经过漫长的等待，还是会在见到我们时表示感谢。当你早已熟悉了摩擦甚至辱骂，遇到这样的对待反而会有一点不安。一个周四的傍晚，当我们将救护车停在路边评估一位病人时，掌声从四面八方响起。那一刻，我们感到既振奋又尴尬。我一直等到大家都回了住处、周围再无一人时，才偷偷绕回驾驶室，不声不响地开车上路。

眼下我们拿着几件工具，跟着几个护工来到了第二位病人的房间。她是位矮胖的女士，正坐在一张扶手椅上，呼吸急促，脸上却略带微笑，仿佛是在回忆很久以前的一则趣事。我的搭档给她做了"面部、手臂、语言检查"（FAST）：病人语言迟缓，也不能听从指令。不过这类症状我们最近见得多了。我们又检查了她的血氧值，结果很低，令人担忧。她还发着高烧。是的，她可能是中风，但更可能是感染了新冠，她现在的糊涂可能是因为大脑急性缺氧。她的身体正在靠自己奋力完成任务。

外界的掌声与喝彩之所以显得奇怪，是因为我们并没有做什么以前没做过的事。也许在外人眼里情况发生了很大的变化，也许每天救治大量新冠病人的现实令人难以想象，因此大众才想当然地认为我们具有过人的勇气和坚持。但其实，我并不觉得自己比平时更勇敢或更有爱心了。工作上的变化是有的：我们穿上了隔离衣，整个医疗业的焦点发生了变化，当然也多了额外的风险。但是这份工作的基本原则，即关爱和担当，却不是面对新冠病毒而突然冒出来的，它们一直都在。NHS 的全体员工仍在做出同样的选择：下班时间过了仍旧陪在病人身边，牺牲和家人的时光完成没有结束的工作，回家后在黑暗中寻找复活节彩蛋，只因为你在错误的时间待在了错误的地点（还是在正确的时间待在了正确的地点？）。这些并不是罕见的英勇壮举，只留在举国混乱的特殊时刻才拿出来展示，它们就是一类劳动者的习惯行为，因为他们的日常工作就是救护。

经理告诉我们，她已经拨打 999 叫了另一辆救护车，但我们看得出来，这个病人不能再等了，她必须现在就去医院。搭档看了我一眼，我们都知道该做什么。

"我去取担架床。"

她从后腰取下对讲机，对调度说，这个任务我们接了。

终 章

　　有句话在救护车上可不能说，那就是你干这一行是为了"有所作为"。这样的抒情是越界的、禁止的，完全不合规矩。我还是个纯新人时，有前辈问我："你当初为什么想干这行？"还没等我回答，他就紧跟着提醒道："可别说你是为了帮助别人。"

　　在这一行里，那样说就相当于一个孩子自称喜欢上学：话也许是实话，但并不意味着你非得将这个事实广而告之。

　　与之相对，一种稳健的谦逊成了守则，这也是对傲慢自负的坚定封锁。不要越级行事，别对病人说医学术语，不要自以为英雄。还有，不管走到哪里，脖子上绝对个要挂着听诊器。

　　但这种自嘲本身恰恰也是一种自豪，而且我认为我们这种态度有自我贬低之嫌。我们干这行，为的都是改善病人的处境，为的是抬起、安慰、运送、治疗。我们并不总能从事自己畅想的工作，但我们毕竟加入了一项为公众谋福利的事业，这或许就是生活的意义吧。

在这个阶层固化的现代世界，竟然还有一股力量，会驱使着人类，在发现别人需要帮助的关键时刻出手干预，为陌生人出一份力。而我们的这份兼具挫败和回报并使人筋疲力尽的工作，也不过是一种形式，实现着这样一股冲动：回应他人的呼救，帮他人远离危险，将他们送到一个可以治疗、康复的地方。

如果异地而处，这肯定也是我们中的任何一个人想要得到的待遇。

作者说明

必须说明，本书不是临床指南的翻版，也不是最佳实践的范例。具有临床眼光或相关工作经验的读者，或许会反对书中一些没有严格遵照指南的做法，但是我抑制了用事后聪明修改当时行为的冲动，没有对这些行动加以粉饰。我也尽量呈现了当时的情境：急救员的工作场所不是诊室、实验室或课堂（除非被叫到了这些地方），他们在真实的世界中工作，需要实时做出选择。如果有人认为书中描写的行为有损这个职业的形象，容我说一声对不起。那些错误都是我一个人的。

我还须指出，任何临床指南都会随时间而变动。本书的内容跨越了约十年光景，在这十年中，指南几经修改，早年的治疗在一些方面可能已经过时。我已尽量减少了此类旧日痕迹，以免读者困惑，同时也忠实记录了当时的对话和行动。

书中对特定细节以及全部人名做了修改。

致 谢

我想对许多杰出的急救同行表达感激，其中有几位已经在书中简略提及。我希望他们能认为本书对他们的业务和事迹做了一些公正的评价。我还要向其他应急部门以及整个医疗界的同行致意，因为急救护理是一项合作事业。我要感谢 Bell Lo-max Moreton 的 Lauren 及每位员工，谢谢他们的支持、专业和镇定。还要感谢 Quercus 的 Ben 及每位员工，谢谢他们将我在本书中用的语言塑造成了它们最好的样子。有几位人士阅读了本书的前几稿和样章，并提出了有用的建议和认可，我非常感激他们。我要特别感谢我的妈妈和姐姐们，谢谢她们允许我讲父亲的故事。最重要的,感谢我了不起的妻子和三个聪明的孩子,他们对我的支持不仅仅是写这本书，还有其他方方面面。

译名对照表

A　阿尔茨海默病：Alzheimer's disease
　　阿司匹林：aspirin
　　爱全乐：Atrovent®

B　绷带剪（纱布剪）：tough-cut shears
　　　　（scissors）
　　表皮：epidermis
　　布洛芬：ibuprofen

C　痴呆：dementia
　　除颤器：defibrillator, defib
　　喘鸣：[inspiratory] wheeze

D　大出血：haemorrhage
　　胆固醇：cholesterol
　　担架：stretcher
　　担架床（推车）：trolley
　　导管室：catheterisation lab, cath-lab
　　导联：lead

吊篮担架：lifting stretcher
窦性心律：sinus rhythm

二头肌：bicep　　　　　　　　　　E

反流：regurgitation　　　　　　　F
分诊：triage
敷料：dressing

高级气道：advanced airway　　　　G
个人防护装备：personal protective
　　equipment, PPE
肱骨：humerus
股动脉：femoral artery
[英国] 国民保健服务：National
　　Health Service, NHS

《豪斯医生》：House, M. D.　　　　H
呼气末 [二氧化碳监测仪]：end-tidal
　　capnography, EtCO$_2$

《舞动奇迹》：*Strictly Come Dancing*

雾化器：nebuliser

X　吸痰器：suction

笑气混合气：gas and air

斜方肌：trapezius

血 [凝] 块：blood clot

血管造影：angiogram

血红蛋白：haemoglobin

心电图：electrocardiogram，ECG

心肺复苏：cardiopulmonary resuscitation，CPR

心肌梗死：myocardial infarction

心绞痛：angina

心律：[heart] rhythm

心律失常：arrhythmia

心室纤颤（室颤）：ventricular fibrillation，VF

心脏病发作（急性心肌梗死）：heart attack

心脏停搏（心搏骤停）：cardiac arrest

Y　压脉带（止血带）：tourniquet

压舌板：tongue depressor，blunt blade

羊水：amniotic fluid

医用铲式担架：scoop，shovel stretcher

胰高血糖素：glucagon

英格兰公共卫生署：Public Health England

幽闭恐惧症：claustrophobia

右心室心肌梗死：right ventricular myocardial infarction，RVMI

预后：prognosis

运动神经元：motor neurone

谵妄：delirious

中风：stroke

重症监护室：intensive care unit，ICU

注意义务：duty of care

自主循环恢复：return of spontaneous circulation，ROSC

Z